半島へ 陸自山岳連隊

数多久遠

Kuon Amata

祥伝社

半島へ

陸自山岳連隊

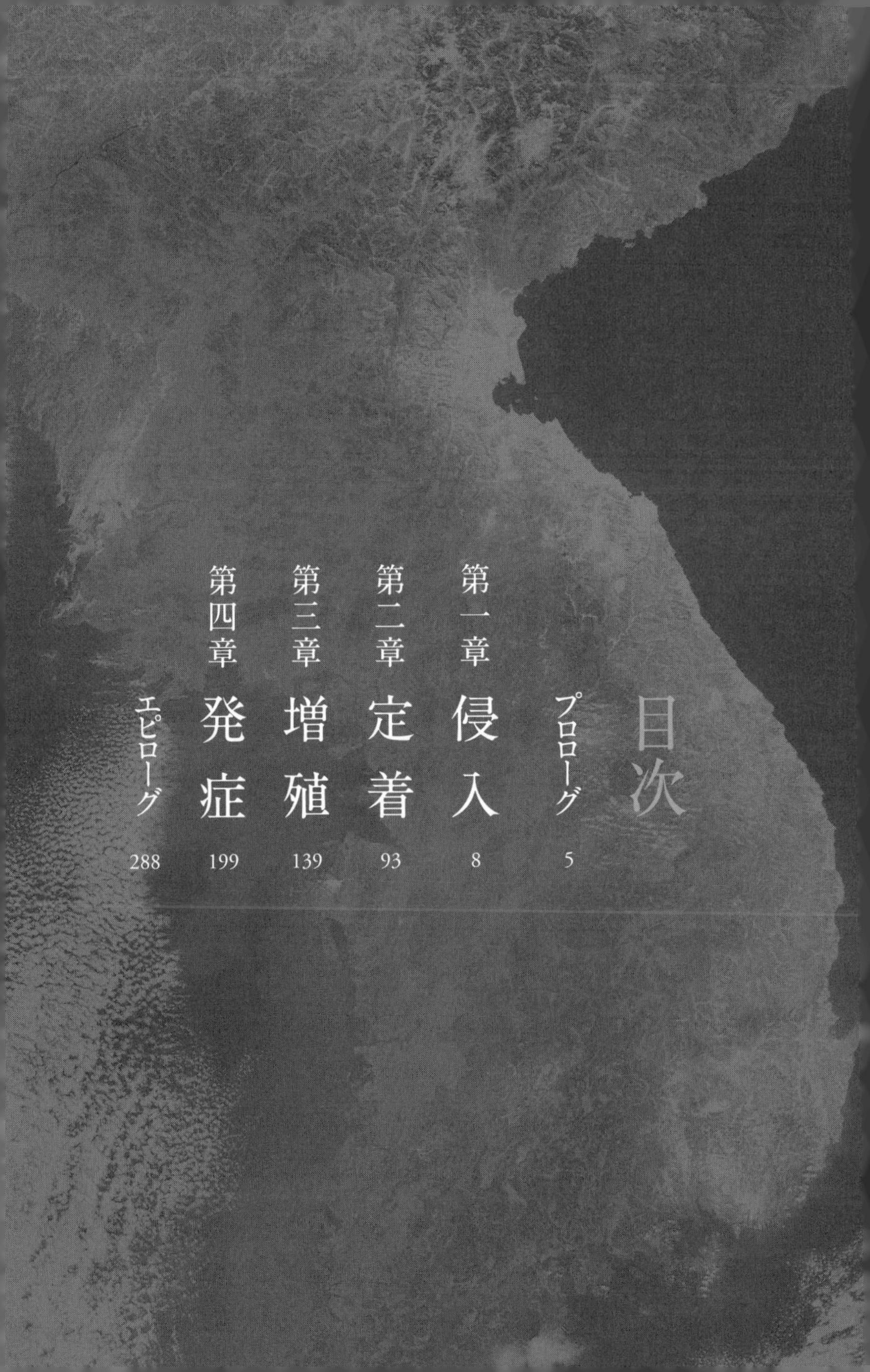

目次

・主な登場人物

【陸上自衛隊】
室賀《むろが》了兵《りょうへい》——三等陸佐・V《ヴイクター》—07《ゼロセブン》指揮官
蓮見《はすみ》高雄《たかお》——一等陸尉・V—07医官
馬橋《まばし》肇《はじめ》——一等陸尉・V—07第一分隊長
高堂《たかどう》貫太郎《かんたろう》——二等陸曹・V—07第一分隊
和辻《わつじ》伸生《のぶお》——三等陸曹・V—07第一分隊
箕田《みのだ》岳人《たけひと》——二等陸尉・V—07第二分隊長

【首相官邸危機管理センター】
御厨《みくりや》小百合《さゆり》——内閣総理大臣
苫米地《とまべち》正人《まさと》——防衛大臣
原《はら》匠《たくみ》——外務大臣
日高《ひだか》巌《いわお》——統合幕僚長
笹島《ささじま》——防衛医科大学校校長

【拉致被害者など】
小林《こばやし》智宏《ともひろ》——拉致当時は臨床医
小林尚子《なおこ》——帰国した在日朝鮮人
吉田《よし》樹《だいつき》——拉致当時は医学生

【駐韓日本大使館】
長峰《ながみね》——応援要員
遠野《とおの》——書記官
西木《にしき》——書記官
満島《みつしま》——医務官

【北朝鮮人民軍】
潘《ハン》少将——ウイルス兵器の責任者
玄《ヒョン》勇鎮《ヨンチン》——総参謀部軽歩教導指導局局長

【毎朝新聞など】
桐生《きりゅう》琴音《ことね》——社会部記者
磯部《いそべ》徳郎《とくろう》——社会部デスク
鶴岡《つるおか》充《みつる》——政治部デスク
室賀了太《りょうた》——室賀の子。ポリオ予防接種で障害

プロローグ

御厨小百合《みくりやさゆり》首相は、苛《いら》ついていた。組んだ腕の指だけを動かしている。彼女は、官邸の地下、危機管理センターの中央に坐し、報告を受けていた。苛つきの原因は、視界の端《はし》で耳打ちされている相沢《あいざわ》総務大臣の姿だった。相沢の顔には驚きが表われている。

「何ですか?」

「スクリーンに出します。少々お待ちください。先ほど放送されたテレビ毎朝《まいちょう》の『報道スタジオ』です」

朝鮮《ちょうせん》半島の地図を写していた正面スクリーンが、テレビ画面に切り替わった。見慣れた顔のキャスターとフリップを手にしたコメンテーターが映《うつ》っている。彼らの頭上には、『スクープ』の文字が躍《おど》っていた。

コメンテーターは、毎朝新聞の岸田《きしだ》論説委員だった。政府が行なうことには、いかなるものであっても問題ありとしか言わない男だった。御厨にとっては、目障《めざわ》りこの上ない人物だ。その男が、口角《こうかく》泡《あわ》を飛ばす勢いで喋《しゃべ》っていた。

『自衛隊が、北朝鮮で日本には無関係の作戦を行なっているという情報があるんです』

御厨は、奥歯を噛《か》みしめた。

『日本に無関係の作戦ですか?』

キャスターは、白々しくも驚いた顔を作っている。

『そうです。ウイルス兵器を探しているようです』

『日本に関係がないというのは、どういうことでしょうか。ウイルス兵器の脅威があるのであれば、日本にも無関係とは言えませんよね』

『内部崩壊が近いとされる北朝鮮が、人種選択性のあるウイルス兵器を開発したらしいのです。北朝鮮には影響がなく、欧米人には感染するウイルス兵器を開発したと思われています』

『そんなことができるのでしょうか?』

『わかりません。しかし、以前から、そうしたものを目指しているという情報はありました』

『なるほど。しかし、日本に関係がないとなると、これは問題じゃありませんか?』

『もちろん問題です』

岸田は、伏せていたフリップを起こした。日本を中心として、北朝鮮と韓国、そしてアメリカが描かれ、関係を示す矢印が書かれている。

『政府は、存立危機事態を認定して、集団的自衛権を発動したと言っています。しかし、政府が今回存立危機事態としている対象国は、韓国です。北朝鮮の内部崩壊で危機に陥るのは韓国なんですよ。しかも、このウイルス兵器は、韓国にとっても脅威じゃありません。アメリカじゃないんです。しかも、このウイルス兵器は、韓国にとっても脅威じゃありません。

『当然そうですよね。北朝鮮の人にとって安全なら、韓国にとっても安全なはずですからね』

『そうなんです。北朝鮮がアメリカに宣戦布告するのであれば、存立危機事態の対象国はアメリカになるでしょう。でもですね、現在の危機はそうじゃないんです。これは明らかに違法ですよ』

『自衛隊の違法な行動については、我々報道が厳しく監視しなければいけませんね』

6

『そうです。それこそが報道の使命なんです。政府は、この違法な自衛隊の活動を公表していません。私たちは、この情報を、追いかけるつもりです』

『非常に興味深いお話でした。続報を待ちたいと思います』

画面は、日本周辺の地図に戻った。御厨は、訪れた静寂が、すぐさま怒号《どごう》に覆《おお》い尽くされることを知っていた。

第一章　侵入

ドアが押し開かれた激しい音に、蓮見高雄《はすみたかお》一等陸尉は、思わず振り返った。駆け込んで来たのは、五十路《いそじ》に届こうかという女性看護師だ。薄化粧の額《ひたい》に、光の粒《つぶ》が浮いている。

「閉鎖準備完了しました」

報告は、蓮見の向かいに腰掛ける男に向けられていた。

「了解。救急車《アンビ》は入間《いるま》を出ています。一般診療の患者さんを、救急入り口周辺から遠ざけておいてください」

蓮見と同じく自衛隊に勤務する医官、秦康晴《はたやすはる》一等陸尉だった。

自衛隊の創設以来、仮想敵は存在しても、実際の敵は存在したことがない。防衛出動が発令され、戦うべき相手を政府が決定するまで、敵は存在しない。近頃は、北朝鮮情勢が緊迫の度を増しているものの、敵として認識するにはほど遠い。それでも、医療を職務とする医官は、実戦を経験してきた。ミスは、人の命を失わせる。

これから迎え入れる急患は、命に関わる可能性は低かった。しかし、臨床例が少なく、民間を含めても、治療経験のある医師は限られる。秦も、文献を読んだことくらいしかないはずだ。

彼女は、蓮見に胡乱《うろん》な視線を送り、足早に出て行った。蓮見は、秦に向き直った。

「体温は三九度四分、胸痛、呼吸困難を訴えているため、酸素吸入を行ないながら搬送されている。

心筋外膜炎の可能性がある。深刻な事態にはならないはずだ」

「診《み》てみなければわからないさ。データは所詮《しょせん》データでしかない。臨床は、研究とは違う」

理論の対義語は実践だ。医学研究を本務とする蓮見の仕事が理論なら、臨床医である秦の仕事は実践だった。現場の人間は、理論に疑念を持ちがちだ。

「成人の死亡は、ほとんどない」

秦は「そう願いたいな」と吐き捨てた。

秦の態度には、隠しきれない嫌悪感が表われていた。それは、研究と臨床という立場の違いだけからのものではない。蓮見は、そのことを認識していた。蓮見を、〝医官〟の一人とは認めていないのだろう。防衛医科大学校の同期として、互いのことはよく理解している。蓮見は、秦の刺々《とげとげ》しい態度を、無視することにした。

「安全性は高かったはずだ。原因はなんだ？」

治療に当たって、発症した原因がわかっていれば、診断、対処もしやすい。蓮見が与えておくべき情報の一つだった。

「接種時に、風邪《かぜ》をひいていたらしい。申告して外されることを恐れたようだ」

「それでこれか。外されるだけではすまなかったな」

「悪いことばかりじゃない」

「データが、取れるってか。そりゃ何十年ぶりだ。お前らのような研究者にとっては、嬉《うれ》しい被験者だろうな」

蓮見は、真《ま》っ直《す》ぐに秦を見た。

「何だ？」

腹を立てたと思ったらしい。

「確かに、俺たち研究者にとっては、貴重なデータになる。だが、それ以上に、お前ら臨床医にとっても、貴重な経験になる。患者は、万単位になるかもしれないんだからな」

蓮見の言葉に、秦は、ハッとした表情を見せた。

＊＊＊

エアコンの効いた社会部に足を踏み入れると、丁寧《ていねい》だが、明らかに苛立った声が響いていた。声の主は、上司に当たるデスクの磯部徳郎《いそべとくろう》だ。パイプ椅子に座る男に、抗議している。政治部のデスクだった。琴音《ことね》は、瞬時にそれだけ見てとると、視線を外した。余計なことに巻き込まれたくはない。

新聞社のオフィスに、静寂が訪れることはない。朝夕刊を発行する毎朝新聞では、なおさらだ。それでも、夕刊最終版の記事が締め切られたこの時間だけは、仕事にひと区切りがつき、記者も世間より遅いランチに出かける。比較的静かなひとときだった。そのせいで、磯部の声は嫌でも耳についた。

「出すとしたら桐生《きりゅう》ですが、こちらも忙しいのです」

桐生琴音は、自分の名前を聞きつけ、視線は机に固定したまま、聴覚だけを二人の会話に集中させた。タオルハンカチで首すじの汗を拭《ぬぐ》う。

「忙しいったって、掲載を遅らせればいいだけだろ」

社会部や政治部記者の多くは、警察や官庁の記者クラブに詰めている。そこで発表された情報を、発表報道として流すことが仕事だ。しかし、テーマを追って調査報道を行なう記者もいる。磯部や琴音は、そうした役割を担《にな》う遊軍記者だった。情報が腐ってしまう前に流さなければならない発表報道と異《こと》なり、記事の掲載時期に、多少の融通《ゆうずう》を利《き》かせることはできた。

「だからって、簡単に人は出せませんよ」

「自衛隊が怪しい活動をしているかもしれないんだ。調査に慣れた人間が必要だし、医学的な知識もないと、奴らの嘘《うそ》を見抜けない。あんただって、自衛隊が違法な活動をしているなら見逃すつもりはないだろ」

「私は、政治信条に基《もと》づいて記事を書いているんじゃありません。右左関係なく、他の人が目を向けない問題に、世間を注目させたいだけですよ」

磯部は、若い頃から児童福祉問題を追いかけていたらしい。今でこそ、児童虐待が注目されるものの、老人福祉と違って、児童福祉は選挙の票に繋《つな》がらない。そのせいで、左派であっても取り組む政治家は多くない。待機児童問題が騒がれても、住民の反対で保育園の建設計画が頓挫《とんざ》することだってある。

旗色は悪そうだった。社会部は、社員の半数にも及ぶ大所帯だ。しかし、社長を輩出するのは、政治部と経済部ばかりで、格では勝ち目がない。どうやら、自衛隊がらみの案件で、政治部が支援を欲《ほ》しがっているようだった。

「桐生君、ちょっと」

その後も粘《ねば》ってはいたが、磯部は、ついに折れてしまったらしい。取材対象にかじりつく根性はあっても、社内のしがらみには勝てなかったのだろう。琴音は、メモ帳を持って立ち上がった。

政治部デスク、鶴岡充《つるおかみつる》の口ぶりは、記者というより、検事が似合いそうだった。ただし、柄《がら》は悪い。灰色だろうが、実際には白だろうが、あくまで黒だと言い切りそうな雰囲気を醸《かも》している。外見は、それを気にしてなのか、真っ黒なプラスチックフレームのメガネをかけ、頭髪もきれいになでつけてあった。検事じゃなければ経済ヤクザだろう。

「自衛隊が、隊員に種痘《しゅとう》を行なっていることは知っているか？」

政治部の会議室で、琴音はノートを広げていた。

「種痘、というと天然痘《てんねんとう》ワクチンのことですか？」

琴音は、ポリオ、小児麻痺《まひ》ワクチンの問題を追いかけた経験がある。しかし、天然痘については、基本的な知識しかなかった。天然痘は、すでに過去の病気だからだ。

「自衛隊は、イラクの頃から、海外に派遣される隊員を中心として、種痘を行なっている。細かな情報は開示されていないが、近年、関連の予算が増やされていることを考えれば、接種対象範囲が広げられている可能性もある」

「北朝鮮情勢の関係でしょうか？」

現体制への移行後、北朝鮮では、高級官僚や軍高官の処刑が続いている。体制の求心力は、徐々にではあるが、確実に低下していた。それが、大きな流れとして定着したのは、現指導者による実兄の暗殺だった。実兄は、後継者レースに敗れた後、北朝鮮国外に滞在を続けていた。事実上の追放状態だった。しかし、長兄であるという事実が、体制を揺るがしかねないと判断されたのだろう。彼を庇護《ひご》していた中国から、マレーシアに渡っていた際に暗殺された。朝鮮は儒教《じゅきょう》社会だ。礼を説《と》く儒教思想に反し、肉親、それも長兄を殺した事実は、北朝鮮の民衆だけでなく軍人にも大きな衝撃を与えた。そして、それに続く軍高官車相根《チャサンクン》の処刑後は、中国軍に近い軍高官が不満を高めていると言われている。彼らは、車相根が処刑されたことで、影響力の低下を恐れた中国軍と呼応し、行動を画策《かくさく》しているとも噂されていた。もし、彼らが行動を起こせば、北朝鮮は内乱状態に陥る。現在の北朝鮮情勢は、ソ連や東欧の共産国家崩壊前夜に似ていた。

「その可能性が高い。北朝鮮は、炭疽菌や天然痘を生物兵器として研究、準備していると伝えられているからな」

「でも、天然痘なんて……もし使用すれば、世界中から、それこそ核兵器を使用した場合以上に非難されると思いますが」

天然痘は、WHO、世界保健機関の主導により、一九八〇年に根絶宣言が出されている。以後は、一部の研究機関のみが、ウイルスの保管を許されていた。

「そうだ。それほど恐ろしいものだ。だからこそ、北朝鮮は手にしているんだろう。昔と違って、種痘を受けている人が皆無だからな。どれだけの人が発病するのか、想像もつかない、ということらしい」

鶴岡も伝聞のようだ。社会部に所属していると、事故や不正は耳にしても、戦争レベルの悪意に触れる機会は少ない。恐ろしいことはわかったが、次元の違う話のようにも思えた。

「日本で天然痘の感染が広がった場合、何割くらいに感染の可能性があるんだ?」

「ほぼ全てです。自衛隊で最近になって種痘を受けた人以外は、全員感染の可能性があります。日本での種痘は、WHOが根絶宣言を出す前に終了しています。種痘の効果は長くても十年程度だったはずです。過去に種痘を受けた人も、効果は切れています。鶴岡デスクも子供の頃に種痘は受けられたかもしれませんが、もう免疫はありません」

「そうか。俺もか」

鶴岡は、左の上腕を撫でていた。接種痕があるので、自分は大丈夫だと思っていたのかもしれな

13

い。

「感染すると、どうなる？」

「ウイルスによる感染は、侵入、定着、増殖、発症という段階を経《へ》ます。天然痘の場合、接触感染と飛沫《ひまつ》感染なので、感染者と接触したり、咳《せき》による飛沫を吸い込むことで、ウイルスが体内に侵入します。侵入したウイルスに対して、免疫機構は、排除を試みますが、侵入するウイルスが多すぎたり、抵抗力が弱っていると、体内にウイルスが存在しつづける定着という状態になります。次に、ウイルスが細胞を乗っ取り、ウイルスが増える段階を増殖と呼びます。いわゆる感染してから病気を発症するまでの潜伏期間が、この定着から増殖までです。そして、増殖したウイルスが、組織を破壊したり、毒素を出すことによって発症します」

鶴岡は、こまめにメモを取っていた。

「天然痘の場合、発症すると、高熱を発し、全身に膿《うみ》がたまった膿疱《のうほう》と呼ばれる水疱《すいほう》ができます」

「あばたの元だな」

琴音は肯《うなず》いた。天然痘は、完治しても、膿疱の痕《あと》があばたとして残る。

「高熱も危険ですが、天然痘による死亡率が高いのは、この膿疱が原因です。体表面だけではなく、内臓にも膿疱ができるからです。こうなると、臓器が機能不全を起こします。天然痘で死にいたる場合は、肺損傷による呼吸不全が多いそうです」

鶴岡は、喉元《のどもと》を押さえていた。呼吸ができずに死ぬことを想像したのだろう。

「死亡率はどの程度だ？」

「通常、三十から四十パーセントと言われています。日本の場合、医療が進んでいますから、適切な治療が受けられれば、三十パーセント程度でしょう」

「適切な治療を受けられるかどうかは、患者の数次第だろうな」

「はい」

続ける言葉を失っていると、鶴岡は、いよいよ本題に入った。

「でだ。今朝方、防衛省が種痘の接種で副反応被害が発生したと発表した」

「ワクチンの副反応ですか」

「そうだ。副反応というのは、薬の副作用みたいなものか？」

「そう考えればわかりやすいと思います。言葉が違うのは、ワクチンそのものによる影響ではなく、ワクチンに対する体の反応なので、そう呼ばれています」

「そうか。それはともかく、天然痘のワクチンがどんなもので、どんな危険があるかなんて、正直よくわからん」

「それで磯部デスクに頼んだというわけですか」

「そうだ。何年か前に、社会部でポリオワクチンの問題を記事にしただろう」

ポリオワクチンには二種類ある。一つは、安価で接種も容易なため、主にポリオの流行地域において使用される経口生《けいこうなま》ワクチン。もう一つは、高価で接種にも手間のかかる不活化ワクチンだ。日本は、三十年以上にもわたってポリオ感染者が発生しておらず、不活化ワクチンが適している状況だった。しかし、厚生労働省とワクチンメーカーの癒着《ゆちゃく》から、経口生ワクチンが使われ続けてきた。

経口生ワクチンの問題は、ワクチンでありながら、体内で本来の病原ウイルスに戻ってしまう可能性があることだった。運悪くワクチンが病原ウイルス化した接種者は、病気を予防するつもりの接種で、逆に病気に感染してしまう。

三十年以上にわたって、日本では、自然感染による患者は皆無であったのに、ワクチンによる感染者が定期的に発生するという異常な事態が続いていた。それが改善されたのは二〇一二年、近年のことだった。

「わかりました。私は遊撃担当記者になって最初の仕事が、ポリオワクチン禍《か》の取材だったんです。お手伝いさせていただきます」

琴音が、鶴岡以上の知識を持っていることは間違いなかった。

「手伝い感覚じゃ困る。もう駆け出しじゃないんだ。何やら怪しい臭《にお》いがするから、最初の取材は同行する。だが、後は君に調べてもらいたい。調査報道はお手のものだろう」

一人で仕事を任《まか》せてもらえるのは久々だ。望むところだった。


ランプを駆け上がり、車は首都高に入る。大崎睦夫《おおさきむつお》の運転は、加速も車線変更も荒っぽい。琴音は、事故を起こさないか気が気ではなかった。それでも、琴音の隣に座る鶴岡は、さっそく立ち上げたノートパソコンを叩《たた》き始めた。大崎は、映像報道部所属のカメラマンだ。鶴岡も琴音も、自衛隊には詳《くわ》しくない。鶴岡が、自衛隊に詳しいカメラマンを、と要求した結果だった。仕方なく、琴音もプリントアウトしてきた資料に視線を落とす。そして、一人の自衛官のことを思い出していた。

「患者の氏名、階級の情報はないのでしょうか」

「秘密だそうだ」

「年齢は?」

「それも不明。第一三普通科連隊の隊員という以外は、具体的な情報は何もない」

ぶっきらぼうに答えた鶴岡は、画面から視線を上げた。

「何か意味があるのか?」

「いえ、そういうわけでは……」

琴音が言い淀《よど》むと、大崎は、合流してくる車を強引に躱《かわ》しながら振り向いた。

「第一三普通科連隊、略して一三普連《ふれん》は、山岳連隊なんて呼ばれてます」

「山岳連隊？」

琴音は、オウム返しに尋ねた。

「ええ。長野県の中央、松本《まつもと》市に駐屯地《ちゆうとんち》があります。担任区域は、長野県全域。一つの連隊で、これだけ広い担任区域を持っている部隊は珍しいですよ。で、担任区域のほとんどが山岳ですから、昔から山岳行動を得意としています。そのため、山岳連隊と呼ばれているんです。御嶽山《おんたけさん》の噴火で災害派遣を行なったのも、この一三普連です」

「そうなんだ。でも、特殊作戦群も山岳行動の能力があるって聞きました」

「特殊作戦群は、山岳だけでなく、なんでもやるプロ。一三普連は、山を極《きわ》めたプロですよ。にしても、よく特殊作戦群なんて知ってますね」

「私だって、知っていることもあります」

「そんなことよりも、危険性はないのか？」

鶴岡の目は、恐怖ではなく、期待に満ちていた。危険性が高ければ高いほど、ニュースバリューも高くなる。

「一部のワクチンは、病原体となるウイルスから作られるため、どうしても多少の危険性があります。でも日本で使用されている天然痘ワクチンは、天然痘ウイルスから作られていないんです」

「どういうことだ？」

「ワクチンという言葉自体、天然痘予防のためにエドワード・ジェンナーが牛痘《ぎゆうとう》法を開発したことで広まったものです。この牛痘法も天然痘ウイルスを使用していません。牛が感染する牛痘と呼ばれる病原ウイルスを使うものでした」

「聞いたことがありますね」

ジェンナーは、牛痘法の開発により近代免疫学の父と呼ばれる偉人だ。疫学《えきがく》の入門書には必ず載《の》っている。子供向けの伝記にも取り上げられていることがある。それでも、大崎がジェンナーや牛痘を知っているのは意外だった。

「今、日本で使用されている天然痘ワクチンも、ワクシニアウイルスという天然痘ウイルスに似た別のウイルスを使用しています」

「つまり、副反応が出たといっても、天然痘になることはないってことだな」

鶴岡は、面白くなさそうだった。

「はい。私が取材した生ポリオワクチンは、毒性は弱められていますが、生きた状態のポリオウイルスそのものが使われていました。そのため、体内で毒性を回復してしまうケースがあり、ワクチンによるウイルス感染が発生していたんです」

「しかし、副反応被害が出て、救急搬送されてくるってことは、危険性があるからに違いないんだ。自衛隊が真実を発表しているとは限らん。それを明らかにすることが報道の使命だ」

鶴岡の表情には、信念が垣間《かいま》見えた。

「俺のカメラに写せる真実があるといいんですがね。ウイルス相手じゃ、分《ぶ》が悪そうだ」

所沢《ところざわ》インターで高速を降りると、渋滞に巻き込まれた。大崎の乱暴な運転も、ここでは鳴りを潜《ひそ》め、琴音はやっと安心することができた。片や、大崎は苛ついている。少しだけ開けた窓から、刈り込まれた夏草が香っていた。琴音は、松本盆地の乾いた熱気を思い出した。駐屯地に勤務する自衛官は多い。副反応を示したというのが、室賀《むろが》である可能性は低いはずだ。それに、彼は以前に種痘を接種されている可能性が高い。もしそうなら、今接種を受ける必要はない。違うはず——琴音は、自分に言い聞かせて窓の外を眺《なが》めていた。

車は、所沢航空記念公園の中を通り、かつてエアーニッポンで運航されていたYS—11の展示機を左手に見ながら進んだ。病院の入り口には、自衛隊施設特有のゲートもなく、建物の外観も、至って普通の病院だった。『防衛医科大学校病院』の表示がなければ、防衛省の施設だとはわからない。

鶴岡が医事課事務室に来訪を告げると、二階の会議室に通された。窓からは整備された中庭が見渡せ、ここにも自衛隊らしさは見えなかった。

廊下の外から確かな足どりが響き、ドアがノックされた。現われた男は、手にバインダーを抱《かか》えていた。白衣を着ていなければ、医療関係者には見えない。端整な顔立ちだったが、医者というよりも、自衛官らしい風貌《ふうぼう》だった。白衣の他は、メタルフレームのメガネだけが、医者らしい外見を形作っている。

「お待たせしました。わざわざ、ここまで来られたのは、毎朝新聞さんだけですよ」

「他社は来ていませんか?」

鶴岡は、他社の動向が気になっているようだ。

「防衛省の記者クラブからは、いくつか問い合わせがあったみたいです。それには医大の広報が対応しています」

他社は、この副反応被害にそれほど注目してはいないらしい。鶴岡、大崎に続き、琴音も名刺を差し出した。蓮見と名告《なの》った男は、名刺を作っていないという。

「申し訳ありません。私は防衛医大の中で研究を行なっている者なので、外部と接触する機会は、あまりないんです」

「では、今回の天然痘患者に対しても、治療はされていないのですか？」

鶴岡が放った疑問は、琴音も同じように抱いていた。ただし、琴音が質問していたら、違う言葉を選んでいただろう。

「種痘による副反応患者です。天然痘患者ではありません」

「失礼、わかりました。で、治療は？」

「直接の医療行為は行なっていません。ですが、携《たずさ》わっています」

「どうしてですか。なぜ、防衛医大の研究者の方が携わっているんでしょう」

「私は、天然痘のような危険な感染症、具体的には、第一類感染症と呼ばれるものを専門に研究しています。そのため、今回の治療をサポートしているんです」

「患者が危険な状態だからサポートしているということですか？」

「いえ、決して危険な状態ではありません。ですが、今の日本、いや世界中を見渡しても、種痘による副反応患者の治療経験を持つ臨床医は、あまりいないんです。一般の方への種痘接種は、もう四十年も行なわれていませんから」

鶴岡は、蓮見医師がボロを出すことを期待しているようだった。それに対して、蓮見は、淡々と事実だけを答えている。

「患者の病状は？」

鶴岡の質問が途切れたので、琴音は、すかさず質問を投げかけた。

「発熱があり、胸の痛みを訴えていますが、命に別状はありません」

「胸の痛みですか?」

「ええ、心筋外膜に炎症があるようです」

「紅斑《こうはん》や湿疹《しっしん》はどうですか。全身性ワクシニアではないんでしょうか?」

「通常の接種患者と同じジェンナー水疱がありますが、それだけです。詳しいですね」

「医療問題が専門ですので」

蓮見は、無言で肯いた。

「現役の自衛官は、基本的に健康な方々ばかりだと思いますが、なぜ今回副反応被害が起きたのでしょうか」

「自衛官は強健ですが、いつも健康だとは限りません。今回の患者は、風邪をひいて熱があったそうです。接種時の禁忌《きんき》に当たり、接種を避けるべきなのですが、本人が隠していたため、接種が行なわれてしまいました」

「検温はしていないのですか?」

「もちろんしています。ですが、子供じゃありませんからね。体温計を渡して、各自で測《はか》らせています。腋《わき》に挟《はさ》まず、低温部にあててごまかされたらわかりませんよ」

「そんなことが許されているんですか?」

淡々と答えていた蓮見が、初めて苦笑した。

「こう言ってはなんですが、これは、自衛官の間では、結構一般的なことなんです」

蓮見は、背筋を伸ばして言葉を継いだ。

「隊内の資格検定などで、健康診断は頻繁《ひんぱん》に行なわれます。検診にパスするため、その時に風邪を引いていた場合、体温をごまかすのは、常套《じょうとう》手段なんです。実を言えば、われわれも知りつつ見逃しているところもあります。昔は、水銀柱《すいぎんちゅう》を使った体温計だったので、服の上で擦《こす》ったりして、微妙な調整も可能でした。今は、デジタル体温計を使用しているので、昔よりもごまかしが難しくなっていますがね」

「今回も見逃した？」

「とんでもない。風邪を引いているおかげで耳抜きができにくいなんてこととは訳《わけ》が違います。接種を行なったのは松本駐屯地の医官と看護師ですが、説明も充分に行なったし、監視もしていたそうです。ですが、今でも〝病気は気合いで治せ〟が常識の世界ですからね。その隊員も、軽く考えていたようです」

蓮見の話に、おかしな点は見られなかった。一般の常識とかけ離れているところはあっても、自衛隊が特殊な世界であることを考えれば、不自然とは言えない。

「患者の氏名、階級は？」

琴音は、だめ元で聞いてみた。

「個人情報ですので、明かせません。ですが、二十代の三等陸曹です。特殊な立場の隊員ではありませんよ」

ある程度話したほうが得策と考えたのだろう。階級がわかっただけでも、琴音は安心できた。

「接種されたワクチンの種類は特別なものですか？」

一応、確認しておいた。後になって齟齬《そご》を見いだせることもある。

「いえ、化血研製造のリスター株。認可されたワクチンです」

「資料があれば、見せていただけますか」

蓮見は、「どうぞ」と言いながら、バインダーから写真を抜き取った。そこに写っていたものは、確かに化学及血清療法研究所、通称化血研製造の乾燥細胞培養痘そうワクチン『LC16〝化血研〟』だった。このワクチンは、天然痘ウイルスの近縁種《きんえんしゅ》であるワクシニアウイルスを兎《うさぎ》の腎臓細胞で増殖させ、凍結乾燥させたものだった。LC16m8株を使用し、世界的に見ても、安全性の高いワクチンとされている。

しかし、安全性が高いとは言っても、発熱している者への接種は禁忌だ。熱があることを隠して接種を受けたのなら、副反応被害が出ても当然と言えた。写真が偽《いつわ》りでなければ、自衛隊が何か特殊なことをしているとは言えなかった。

鶴岡と目が合うと、琴音は、微《かす》かに首を振って彼の期待が裏切られたことを示した。

「では、質問を変えます。今回の接種は、北朝鮮絡みのものですね」

鶴岡は質問と言ってはいたが、詰問《きつもん》という雰囲気だった。

「私は、その質問に答えるべき立場にありませんが、北朝鮮情勢に関係があるとも、ないとも言えるのではないでしょうか。種痘の効果は、五年から十年ほど続きます。その間に接種を受けていない隊員に対して、順次範囲を広げているだけです」

「今回、一三普通科連隊の隊員、何人に対して接種を行ないましたか」

「それについては、秘匿《ひとく》情報となっているのでお話しできません」

蓮見は、バインダーに留《と》められた資料を見ながら答えた。

鶴岡は、女性隊員にも接種をしたのかなど、次々と質問を繰り出したものの、その後の蓮見の答えも、ほとんど秘匿情報ということだった。

鶴岡が追及を諦《あきら》めると、大崎は、許可をもらい蓮見の姿をファインダーに収めた。その時も、蓮見は注意深くバインダーを裏返していた。

「お忙しいところ、今日はありがとうございました」

鶴岡が会釈《えしゃく》をしながら礼を言うと、蓮見の顔に、わずかながら安堵《あんど》の色が見えた。琴音はノートを閉じ、荷物を片付けながら、一応の確認という態《てい》で質問した。

「すみません。記事にするにあたって、疑問が出てきた場合は、防衛医大にご連絡差し上げたらよろしいですか？」

「ええ。ですが、来週は不在の予定です」

明日は土曜だった。琴音が連絡するとしても、当然週明けになる。

「ずっと？」

「はい。こちらには出勤しない予定です」

「そうですか。再来週《さらいしゅう》はいかがでしょうか？」

「再来週ですか……」

蓮見は、白衣の胸ポケットから手帳を取り出した。それを胸元で広げる。

「火曜、木曜、金曜なら、こちらにおります」

「わかりました。一報は、明日の朝刊に載せる予定ですが、別の記事を掲載するかもしれません。詳報は、掲載予定を考えると……再来週の木曜の午後でしたら、記事に問題がないか、確認していただけますか。ファクスを送ります」

通常、取材対象に記事のチェックをさせることなどない。鶴岡は、記事を見せるのかと、非難の視線を向けてきたが、琴音は無視した。

「いいですよ」

蓮見は、手帳を机に置いて、メモを書き入れる。琴音は、その瞬間、手帳に視線を走らせ、立ち上がると静かに腰を折った。

「よろしくお願い致します」


「どういうつもりだ？」

鶴岡は、腹に据《す》えかねた様子で後部座席に乗り込んだ。

「彼の手帳が見たかったんです」

一瞬、鶴岡は、惚《ほう》けたような顔を見せた。

「意外に、腹黒《はらぐろ》だな」

「ポリオワクチン禍の時も同じでした。ほとんどの取材対象者は、できれば取材を受けたくないと思っています。こちらが聞きたい話は、彼らにとって明かされたくない事実でしたから」

「面白いことは書いてありましたか」

大崎が、振り向いて尋ねてきた。

「来週の予定は『松本』と書いてありました。当然松本駐屯地だと思います。今回の副反応被害の調査かもしれませんが、もしそうだとしたら、先ほどの話と矛盾《むじゅん》します」

「単なる風邪で熱があったというのが嘘かもしれないということだな」

「はい。でも、別の理由かもしれません。副反応被害が別の原因で起こったことだとすれば、調査はすでに開始されているはずです。蓮見医師の予定は、月曜日から松本となっていました。週末は、通常どおりの休みのようです。ですから、副反応被害とは別の理由ではないかと思うんです」

「何にせよ、自衛隊は何かを隠している。それだけは、間違いない」

琴音は、口を開くことなく首肯《しゅこう》した。

「確かにその可能性は高いでしょう。でも、その目的に問題があるとは限らないと思います」

「馬鹿なことを言うな。隠しごとをするのは、やましいことを考えているやつだけだ」

琴音は、反論できなかった。

「あの蓮見とかいう医官を追っかけてみろ」

「はい」

防衛医大の研究者が、一週間も部隊に出張する理由には、何があるのだろうかと訝《いぶか》しんだ。しかし、琴音には自衛隊の〝普通〟がわからない。医官の〝普通〟は、さらにわからなかった。推測するための基となる情報が少なすぎる。

「大崎さん、来週、松本に行けませんか？」

自衛隊に詳しい人物に同行してもらうことで、足りない情報を補えるかもしれなかった。

「いいですよ。都合付けます。乗りかかった船ですし、少なくとも、防衛医大の取材よりは面白そうだ」

前方を指差し、振り向いた大崎を前に向かせた。

「車を出します。何時に出ますか？」

「月曜に松本に来てほしいの。時間は後で連絡する。私は、先に現地入りしているから」

「急な取材依頼では、土日に対応してはくれないだろう。それとも、何か伝手《つて》でもあるのか？」

鶴岡は、キーボードを叩く手を止めて言った。

「ポリオワクチン禍の時に取材した方が、松本駐屯地に勤務しています。今回の副反応被害や蓮見医官の松本出張に関係しているかわかりませんが、現地の状況を聞いておこうと思います」

「だから、自衛隊のことも多少は知っているのか。なるほどな。磯部デスクには、私から話をしておく」

「お願いします」

室賀に連絡するのは久しぶりだった。その後の状況を聞かせてほしいという口実で、時折電話はしていたが、頻繁に連絡をするわけにはいかなかった。今回の副反応被害は、室賀に会うための口実にもなる。そのことは嬉しかった。

＊＊＊

寿司屋で使われるような大きな湯呑《ゆの》みを手に取り、渋めに淹《い》れたお茶をすする。

もう少し、明るい色のスーツにすればよかった。画面に映っているのは、拉致議連総会でスピーチする自身の姿だった。拉致被害者家族が、少しでも希望を抱きやすくするためには、もっと明るい色が好ましい。

『それがいかに危険なものであれ、チャンスがあれば、私は、特定失踪者を含む拉致被害者全員を帰国させるため、全力をもって、事にあたるとお約束いたします。もう少しの辛抱《しんぼう》です。必ず、被害に遭《あ》われた方々を、皆様の元に、お返しいたします』

少々、強く言いすぎただろうか。しかし、喉元まで出かかった〝奪還〟という言葉を呑み込んだのだから、言いすぎではないだろう。画面に映る自身の姿を見て、御厨首相は、静かに自己分析していた。

ノックの音が響き、秘書官が苫米地《とまべち》正人《まさと》防衛大臣の来訪を告げた。十五分ほどの遅刻だった。

「申し訳ありません。報告が山のようにありまして」

「かまいません。その報告を受けるように指示したのは私ですからね」

御厨は、まだ職務に慣れていない苫米地を思いやって、笑顔を作った。本音《ほんね》を言えば、遅刻など言語道断だった。苫米地は、ソファに腰を下ろした。

「先日の拉致問題特番ですな」


画面は、総会後に行なわれた囲み取材に変わっていた。

『多くの拉致被害者は、工学や医療などの知識、技能を持っていました。北朝鮮は、彼らを狙《ねら》って拉致した可能性が高いわけですが、そうであれば、今頃、彼らは、北朝鮮として明かすことのできない秘密を握っている可能性があるのではないでしょうか。そうした人々を、どうやって帰国させるおつもりですか?』

新聞記者が、御厨に詰め寄っていた。

『困難があるからといって、諦めることはできません。拉致被害者の方々は、一縷《いちる》の望みにすがって生きていらっしゃいます。私は、彼らを見捨てたりはしません』

『具体的に、どうされるのでしょうか?』

『そんなことは、話せるはずがないでしょう。メディアに話したら、北朝鮮に筒抜けじゃないですか』


「困った記者だ」

「彼らにも正義があるのでしょう。我々の正義とは、かなり隔《へだ》たりがあるようですが」

御厨は、再生を止めて、リモコンを執務机に置いた。そのまま苫米地に向き直る。

「で、具体的に、どうしますか?」

「現在、確度の高い拉致被害者及び特定失踪者と思われる方の所在情報が五十七人分あります。脱北者からの聞き取り情報を基に、韓国、中国経由を含めて確認しました。このうち、同一の住所及び近傍《きんぼう》に居住している方々の所在を一件とカウントすると、奪還作戦の実施対象ポイントは二十三カ所です。幸いなことに、全て海から近い場所にあります」

御厨は、二十三カ所、五十七人という情報を反芻《はんすう》した。

「そのため、内乱発生が予測される状況になった段階で、特殊部隊を海から潜入させ、所在情報を確認します。その上で、内乱発生時に、ヘリによって強襲し、この五十七人を奪還します」

「法的には、問題が生じませんか?」

「現在、内局で作戦態様の適法性を検討しています。野党やマスコミに追及されるわけにはいかないですからな」

「検討結果を早急に報告してください。すでに北の軍関係者の一部が、統制を外れた動きを始めているとの報告もあります」

「わかりました。この後、市ケ谷《いちがや》に戻って確認します」

御厨は、軽く肯いて、立ち上がった。苫米地を見送るためだ。この男には、激務をこなしてもらわなければならなかった。

＊＊＊

〝状況第二十三〟

〝付与《ふよ》日時：十二日一四三七〟

〝付与対象：縦隊先頭〟

〝内容：三〇〇メートル先に、敵偵察兵を発見〟

室賀了兵《りょうへい》三等陸佐は、北アルプスの山肌を思い出しながら、樫《かし》のように固くなった指先で、パソコンに文字を打ち込んでいた。この状況は、五日にわたる訓練のうち、最初に敵と接触する機会として付与する予定だった。要員は、全員がそれなりに経験を積んだ曹《そう》クラスの隊員だ。経験の少ない陸士は、参加させていない。慣れてくれれば、誰でも、それなりの役者になってくれるはず。それでも最初の敵との接触では、緊迫感を演出してくれる役者が必要だった。

「武藤《むとう》にやらせるか」

武藤二曹は、各種訓練の調整を行なうため、所属している第二中隊から本部管理中隊に、たびたび出向いてきていた。その姿を、室賀も目にしている。二曹としては若いが、機転の利く隊員だった。

次に付与する状況を打ち込み始めると、ドアをノックする音が響いた。

「忍田《おしだ》です。いいですか」

「どうぞ」

バリトンで答えると、第一三普通科連隊本部管理中隊長を務《つと》める室賀は、ファイルを保存した。立ち上がって忍田を迎え、ソファを勧《すす》める。自分は、その向かいに腰を下ろした。

「どうしました？」

忍田三佐は、第二中隊長の職にあった。部内からの叩き上げだ。一方の室賀は、防衛大卒のエリート。室賀と忍田の配置は、逆になることが普通だった。戦力である第一、第二、第三のナンバー中隊は、防大卒や、若くして部内幹部となった者が指揮する。裏方である本部管理中隊の長は、比較的年がいってから部内幹部となった者がつくことが多い。逆の配置になっている理由は、室賀の家庭事情だった。

「先日の訓練、申しわけなかった」

忍田は、座ったままではあったが、額が机につくのではないかと思うほど、深々と頭を下げた。

「とんでもない。顔を上げてください」

室賀は、恐縮して言った。階級は同じだが、室賀のほうが先に三佐に昇任している。室賀が先任だ。しかし、忍田のほうが、年は十歳以上も上だった。あからさまに頭を下げられると、据わりが悪い。

「あなたの判断が正しかった」

忍田が言っていたのは、先月、実施された山地行動訓練において、急遽《きゅうきょ》訓練内容を変更した室賀の決断のことだった。天候は、曇り、降水確率も十パーセントと予報されていた。しかし、室賀は観《かん》天望気《てんぼうき》で、訓練内容を変更した。

訓練は、二中隊と三中隊の合同訓練だった。室賀はアドバイザー的な位置づけでの参加だったが、階級の関係で指揮官となっていた。忍田は、アドバイザーであるはずの室賀が天候悪化を必要以上に恐れて訓練を変更した、と不満を口にしていた。訓練の最中から、その不満は室賀の耳に入っていた。

しかし、天候は、その後に急変した。計画を変更していなければ、低体温症で体調を崩す者が出てもおかしくないほどの風雨だった。

「指揮官として口にしてはならない言葉まで口にしてしまった。その上、今日まで素直に頭を下げることもできなかった。申しわけない！」

「忍田さん、止《や》めてください」

室賀は、忍田の肩に手を押し当て、頭を上げさせた。

「部下の手前、そうおいそれと、頭は下げられないでしょう」

それでも、忍田はしきりに謝罪の言葉を口にしていた。室賀に許しを請《こ》いたいというよりも、謝罪することで自らの誇りを守りたいようにも見えた。

「わかりました。私も、訓練中は腹を立てました。自信がありましたから。しかし、あの予報、高層天気図なら、忍田三佐に限らず、予定どおり訓練を続けるべきと判断するのが普通です。そこまで気にしないでください」

「しかし……」

態をも押し留《とど》められそうな勢いで掌《てのひら》を忍田に向け、室賀はそれ以上の言葉を封じた。立ち上がって、ドアを開けると、庶務係の士長にお茶を持ってくるように頼んだ。

「ありがとうございます。それにしても、よくあの急変がわかりましたね」

ソファに戻ると、やっと忍田は緊張を緩《ゆる》めた。

「長いですからね、山暮らしが」

「私よりもですか?」

忍田は、山岳連隊と呼ばれるこの一三普連に、もう十年以上も居座っていた。当然、山のプロだと自認しているだろう。

「私の初登山は、生後三カ月だったそうです。もちろん、自分の足じゃありませんが」

怪訝《けげん》な顔の忍田に、室賀は頰《ほお》を緩ませた。

「私の親は、山男と山女なんです。出会ったのも山なら、共に生活を始めたのも山。母は、産後の肥《ひ》立《だ》ちが落ち着くと、居ても立ってもいられなくなって、私をおくるみで包んで山に登ったそうです。私が小学生の頃は、二人とも梓湖《あずさこ》の奥にある白骨《しらほね》温泉で働いてました。住み込みでね。おかげで、私の通学路は、距離にして三キロくらいでした。学校が標高一三〇〇メートルくらい、住んでたところは一五〇〇メートルもありました。仕事の都合で送り迎えもなし。毎日が登山です」

「いますね、そういう子。信州には」

忍田は、呆気《あっけ》に取られた顔をしていた。

「ええ。それに、休みの日に連れて行ってもらえるのも山ばかりでした」

「なるほど、年季が違うわけですか」

「ものごころついた時から、山にいることがあたりまえだった。ただ、それだけです」

室賀が苦笑して答えると、頼んだお茶が運ばれてきた。

「だとすると、本管中隊長の補職《ほしょく》は、息子さんの件が理由ですか?」

あまり触れられたくはなかった。それでも、プライバシーの乏《とぼ》しい組織の中で、もう充分に慣らされている。

「ええ。父と母に了太《りょうた》を見てもらってます。私も、家を空《あ》けざるをえない時がありますから」

関山《せきやま》や富士《ふじ》などの演習場で実施される連隊としての訓練は、本部管理中隊も参加する。こうした訓練は、移動にも長時間を要するため、日帰りでは無理だ。それでも、忍田のようなナンバー中隊よりは宿泊を伴《ともな》う訓練は少ない。障害を持つ息子の父親、それも一人親である室賀は、家庭の事情を考慮してもらった結果として、本部管理中隊長に補職されていた。

「私にも、二人の子供がいます。健康そのものですが、それでも妻は苦労しているようです。さぞかし大変でしょうなあ」

「障害があるとはいっても、杖《つえ》があれば歩くこともできます。大したことはありませんよ」

「そうですか。ご両親がいらっしゃるとはいえ……、やはり大したことですよ」

室賀は、忍田が呑《の》み込んだ言葉を察して、無言のまま笑《え》みを返した。傍《はた》から見たら、苦笑あるいは寂しい笑いに見えただろう。一瞬訪れた静寂を払うように、二人でお茶をすすった。

「そう言えば、来週は、また家を空けなければならないそうじゃないですか。うちからも三名ほど出しますが、室賀三佐でなければならんような研究なんですか？」

「客の対応が必要ですから」

室賀は、内心の緊張を悟られないように、もう一口お茶をすすってから答えた。

「客と言ったって、一尉らしいじゃないですか。防医大の医官とはいえ、三佐が面倒を見なければならない相手とは思えませんが」

「方面の指定研究なんですよ。旅団司令部から、万全の態勢で支援をしてくれと言われています。二中隊からも、忙しい中、三人も出していただき、ありがとうございました」

「それはかまいませんが、年度の業務計画にも載っていなかった指定研究を急に実施するなんて、本音がどこにあるのかわかったものじゃありません。要員は指定の上、予防接種を受けてデータを取るなんて、まるで人体実験みたいじゃないですか」

「実際、友部《ともべ》三曹は緊急入院なんですから、安全な接種じゃないんでしょう。負荷をかけた上でデータを取っておくというのも、理解できない話じゃありません」

忍田は、納得した様子ではなかったが、それ以上には拘《こだわ》らなかった。自分の理解が及ぶ話ではないからだろう。二言《ふたこと》三言《みこと》雑談を交わすと、自分の中隊に帰って行った。

「部外はともかく、部内はいつまでも欺瞞《ぎまん》できそうにないな」

独《ひと》りごちると、室賀は、〝東部方面隊指定研究支援計画別紙第五〟と名前を付けられたファイルを開き、編集を再開した。冒頭には、〝状況付与票〟と打ち込んである。誰がどう見ても、研究支援ではなかった。

＊＊＊

ドライヤーを置き、壁に掛けた時計を見る。時刻は午後九時五分をまわっていた。パソコンラックに置いてあったスマートフォンを手に取り、アプリの電話帳を開く。探していた連絡先は、簡単に見つかった。実際にかけることはまれだが、連絡先を開くまでは、珍しいことではなかった。

今日は、電話をかけるだけの理由があった。失礼には当たらない程度に遅く、確実に帰宅しているだろう時間を見計《みはか》らって、画面をタップした。

数回の呼び出し音が響き、繋がった。期待していたバリトンではなかった。

「はい、室賀です」

凜《りん》とした少年の声だ。

「了太君ね。毎朝新聞の桐生です。久しぶり」

「琴音さん！」

続く言葉はなかった。

「お父さん、琴音さんだよ。新聞屋さんの」

受話器を外し、大声で父親を呼ぶ声が聞こえてきた。『早く、早く』と急《せ》かす声に、『桐生さんは、新聞屋さんじゃないぞ』というバリトンも聞こえた。

「替わりました。室賀です」

琴音は、声が裏返らないように一呼吸置いた。

「毎朝新聞の桐生です。ご無沙汰《ぶさた》しております」

「こちらこそ、お世話になったのに、年賀状くらいしか送ってなくて申しわけない」

謝罪合戦が落ち着くと、琴音は、様子伺《うかが》いから切り出した。

「元気そうでしたが、了太君の様子はどうですか？」

「元気ですよ。祖父母もいますし、塞《ふさ》ぐことは少なくなってきました。思い出す機会も減ったんでしょう」

最後の一言は、小声だった。思い出してしまうのは、彼の母親のこと、そして、その母親の死だった。

「そうですか、それはよかった。前回伺った頃は、まだどこかに影がありましたから」

前回の追跡取材は、一年ほど前だった。

「それで、どうしました？」

単刀直入《たんとうちょくにゅう》なのは助かった。しかし、今回は別の意図もある。悟《さと》られないようにしなければならなかった。

「先日、種痘の副反応被害がありましたよね。あれを聞いて、了太君のことを思い出したんです。前回伺ってから一年ほど経《た》ちますし、その後の状況を取材させていただきたいと思いまして……」

種痘の件をどこまで話すかは迷った。防衛省として正式に発表している。知らないというのは不自然だった。逆に、取材に関わっていることを告げるのも、得策とは思えなかった。

「そうですか。身体的には、ほとんど変化はないですよ。背が伸びたくらいで」

「はい、それは承知してます。気になっているのは、心の問題ですから」

「了太も……、向こうからこっちを見ています。来ていただけたら喜ぶとは思うのですが、実は、来週は月曜から金曜まで戻って来られないんですよ」

「お仕事ですよね？」

「ええ、金曜も帰宅時間が読めないので、来週は難しいですね」

仕事の内容は教えてもらえない可能性が高い。それに、防衛省に秘密の動きがあるのなら、なおのこと、警戒させてしまうだろう。

「でしたら、この週末はいかがですか？」

「というと、明日か明後日《あさって》ですか？」

やはり、以前の室賀と比《くら》べると、どこか渋っている印象だった。琴音は、理由が仕事であればいいと思った。

「ええ、どちらでも。お邪魔させていただけるならかまいません」

「用事があるわけじゃありませんから、かまいませんが……、明日では急ですし、日曜日はいかがですか？」

「本当ですか！　ありがとうございます」

思わず大きな声を出してしまった。仕事とは関係のない個人的な本音が滲《にじ》んでしまった。それが伝わってしまうのも、かまわないと思っている。

「了太も喜びます。向こうで笑っていますよ」

「日曜の『あずさ』で松本に行きます」

「到着時刻がわかったら、連絡をください。駅まで迎えに行きますから」

琴音は、礼を告げると、了太君とご両親にもよろしくと伝えて通話を切った。単純に、室賀に会えることは嬉しかった。その一方で、対応を渋り気味だった理由が気になった。やはり、防衛省は、松本で何かを行なっているのかもしれなかった。しかし、たとえそうだとしても、室賀がそれに関わっているとは限らない。

＊＊＊

秘書官が最後のドアを開けた。白い壁面が眩《まぶ》しい。瞬間的なホワイトアウトを瞳孔が調節すると、弧状《こじょう》の机に、外務大臣の原匠《はらたくみ》と防衛大臣の苫米地が見えた。苫米地の後ろには、どこかで見たような顔の男も控えている。そして、前方のスクリーンには、制服姿の四人の男が映っていた。官邸の地下に設置された危機管理センターは、防衛省の中央指揮所と繋がれ、テレビ会議の準備がなされていた。官邸と市ヶ谷との距離が近いにも拘《かか》わらず、テレビ会議にしたのは、マスコミに詮索《せんさく》されることを避けるためだった。

「天然痘ウイルス流出と北朝鮮情勢に関わる状況報告を行ないます。なお、一部の内容は先日の報告と重複しますが、復習としてご容赦《ようしゃ》ください」

御厨が、中央の席に腰を下ろすと、スクリーンに映る厳《いか》めしい顔をした男が宣言した。統合幕僚長の日高巌《ひだかいわお》だ。

「先月の末に、米軍から、北朝鮮が開発・保有していた生物兵器が、イスラム過激派勢力に渡った可能性があるとの情報提供を受けました。その生物兵器は、天然痘ウイルスを使用したものと思われます」

この情報には、記憶があった。御厨は首肯して先を促した。

「米軍からの新たな情報によると、この生物兵器は、天然痘ウイルスそのものではなく、遺伝子操作をされている可能性があるようです。また、北朝鮮の国家意思に基づいて提供されたのではなく、一部勢力によって横流しされた可能性が高いとみられています。この後の報告の理解を助けるため、まずウイルスと生物兵器について、そちらにおります笹島防衛医科大学校校長から説明させます」

苫米地の後ろに座っていた男が、前方右に設えられていた演台に立った。

「防衛医科大学校校長の笹島です」

深々と一礼した笹島に対して、御厨は軽く会釈を返すと「説明を」と促した。

「天然痘は、一九八〇年にWHOが根絶宣言を行ない、自然界には存在しない病気となっております。しかしながら、アメリカとロシアの研究機関でウイルスが保管されている他、極秘に保有していると思われる国がいくつかございます。その一つが北朝鮮です」

日の丸が表示されていた中央のスクリーンが、世界地図に切り替わった。ほとんどの国が真っ白の白地図だった。アメリカとロシアは青く塗られている。そしてフランスと北朝鮮は赤く塗られていた。

「天然痘は感染力が強く、致死率も三十から四十パーセントと推定される非常に恐ろしい病気です。高熱を発し、全身に膿疱、つまり膿がたまった水疱ができます。体内にできた膿疱によって臓器が損傷すると、臓器不全を引き起こして死に至ります。過去には、天然痘によって滅んだ国もあるほどです。感染後は、対症療法によって症状の軽減が可能なだけでなく、種痘、いわゆる予防接種を事前に行なうことが非常に効果的です。自然界からウイルスを根絶できたのも、種痘のおかげです」

笹島は、ここで一呼吸置いた。その表情も、学者然としたものから張り詰めたものに変わった。

39

「ただし、これはオリジナルの天然痘です。北朝鮮はウイルスに遺伝子操作を行なった可能性が指摘されています。どのようなウイルスに改変されているかは不明です。一般的には、感染力や毒性を強化していることが考えられます。しかしながら、かなり以前から、北朝鮮は天然痘ウイルスの改造では、人種選択性を持たせることを目指しているとの分析があります」

「人種選択性とは、なんですか？」

法学部選択出身の御厨には、もうお手上げだった。

「人種、つまりおなじホモサピエンスとはいえ、人種間では遺伝子レベルでも差異があります。人種選択性とは、病原体が特定の人種だけ、あるいは特定の人種に強い影響力を持つことを指します」

「そんなウイルスを作ることが可能なのかね？」

原は、御厨よりも医学的な知識があるようだった。

「難しいと言われています。遺伝子レベルで差異があるとはいえ、人種間での差異は、ごくごくわずかなのです。ですが、人種間で罹患率の異なる病気は存在します。また、犬の場合、犬種間の差異は、人間よりも大きいため、犬種によってかかりやすい病気というものがあります。それに、ウイルスはまだまだ人知を超えた存在です。どのようなウイルスが出現しても、驚くには当たりません」

最後の一言が厄介だった。この問題に対する認識を少し改めるべきかもしれない。

「具体的には、どのような人種がターゲットですか？」

「失念しておりました」

苫米地は、先に報告を受けているのだろう。知っていて質問しているようだ。

「推論でしかありませんが、北朝鮮は、欧米系人種に対して選択性を持たせることを意図していると思われます」

40

「つまり、日本人は安全だと?」

「人種選択性があるとしても、完璧ではありえません。ですので、安全とは言えません。それでも、感染率や致死率が低い可能性は高いと思われます」

「もう一つ、恐らく問題ありません。日本が保有している種痘は、その遺伝子操作ウイルスに効果があるだろうか?」

「その点は、恐らく問題ありません。日本が保有している種痘は、その遺伝子操作ウイルスに効果があるだろうか?」

スの近縁種を使用して作られています。天然痘ワクチンは、ワクシニアウイルスという、天然痘ウイルスの近縁種を使用して作られたものでした。そもそも、天然痘、ワクシニア、牛痘は、もともと同じ痘ウイルスの近縁種を使用したものと見られています。北朝鮮が天然痘ウイルスを遺伝子操作したとしても、やはりこれらウイルスの近縁種から派生したものと見られています。種痘の効果は、高いと思われます」

苫米地は、打つべき手はあると言わせたかったらしい。それ以上の質問が出ないことを確認する

と、笹島は演台を降りた。

「以上の情報を基に、近いうちに、関連のニュースが入ってくると思われます」

を開始しました。近いうちに、関連のニュースが入ってくると思われます」

世界地図の右で、日高が言った。

「また、米軍は、北朝鮮領内において生物兵器の情報収集、具体的には、生物兵器の奪取を行ないたいとの意向を持っています。そして、このウイルス奪取作戦を自衛隊に実施してほしいと考えているとのことです。正式には、外交ラインを通じて依頼されると聞いております」

御厨は、思わず息を呑んだ。原を見つめると、彼は釈然としない顔で首を振った。

「私は、まだ聞いておりません」

「なぜ我が国に?」

41

御厨の問いに対して、日高は表情を変えることなく答えた。

「軍事的な観点でのみ、お答えいたします。アメリカが実施するにせよ、日本が実施するにせよ、実施時期は、北朝鮮の内部崩壊が確実と思われる時となります。北朝鮮領内に潜入する以上、自衛権を行使する場合でしか作戦を行なえないためです。その際、自衛隊、米軍とも、現政権による暴走も考慮し、各種脅威に備えなければなりません。その中で、最優先すべき脅威は、この不確かな生物兵器よりも、核の搭載も考えられる弾道ミサイルとなります」

中央のスクリーンは、北朝鮮のミサイル映像に切り替わった。

「北朝鮮は、日本及び在日米軍基地に攻撃可能な多数の弾道ミサイルを保有しています。弾道ミサイル防衛網は構築してありますが、北朝鮮のミサイル保有数が多いため、同時多発的な飽和《ほうわ》攻撃が行なわれれば、突破される可能性があります。また、同時多発的に攻撃されたのでなくとも、迎撃ミサイルの数が不足する可能性があります。結果、弾道ミサイル攻撃を防ぐためには、策源地《さくげんち》攻撃を実施せざるをえません」

画面には、北朝鮮の保有するミサイルと自衛隊の迎撃ミサイルが、アイコンの数で表示されていた。日高の言葉は、画面を見れば一目瞭然《いちもくりょうぜん》だった。迎撃ミサイルよりも、弾道ミサイルのほうが多いのだ。

「また、それらの多くは、自走式ランチャーに載せられた可搬《かはん》式となっているため、現時点でも正確な配備場所は、判明しておりません。策源地攻撃を実施し、ランチャーと弾道ミサイルを破壊するためには、グローバルホークなどを使用した空からの監視では不充分です。湾岸戦争におけるスカッドハント、スカッドミサイルの捜索・撃破においては、アメリカのデルタフォースやイギリスのＳＡＳなどの特殊部隊が、地上からスカッドランチャーを捜索し、航空攻撃を誘導し、また場合によっては、直接攻撃してスカッドを破壊しています。北朝鮮は山地が多く、木々も多いため、湾岸戦争以上に地上での弾道ミサイル捜索は重要です。米軍の特殊作戦勢力は、質も量も世界一ですが、北朝鮮で実施するノドンハント、ノドンミサイルなどの捜索・撃破においては、戦力が足りません」

御厨が「なるほど」と呟くと、日高は遮るようにして言葉を継いだ。

「理由は、もう一つあります。先ほど、笹島防医大校長が報告したとおり、ウイルスが人種選択性を持っている場合、ウイルスの奪取を防ぐため、いざとなれば彼らはそのウイルスを散布してしまう恐れがあります。欧米系人種に対して選択性を持つウイルスを散布しても、北朝鮮人に感染の拡大する恐れが低いためです。その場合、米兵が感染する恐れがあります。当然種痘は受けていると思われますが、種痘を受けた自衛官のほうが安全性はより高い」

御厨は激しい疲労を感じた。こんな途方もない話と、向き合っていかなければならないらしい。

「イスラム過激派の捜索では、どうしているのかね。それでも、米兵では危険なのでは?」

原も苦虫を嚙み潰した顔をしていた。それでも、外務大臣という職務上、思考は世界中に及んでいるようだ。

「同じ懸念は、確かにあります。ですが、北朝鮮よりは、可能性が低いと考えられているようです」

「その点は、私から説明します」

そう言って立ち上がったのは笹島だった。

「中近東のアラブ、ペルシャ系は、人種的には欧米系人種と非常に近いのです。アフリカで発生した人類が、中近東を通ってヨーロッパに到達したためだと思われますが、遺伝子レベルでも非常に近いことが確認されています。そのため、ウイルスが奪取されそうになったとしても、彼らの居住地域で散布する可能性は低いと考えられます」

43

「敵よりも、味方を殺してしまうということですか」

「そうです」

原は、まだ何か納得できていない顔だった。

「なぜ、日本なんですか？　韓国でもいい。いや、むしろ韓国のほうが、この作戦には向いているはずでは？」

日高は一呼吸置いて、完璧な答えを返した。

「米軍は、韓国にこの情報を流しておりません」

なるほど。アメリカは、韓国を信用していないのだ。会議は、しばらくの間、静寂に包まれた。

「可能ですか？」

御厨は、静かに問いただした。実施すべきであっても、可能でなければ、無謀な挑戦となるだけだ。

「可能だと考えます。現在、北朝鮮の内部崩壊シナリオに適用する作戦計画に修正を加えるとともに、実行部隊の準備を進めております」

「その作戦計画、以前に報告を受けましたが、もう一度、概略の説明をしてください。このウイルス奪取を加えた場合、法的な問題で野党に付け入る隙を与えないか、気がかりです」

御厨は一旦言葉を切ると、いささか苛立ちを込めて続けた。

「それに、いくら北朝鮮とはいえ、撲滅したウイルスを生物兵器として使い、その病気を再び世界に広めるなんてことを、本当に実施するのか疑問が残ります。他の作戦に支障を及ぼさないよう、検討する必要があります」

「わかりました。お時間は大丈夫でしょうか」

44

まもなくこの会議の終了予定時刻になる。御厨は、後方に控える秘書官を見た。

「この後は、林《はやし》元首相と会食です。待たせるのはよろしくないかと」

御厨は、秘書官の言葉にも苛立ちを覚えた。しかし、長老クラスを蔑《ないがし》ろにすると、何かと厄介なのも事実だった。

「今日は時間がありません。近いうちに、報告の機会を設《もう》けてください」

「了解しました」

日高の返答を聞き、御厨は立ち上がった。一瞬、頭が真っ白になり、立ちくらみのような状態になった。持ち直すまでは一瞬だった。周囲に悟られてはいないだろう。ストレスがかかりすぎていることを自覚したものの、首相の地位にいる以上、これは、避けることのできないものだった。

＊＊＊

「そこで停《と》めて」

助手席に座る了太は、駅前のロータリーに近づくと、めずらしく強い調子で言った。

「でも、エレベーターに近いほうがいいだろ?」

「停めて!」

エレベーターに近い位置に身障者用駐停車スペースがある。室賀は、そこまで行こうと思っていた。しかし、了太はもっと手前で車を降りるつもりのようだ。慌《あわ》ててブレーキを踏み、一般送迎車用スペースの一番奥に、車をつけた。

「ここで待ってて」

そう言って、了太は車を降りた。不自由な右足を補うように杖をついて、駅の入り口に向かう。エスカレーターに乗るかと思いきや、杖を持ち替えて、わざわざ階段を上ろうとしている。そこでようやく、了太の意図に気がついた。格好をつけたいのだ。

「階段を上って来たんだよ」

そんなふうに言うつもりに違いなかった。琴音と初めて会ったのは、もう六年以上も前になる。その頃の了太に、そんな子供らしい元気はなかった。室賀にも、今の了太に向けているような、優しい視線を送る精神的な余裕はなかった。

――来客を告げるチャイムの音が響いた。出たくはなかった。部隊の同僚なら電話をかけてくるはずだ。電話もせずに訪問してくるのは、無遠慮なマスコミだろう。

「室賀さん、いらっしゃらないんですか?」

女性の声だった。聞いた記憶はない。やはりマスコミだろうと思った。人の死が、それほど嬉しいのかと思うと、無性《むしょう》に腹が立った。チャイムに加えて、鉄製のドアを叩く耳障《みみざわ》りな音も響いてきた。

「室賀さん、病院に行ってください」

マスコミではないのだろうか。マスコミなら、病院に行けなどと言わないはずだ。同僚の奥さんなのかもしれない。そう思うと、室賀はしぶしぶ起き上がって玄関に向かった。鍵をあけ、軋《きし》むドアを開けた。

そこに立っていたのは、同僚の妻としては、少々若すぎる女性だった。

「いらっしゃるじゃないですか。どうして病院に行かないんですか!」

その剣幕《けんまく》に室賀はたじろいだ。見ず知らずの女性にいきなり詰問されるなど、思いもよらなかった。

「今すぐ、病院に行ってください！」

「私が行ったところで……」

　室賀は混乱していた。

「行ったところで、何になるって言うんですか。どうにもなりませんよ」

「そんなことありません」

「だいたい、あなたは誰ですか」

　女性は名刺を差し出した。

「失礼しました。毎朝新聞の桐生琴音と申します」

　言葉は、確かに謝罪だった。だが、詰問口調は変わっていない。

「記者ですか……」

　室賀は、込み上げる嫌悪感を抑《おさ》えることができなかった。

「妻が自殺したことが、そんなに面白いんですか。少しは、誰かのために何かしてやろうとか、助けてやろうとは思わないんですか？」

　奥歯を噛む音が聞こえそうだった。琴音と名告《なの》った女性は、怒りに満ちたまなざしで室賀を見返していた。

「あなたに……そんなことを言う資格はありません！」

　その目は、やはり怒りに満ちていた。目の端には、光の粒も浮かんでいる。

「何だって？」

　室賀は、思わぬ言葉に混乱させられた。

「あなたには、そんなことを言う資格はないと言ったんです！」

彼女は、毅然《きぜん》としていた。

「あなたには、助けなければならない人がいます。あなたにしか救えない人です。なのに、あなたは、こんなところで何をしているんですか！」

了太のことだ。それは理解できた。

「奥さまが亡くなって、今一番救いの手が必要な人は誰だと思っているんですか。まさか、自分だと思っているんじゃないでしょうね！」

病《やまい》に蝕《むしば》まれ、一生普通に歩くことのできない後遺症を負った上、母親が死んでしまったのだ。了太が寂しい思いをし、苦しんでいることは間違いない。

「誰でも、親しい人の死は、乗り越えなければならないさ」

琴音の目の端から光の粒がこぼれた。室賀が、それに気を取られていると、激しい音が響いた。頬がはられた音だった。

「違います！」

遅れて、左頬が、焼きごてを押しつけられたように熱くなった。

「子供をバカにしないでください。五歳の子供でも、お母さんが自殺した原因が自分だということくらいはわかります。お母さんは、お子さんに謝《あやま》っていたんでしょう。お母さんが受けさせた予防注射のせいで、自分が障害を負ってしまった。お母さんがそのことを気に病《や》んで自殺したのだということくらい、子供にだってわかるんです。それが子供をどんなに苦しめるか、あなたには理解できないんですか！」

視界の左に、隣の部屋に住む水戸部《みとべ》一尉の妻の姿が入った。官舎の廊下に響き渡る声を聞きつけて、出てきたのだろう。

「警察に連絡しましょうか？」

室賀は、視線を向けることなく首を振った。そして、リビングに駆け込むと、財布と車のキーだけを持って玄関を出た。ドアに鍵をかけると、涙を流しながらたたずむ琴音に、一言だけ告げた。

「ありがとう」


あの時、琴音が自分の目を覚ましてくれなかったら、自分は最低の父親になってしまったかもしれない。室賀が、思い出を反芻《はんすう》していると、エスカレーターではなく、階段を下りてくる了太と琴音の姿が見えた。

室賀は、車を降りると、助手席と後部座席のドアを開けた。

「いつもご迷惑をおかけして、申しわけありません」

「とんでもない。了太も喜んでいますよ」

琴音に頭を下げている間に、了太は車の右側にまわろうとしていた。

「おい、こっちだろ」

「後ろに乗る」

了太はそう言って右の後部座席に滑り込むと、琴音を手招きした。それを見て、室賀も後部座席を指し示して、無人のままの助手席側ドアを閉めた。運転席に乗り込み、了太に「ベルトは締めたな？」と声をかけて、車を発進させた。

松本市街を抜け、室賀が両親と共に住むマンションに着くまで、琴音は了太と話していた。学校は楽しいか、いじめにあっていないかなどと問いかけては、年の離れた姉弟のように話していた。

「あの時は、本当にありがとうございました」

食卓を囲みながら、室賀の母、昌子《まさこ》は、隣に座る琴音に言った。

「いいえ。似たようなケースでの心の問題を取材したことがあったんです。それで……」

あの時、琴音が見せた涙のわけが、少しだけ理解できた。室賀が押し黙っていると、いきなり母に肩口を叩かれた。

「『自衛官には不屈の精神力が必要なんだ』なんて言っておきながら、いざとなったらてんでダメなんだから。まったく、こんな軟弱者がよく山に登っていられると思うわ」

琴音は、返す言葉がなく、ただ苦笑していた。

「母さん、山とは別だよ」

「同じだよ。山じゃあ、自分と仲間が生きて帰るために、いついかなる時も、全身全霊をかけなきゃいけないんだから」

妻だった八重子《やえこ》の自殺当時、了太はワクチンによって発症してしまったポリオで入院していた。その了太を放っておいたことは事実だった。何を言ったところで、「お前が弱いからだ」と言われてしまえば、それ以上の反論はできなかった。

「ボクが予防接種を受けた時、お父さんは外国にいたんだよね」

不意に、了太が言った。

「パキスタンというところにいたんだ。大きな洪水があって、助けに行ってたんだ。お父さんは外国語が得意だからね」

二〇一〇年、パキスタンの北西部で、死者千二百人以上、被災者二千万人という大規模な洪水被害が発生した。この時、自衛隊は、九州北部を防衛区域とする第四師団を主力として、国際緊急援助隊を派遣している。

パキスタンは多民族国家のため、公用語は英語とされている。そのため、パキスタンの軍や公的機関などとの調整は、英語で実施できた。しかし、被災地の中心カイバル・パクトゥンクワ州では、住民の大多数はアフガニスタン内で最大の人口を占めるパシュトゥーン人だ。住民と会話するためには、パシュトー語が必要だった。

室賀は、当時特殊作戦群に所属していた。特殊作戦というと、一般的には黒ずくめの服装で、強行突入を行なう部隊がイメージされることが多い。だが、それだけなら、レンジャー部隊も同じことが可能だ。特殊作戦はそうした活動だけでなく、現地語に精通し、心理作戦まで実行する部隊だ。隊員は、世界各地で活動することを想定して多くの言語を学んでいる。その中には、当然、アフガニスタンの公用語パシュトー語も含まれていた。室賀はパシュトー語を操《あやつ》れるため、国際緊急援助隊に送り込まれた。

「そうなんだ。お母さんは、どうしてボクに予防接種を受けさせたの?」

「お前には、詳しく話したことはなかったな……」

室賀は良い機会だと思った。

「災害が起きるとお風呂に入ることができないし、洪水になるといろんなものが水に浸《つ》かって腐り始める。だから、病気の人も増える。お前がかかった病気、ポリオっていう病気は、日本ではほとんどみられないけれど、パキスタンではまだかかる人が多いんだよ。洪水が起きれば、ポリオになる人も増えるかもしれない。その病気をお父さんが持って帰ってくるかもしれなかった。だからお母さんは、お父さんが帰ってくる前に、お前に予防接種を受けさせたんだ。お母さんは間違ってなかったんだよ」

「そうなんだ。じゃあ、これからもボクみたいな人が増えるかもしれないんだね」

了太の表情は曇っていた。

「それは大丈夫なの？」

「大丈夫だ」

「ああ。ポリオの予防接種には二つの種類があるんだ。お前が受けた、もしかするとポリオになってしまうかもしれないものと、もう一つ、ポリオになる可能性がないもの。桐生さんが新聞で書いたおかげで、今ではポリオになる可能性がないものが使われているんだ」

「私が書いたからじゃないですよ」

琴音は、慌てた様子で否定していた。確かに、琴音の記事の影響は、ほんの一部だったろう。しかし、そうした努力の積み上げが、生ワクチンから不活化ワクチンに切り替えさせたのだ。

「じゃあ、もう予防接種を受けても大丈夫なんだね」

了太は琴音に問いかけていた。

「ええ、大丈夫よ」

琴音の答えに、了太は感心していた。

「でも、世の中には、まだまだいろんな病気があるの。それを防ぐためには、予防接種が役に立つわ。そのいろいろな病気のための予防接種には、中には安全じゃないものもあるの。だから、病気や予防接種の研究も続けなけりゃいけないし、洪水が起きたり、それで町が汚くなったりしないように努力しなければいけないのよ」

琴音が言ったことは、一般論だった。正しい一般論だ。〝安全ではない予防接種〟が何を示しているのか、わからなかったし、問いただすわけにもいかない。話題にはしたくない話だった。

＊＊＊

すれ違うヘッドライトの明かりはまばらだった。まだ午後七時台なのに、交通量が少ない。東京との違いを改めて感じた。

車は、室賀のマンションから松本駅に向かっていた。車内には、琴音と室賀の二人だけ。了太は風呂に入っているはずだった。

「明日から一週間も家を空けるなんて、やっぱり忙しいんですか？」

琴音は、極力遠回しに尋ねた。自衛官が、民間人、それも新聞記者に話せることは少ない。聞きたいことそのものを尋ねたとしても、口を閉ざされるだけだ。

「忙しくないとは言えません。政府が発表しているとおり、北朝鮮情勢は予断がならない状況だし、事態が緊迫した時に何が起こるかもわからない。弾道ミサイル、ゲリラやコマンド部隊による攻撃、難民、核や化学兵器だって使われるかもしれない。予想される事態が多岐《たき》に亘《わた》れば、準備も増える」

室賀は、はなからノーコメントとは言わなかった。この態度なら、もう少し踏み込んでみる価値があった。

「先日、松本の隊員が、防衛医大病院に搬送されましたよね。私、その取材もしたんです。種痘まで行なう必要があるんですか？」

「今も言ったように、何が起こるかわからない。その可能性も否定できないから、準備をしているだけですよ。生物兵器が使われる可能性だって考えられる。使われた場合には、防疫対処もしなければならない。鳥インフルエンザの殺処分に伴う災害派遣とは、危険性が段違いだ。種痘も受けておく必要はありますよ。彼は防疫対処の要員だったからね」

防疫対処の要員だったというのは、初耳だった。本当だろうか。

「一三普連の任務は、そうした活動だけなんですか?」

「何が起こるかわからないから、何を命令されるかもわからない。特に一三普連は、一二旅団隷下《れいか》です。陸自唯一の空中機動旅団の一部ともなれば、どこで事態が発生したとしても、いの一番で駆けつけることになるかもしれない。他の旅団と比べても、よりオールマイティーであることを求められている。核が使われても、化学兵器が使われても、万が一、生物兵器が使われても、国民の安全を守るために活動することになる」

何でもやるという回答は、何も答えていないのと大差なかった。体《てい》よくはぐらかされた。琴音は、〝取材〟を諦めた。自分の尋ねたいことを尋ねた。

「室賀さんは、大丈夫なんですか。危険はないんですか?」

室賀は声を出して笑った。

「危険があるから、自衛隊がいるんです。危険がないとは言えない。でもね、北朝鮮は、日本を侵略しようとしているわけじゃない。今の情勢は、内乱の危険性があるという状態です。日本への脅威は、まさに降りかかる火の粉《こ》であって火事そのものじゃない」

「でも、またパキスタン洪水の時みたいに、手伝いをするように命令されたりしませんか。以前の所属に呼び戻されたりしませんか?」

琴音は、室賀が習志野《ならしの》にいた時の所属は聞かされていない。しかし、習志野で勤務していながら、頑《かたく》なに所属を秘匿するのは、どこの部隊なのか、調べればわかった。

「国際緊急援助と、部隊としての作戦行動は違いますよ。いくら古巣だからといって、今日明日に合流して、部隊の指揮を執《と》れるものじゃない。呼び戻すつもりなら、もうとっくに呼び戻されてます」

特殊作戦群は、北朝鮮が内乱状態になれば、弾道ミサイルを探すために北朝鮮領内に潜入作戦を行なう可能性があると、大崎から聞かされていた。室賀は、幹部自衛官だ。三佐ともなれば、百人以上の隊員を指揮する。そんな作戦を行なう指揮官を、急にすげ替えるわけにはいかないということなのだろう。それは納得のできる話だった。

「ちょっと安心しました」

琴音は本心を言った。

「安心？」

「ええ、優秀な人ほど、危険な任務を任されるでしょう」

「そんなことありませんよ」

「でも、パキスタンだって、決して安全な仕事じゃなかった」

洪水被害の発生したカイバル・パクトゥンクワ州は、北西辺境州とも言われ、過激武装勢力の強い地域だった。その中で、現地民の中に入って行く仕事が、安全なはずなどなかった。

「あの時はあの時。今は大丈夫ですよ」

室賀は笑っていた。


ホームに出ると、駅前のロータリーに、まだ室賀の車が停まっていた。東京行きの最終列車、スーパーあずさ三六号が視界を遮る前に、車内の人影に手を振った。向こうも手を振り返してくる。

車内で見た室賀の笑顔に、安心したのは事実だった。その笑顔につけ込んで仕事の情報を集めることに、後ろめたい思いを感じていた。列車が滑《すべ》り出し、一駅目の塩尻《しおじり》駅が近づいても琴音は逡巡《しゅんじゅん》していた。

切符を見つめ、その感情を振り払った。切符は、塩尻までだった。

＊＊＊

自分の頬を叩いた。眠気はなかなか去ってくれない。隣の運転席では、中央高速を飛ばしてきた大崎が、いびきをかいていた。琴音は、八時間ほど前に、室賀が送ってくれたばかりの松本駅前ロータリーに、再び戻ってきていた。蓮見を待ち構えるために。

蓮見の松本到着時間はわからない。列車なのか、車なのかもわからない。昨日のうちに到着し、どこかに宿泊している可能性もある。

それでも、ここで蓮見を確認できれば、行動を追いやすくなる。経費に厳しい防衛省が、列車で移動させた可能性に賭《か》けていた。

琴音は、始発のスーパーあずさ一号を待ち構えるつもりでいた。大崎が、「夜行かもしれませんよ」と言うまでは。琴音は、今時夜行なんてあるのかと思ったが、ムーンライト信州という夜行列車が走っているという。

オタク趣味は重複する率が高い。大崎も例に漏れなかったようだ。少なくとも、ミリタリー趣味と鉄道趣味には罹患しているようだった。

「日本アルプスに登る連中が使うんですよ」

大崎は言っていた。ムーンライト信州の松本到着は午前四時三十二分。ダッシュボードのデジタル時計は、四時二十二分を示している。

「起きて。あと十分で到着よ」

大崎は、シートに身を預けたまま伸びをすると、窓を開け、タバコに火を点《つ》けた。

「医者を追いかけたところで、医務室に入られてしまえばどうしようもないと思いますけどね」

琴音は答えなかった。自衛隊が何をやろうとしているのかがわからない。少しでも情報を集めないと、推測することさえできなかった。大崎がフィルターのぎりぎりまで吸いきった時、ホームに列車が入ってきた。

「それに、はずれでしょう」

ロータリーには、琴音たちの他に、二台の車が迎えに来ていた。乗っていたのは、七十に届こうかという老人とパジャマの上にカーディガンを引っかけただけという様子の主婦らしき女性。自衛官には見えなかった。

それでも大崎は、一升瓶《いっしょうびん》のような望遠レンズ付きカメラを構えた。琴音はオペラグラスで駅の出口を窺《うかが》う。

松本駅は東側が正面だ。駐屯地のある西口にあたるアルプス口に出てくる乗客はわずか三人だった。大学生と壮年の男性が、それぞれ、迎えに来ていた車に向かっていた。残る一人は、ワイシャツにスラックスと革靴。ビジネスマンかと思いきや鮮やかな色の登山用のザックを背負い、ボストンバッグを手にしていた。三十前後に見えた。その男には見覚えがあった。

「あの人、蓮見医官です」

「まさか、当たりとはね」

大崎は何度もシャッターを切った。距離をとって跡《あと》をつける。スマートフォンを片手に、駅前の道路を南に向かっていた。

「駐屯地までどのくらい？」

「二キロくらいですね。歩けない距離じゃない」

午前四時台の国道一九号線は、交通量もまばらだ。後方から車で尾《つ》けることは危険だった。前に出て、脇道で待機する。大崎は、蓮見が通り抜けるまでに、撮影した画像を確認していた。

「これ、登山用のザックじゃありませんよ」

大崎の声には、驚きが表われていた。

「え？」

ザックでないとしたら何なのだろう。

「自衛隊で使っている背嚢《はいのう》です。市販品のカバーをかけているんですよ！」

「医官も自衛官だものね」

琴音は大崎の興奮が理解できなかった。マニアが興味を持つようなものなのかもしれなかった。

「医官に背嚢なんて支給されませんよ。それに……これ、一般用じゃない。空挺用だ！」

「どういうこと？」

大崎は、画像を拡大して、カバーから覗《のぞ》く迷彩色の背嚢をチェックしていた。

「わかりません。この医官が、無理に支給してもらったのかもしれませんが……。もしかしたら、何かの訓練に参加するのかも」

「そんなことがあるの？」

「あるみたいですね。医官でも、レンジャー資格を持っている人がいるって聞いたことがあります。山岳レンジャー訓練なのかな？」

大崎にわからないことが、琴音にわかるはずがなかった。蓮見は、途中でコンビニに立ち寄っただけで、そのまま松本駐屯地まで歩いて行った。

「出て来るかもしれませんね」

何かの訓練で、駐屯地の外に出て来るかもしれないという。琴音と大崎は、眠い目を擦りながら、ラーメン屋の駐車場で待機することにした。

＊＊＊

会議室の入り口には、Ａ4のコピー紙が貼られている。そこには、〝種痘の緊急接種における副反応研究（東部方面隊指定研究）ブリーフィング会場〟と書かれていた。室賀が、マジックで書いたものだ。ずいぶんとおざなりに見える。テープは上下にしか貼っていない。紙の四隅はひらひらとしていた。張り紙が演出している〝取って付けた〟感に満足し、室賀は部屋に入った。

「気を付け」

二人の号令が重なった。

「第一分隊、馬橋《まばし》一尉以下七名」

「第二分隊、箕田《みのだ》二尉以下七名」

二個分隊十四名、それに壁際に一人の男の姿を認めると、全員を席に着かせた。無言のまま十数秒が過ぎ、ラッパの音が響く。室賀が号令をかけ、掲揚《けいよう》される国旗に姿勢を正す敬礼を行なった。そして、掲揚が終わると、会議室に第一三普通科連隊長凅沢篤志《からさわあつし》一等陸佐が現われた。壁際にいた男がドアに鍵を掛ける。

「室賀三佐以下十六名、集合完了」

申告は、簡単な集合申告だけにした。部隊が編成されることは、極秘扱いとなっている。「休め」の号令をかけ、起立したまま凋沢の訓示を聞く。

「事前に達したように、ここに集まってもらった十六名は、極秘に計画されている任務のために選抜された。内容はこの後説明するが、この十六名と私を除き、部外は当然、部内においても、口外は厳禁だ」

凋沢は、言葉の意味が染み渡るのを待って形式的な訓示を述《の》べると、全員を座らせ、そのまま背景説明を始めた。

北朝鮮の内部崩壊が現実となった場合、北朝鮮軍の一部が暴走して軍事行動を起こすことが懸念《けねん》されている。日本に対する具体的な脅威は、弾道ミサイルの攻撃だ。これに対して、政府・防衛省・自衛隊は、米軍と共同し、策源地攻撃を含む弾道ミサイル防衛を行なうことを計画している。

その際には、二〇一五年に成立した安保法制を根拠として、日本に対する直接の脅威が顕在《けんざい》化していなくとも、存立危機事態を認定して自衛隊を動かすことが想定されていた。この事実は、公式に発表され、報道されてもいる。

そして、公式には発表されていないものの、御厨首相の肝《きも》いりで、拉致被害者の救出作戦も計画されていた。

また同時に、韓国からの邦人救出についても、韓国の同意が得られれば実施することが計画されている。

「北朝鮮領内で実施するノドンハント、及び拉致被害者救出は、米軍の特殊部隊と協力し、特戦群と空挺《くうてい》団が実施する。一三普連をはじめ、その他部隊は、迎撃をすり抜けた弾道ミサイルによる被害の局限が任務だ。だが、諸君らには、別の任務が与えられる」

事前に聞かされていたのは、室賀と壁際にいる男だけだ。室賀の横では、馬橋肇一等陸尉が息を呑んでいた。

涸沢が、天然痘ウイルスを使用した生物兵器が流出した恐れがあることを告げると、馬橋が生唾を飲み込む音まで聞こえてきた。

「特戦群及び空挺団は、マスコミから注視されている。また、目標である生物兵器の研究所は、きわめて険峻な山岳地にある。そのため、山岳連隊である第一二普通科連隊に、ウイルスの捜索・奪取部隊編成が命じられた」

室賀は、全員を起立させた。

「現時点をもって、室賀三佐を指揮官として、この場にいる十六名及び、種痘の副反応から回復した場合には、防医大病院に入院中の友部三曹を含め、ウイルス捜索・奪取部隊を編成する。ただし、移動が命じられるまでは、情報の秘匿を図るため、連隊内においても、あくまで研究支援のための一時編制として振る舞うように」

室賀が部隊の編成を申告して敬礼すると、涸沢は会議室から出て行った。替わって、室賀が正面に立つ。

「休め!」

「聞いてのとおりだ。が、まずみんなの疑問を解消しておこう」

室賀は、壁際に立つ男に目を向けた。

「蓮見一尉、ここに」

壁際にいた男が室賀の隣に立つと、彼を紹介した。

61

「防衛医大病院の蓮見一等陸尉だ。この任務には、高い医学知識を持った隊員が不可欠のため、支援として加わってもらう」

「蓮見です。よろしくお願いします！」

蓮見の紹介が終わり、再び全員を席に着かせた。通常の訓練であれば、ここで表情は緩む。しかし、室賀が目にする顔は一様に強ばっていた。

「ウイルス捜索・奪取部隊は、訓練編制として命じてあった一分隊、二分隊をそれぞれ、馬橋一尉、箕田二尉に指揮してもらう。友部が復帰した場合は二分隊、蓮見一尉は列外だ」

細部編制を説明したところで、いよいよ本題に入る。

「作戦の概要を説明する。コールサインはＶ―07だ」

この春昇任したばかりの最年少者、一分隊の和辻伸生三曹が怪訝な顔を見せていた。彼に向かって言った。

「疑問があれば聞け。お前しか生き残っていなければ、お前一人ででも任務を完遂しなければならない」

和辻は、強ばった表情のまま口を開いた。

「なぜヴィクターですか。それと、この任務を実施する他の部隊もあるのですか？」

「日本では〝ウイルス〟と言うが、綴りはヴィクター、インディア、ロメオ、ユニフォーム、シエラだ。頭文字をとってヴィクター、07は欺瞞のためのナンバーだ。ウイルスの捜索・奪取を任務とする部隊は、我々だけだ」

「了解」と告げる声を確認し、室賀は話を進めた。

「目標の研究施設は、市街地から離れた山岳部にある。秘密保全だけではなく、万が一、ウイルスが

62

漏洩しても感染が拡大しないよう配慮していると思われる」

蓮見が、プロジェクターを使って朝鮮半島の地図に研究所の位置を示した。

「我々は潜水艦に乗り込んで北朝鮮北部に接近、防衛出動の発令を待って上陸する。上陸後は、徒歩により摩天嶺山脈内の研究所まで約一五〇キロを踏破、目標に接近する。その後、状況を観察の上、可能な限りウイルスを隠密裏に奪取、状況によっては強奪する。離脱は、宇宙航空研究開発機構、JAXAが開発した高高度気球の技術を使用した特製気球で実施する予定だ」

プロジェクターは、しなびたエノキダケのようなものを写し出した。極薄フィルムが使用されることもあって、いかにも頼りなさそうな気球だった。疑問ではなく単なる不安だからなのか、誰も質問しない。それでも居並ぶ顔は「こんなので大丈夫なのか?」と語っていた。

「北朝鮮上空の航空優勢は、空自及び米空軍・米海軍が完全に掌握する。飛び上がりさえすれば、上空のジェット気流に乗って、数時間で洋上だ。航空優勢が確保されていても、ヘリが飛ぶ低空では地上から攻撃される恐れがある。奥地に潜入する我々の離脱方法としては、ヘリよりも安全だという判断だ」

「こいつを携行するんですか?」

馬橋だった。訓練で嫌と言うほど山に登っているにも拘わらず、今年の正月休暇も家族を放り出して八ヶ岳の縦走に出かけていた。重量のかさむ装備がどれだけ負担になるか、よくわかっている。

「気球そのものもそれなりに重量があるし、ヘリウムのボンベが必要だ。これらは、上空から誘導爆弾の技術を使って投下される」

肯いたが、もう一つ疑問を口にした。

「着陸方法はどうなりますか?」

山には登るくせに、高いところは苦手という男だった。雪焼けした顔は、ゴーグルの部分だけ色が薄い。この季節になっても、まだ逆パンダ状態だった。

「気球を切り離し、ゴンドラ部分ごとパラシュート降下する。ゴンドラ自体が気密構造だそうだ。洋上では、こいつがそのまま浮舟になる。後は、海自艦艇が回収してくれるのを待つ」

馬橋は納得した様子だった。次に口を開いたのは箕田岳人二尉だった。

「ウイルスの判断はどうやって?」

「そのために蓮見一尉が加わる」

室賀が視線を送ると、蓮見が立ち上がった。

「天然痘を含めた第一類感染症の研究をしています。先日、ワクチンの副反応で搬送された友部三曹の治療にも関わっています」

箕田に納得した様子はない。むしろ困ったような顔をしていた。

「それはいいですが、一五〇キロ以上の作戦行動について来られるんですか?」

「防衛医大では山岳同好会に所属していました。任官後も登山を続けています。今年に入ってからも、十回以上山に入っています」

蓮見に替わって室賀が宣言した。

「体力はそれなりにあるのかもしれませんが、それだけではとても……」

「言いたいことはわかる。そのために、今回の訓練を実施する」

「本日より、種痘の緊急接種における副反応の研究という偽装の下、急速錬成訓練を実施する。主眼は、蓮見一尉を同行させるための連携要領の習得、ありていに言えば、蓮見一尉が我々の足を引っ張ることがないよう、部隊行動を叩き込むことが主眼だ。全員、そのつもりで訓練に臨んでもらいた

64

い」

　作戦概要を理解させたところで、これから行なう訓練の実施要領について説明した。訓練の場所、想定、付随する管理事項などを説明した後は、蓮見を会議室から退出させた。蓮見を鍛えることが目的だ。蓮見以外は、役者として行動させる必要がある。

＊　＊　＊

　人間的にできた人物だ。政治家としても、そして内閣を支える要の閣僚としても優秀だ。しかし、このセンスだけは頂けなかった。彼の身を包むスーツは、ストライプという表現がふさわしくなかった。"縞模様"だ。原外相は、御厨の目の前で、アイスコーヒーにミルクを注いでいた。

「素敵なスーツですね」

「そうでしょう。さすがに総理は目が利きますな。外相会談でロンドンを訪れた時に、サヴィル・ロウのハンツマンで仕立てさせたものです。生地が気に入りまして。素晴らしいスーツなのに、家内も秘書連中も、ちっともこれのよさがわからない。マスコミ対応の時は、別のスーツにしろなんて言うんですよ」

　御厨はちょっとした皮肉のつもりだったのだが、原には逆効果だった。語り続けそうな原を制して報告を促した。

「ヴァンダービルト駐日大使は、自衛隊がウィルスの捜索・奪取ミッションを受諾してくれたことに、大変感謝しておりました」

　ウィリアム・ヴァンダービルト駐日大使は、ドナルド・マクファーソン大統領と同じように、ビジネスで身を立てた人物で、企業人として日本に駐在していた経験も持つ。日本の政治経済を知りながら、マクファーソン大統領と似た思考回路を持つ人物として重用《ちょうよう》されている。国務省、あるいはアメリカ政府として話すことができない話を、大統領個人の代弁者として伝えられると言われるほどだ。

「マクファーソン大統領は、日本がアメリカのために汗と……血を流した実績を欲しがっています」

血というのは必ずしも死傷者が出ることを意味してはいない。命を危険に曝《さら》すリスクを取ってほしいという意味だ。苦労はしても危険を冒《おか》すことを示さない汗とは、一段違った意味を持つ。

「国内世論対策ですか」

先の大統領選挙で、マクファーソン大統領は在日米軍経費の全額日本政府負担を主張し、呑まなければ、在日米軍を撤退させるとまで主張した。実際に大統領職についてからは、中国との対決だけでなく、北朝鮮情勢が緊迫する中、極東の拠点である在日米軍は重要だと発言している。だが、日本は安全保障においてただ乗りしていると言ってきた手前、北朝鮮が大陸間弾道ミサイル《ICBM》を開発し、アメリカ本土への危険も顕在化する中、日本が血を流すことを要求しているのだった。

「そうです。議会対策でもあります。北朝鮮の内部崩壊は、アメリカが関わるべき問題ではない。そもそも、在日、在韓米軍を置いているから巻き込まれるのだという主張が、日に日に強まっているようです」

同盟国のために血を流すことに否定的な孤立主義は、アメリカ世論の中で、次第に勢力を伸ばしている。保守、リベラル共に、アメリカの政治思想は、孤立主義の方向に振れているということだ。

アメリカ外交史を見れば、モンロー主義に代表される孤立主義は、決して昨日今日に発生した特異な動きでないことはすぐにわかる。

ルーズベルト大統領が、真珠湾攻撃を事前に察知しながら、それを放置したとされる真珠湾攻撃陰謀説は、日本だけでなくアメリカでも囁かれている。太平洋戦争前のアメリカは、それだけ、強固な孤立主義の下にあったからだ。

それだけに、アメリカが再び孤立主義に回帰している流れには、根強いものがある。その一方で、マクファーソン大統領は、中国との対決姿勢を強めている。アジアに対する関与を継続するためにも、日本が危険を冒した実績をほしがっているのだ。

「実際の脅威はともかくとして、ウイルスの捜索・奪取は、実行しないといけませんね」

笑みを浮かべる原に対して、御厨は気を引き締めるつもりで硬い声を出した。

「はい。アメリカとしても、必要な支援は惜しまないということです。防衛省と国防総省の間で、準備を進めております」

「ですが、アメリカに対する配慮は、内閣に対するマスコミの風当たりを強くします。情報の秘匿を万全にすること」

「承知しております」

原は、したり顔で答えた。

「それともう一つ。拉致被害者の救出は、日本政府独自の行動として、絶対にやり遂げなければなりません。長年の懸案を解決することは、政府与党の支持率に直結します。ウイルスの捜索・奪取を行なうために、こちらに向ける努力をおろそかにしてはなりません」

「わかりました。ウイルス捜索実施との交換条件として、アメリカに改めて情報提供を要求します」

「よろしくお願いしますよ」

御厨は、北朝鮮の内部崩壊という危機を、ただ乗り越えればよいとは考えていなかった。

67

「死中にこそ、活はあるものです」

＊＊＊

午前十時過ぎになって、動きがあった。

「高機動車と七三式トラックですね。多くて二十人ってところでしょう。蓮見医官は……、見当たりませんね」

幌《ほろ》付きのトラックは、荷台の後ろもカバーが下ろされていて、内部は確認できなかった。運転席と大型ＳＵＶの窓を凝視《ぎょうし》しても、蓮見の顔は確認できない。

「関係ないのかな？」

「追いかけて！」

琴音は叫んでいた。

「例の医官はいませんでしたよ。別の訓練かも」

「とにかく追って！」

琴音は、蓮見とは違う、見知った顔を見つけていた。大崎が慌てて車を発進させる。

「どこに向かってるのかしら」

「まだわかりませんが、すぐに見当がつきますよ」

自衛隊車両は国道一九号線を北上すると、駅前で左に曲がった。

「国道一五八号線、野麦《のむぎ》街道です。日本アルプスを越えて岐阜県高山《たかやま》市まで行けるんですが、その前に高速道路のインターがあります」

「高速道路？」

「駐屯地はあっても、長野県内に演習場がないんですよ。高速道路を北に行くなら、新潟の関山演習場、南に行くなら富士の演習場でしょうね」

そう言っている間にも、インターチェンジに近づいた。しかし、二両はウインカーを出さない。

「乗らないわね。岐阜にも演習場があるの？」

「松本市のホームページを見てください。お知らせのページに、自衛隊の訓練情報はありませんか？」

大崎は眉間《みけん》に皺《しわ》を寄せて言うと、何やら呟いている。琴音はスマートフォンで情報を探した。市のホームページ内を検索すると、簡単に見つかった。

「あった。『第一三普通科連隊が実施する山地行動訓練』」

市が、自衛隊の訓練を告知しているのだった。訓練の概要が書かれている。

「日時は今日の日付になってますか？」

「今日から金曜まで」

「場所は？」

「奈川渡《ながわど》ダム周辺から小《こ》なんとか沢山《さわやま》、黒沢山《くろさわやま》、大滝山《おおたきさん》、蝶ケ岳《ちょうがたけ》、常念岳《じょうねんだけ》周辺」

琴音が読み上げると、大崎は渋い顔をしていた。

「とてもじゃないですが、ついて行けませんよ。完璧な登山です。しかも五日間も」

室賀が、この山地行動訓練を行なうことはわかった。琴音が確認しなければいけないことは、蓮見がこの訓練に関わっているのかどうかだった。

「蓮見医官が参加しているのかどうか確認したいの。写真も撮って」

大崎の指示で助手席のガラスにサンシェードを下ろすと、大崎は車を加速させた。制限速度を守る自衛隊車両を追い抜く。

周囲の景色には見覚えがあった。室賀が自宅マンションに送ってくれた時に通っていた道路だった。車は、琴音の記憶にある交差点を過ぎても、川沿いの道を上っていった。奈川渡ダムに到着すると、大崎は撮影ポイントを探して車を停め、自衛隊車両の到着を待った。

「誰が参加しているのか、どんな装備なのか、撮れるだけ撮っておいて」

大崎はカメラに大型の望遠レンズを装着していた。ほどなくして、自衛隊車両がやってきた。大型SUVから降りた隊員が幌付きトラックを誘導する。停車すると、トラックの荷台から大きな荷物を背負った隊員たちが降り立った。銃と思われる細長い物体には、カバーがかけられていた。

「銃を隠しているの？」

「銃だけじゃありません。あそこの隊員が持っている丸太みたいなもの、あれはカールグスタフでしょうね」

「何それ？」

「RPG―7ってわかりますか？」

「北朝鮮の工作船事件の時に出てきた？」

「それです。RPG―7は、ロシアが作った対戦車ロケット砲。カールグスタフってのは、それと同じようなものですよ」

「そんなものを持って、秘密訓練をやっているってこと？」

「まさか。ホームページに書いてませんか？」

琴音は、再びスマートフォンを取り出すと、改めて告知のページを見た。

「武器にはカバーを付け、見えない処置を講じます。また、実弾の携行《けいこう》はありません」

「演習場じゃありませんからね。登山者が見ても驚かないように隠してるんです」

「なるほど」

自衛隊らしいといえば自衛隊らしかった。琴音は頭を切り替えて、オペラグラスを覗いた。指示を出している室賀はすぐに見つかった。捜していたのは蓮見だ。

「あれですかね。高機動車の後ろで、装備のチェックをしている人」

自衛隊色、オリーブドラブというらしい色に塗られたSUVの後ろで、ザックの背負い具合を調整している男がいた。迷彩色のキャップを目深《まぶか》に被《かぶ》っていたが、蓮見に間違いなかった。

「間違いない」

大崎は、盛んにシャッターを切っていた。蓮見もカバーを付けた銃を持っていた。

「どうして医官なのに銃を持ってるのかしら」

「彼も、訓練をしてるってことですね」

「そんなことがあるの？」

「詳しくは知りませんが……医官も自衛官ですし、なにしろレンジャー資格を取った医官もいるんですから。おかしくはないですね。めずらしいことは間違いないですけど」

車から降り立った自衛官たちは、見るからに重そうなザックと装備を身につけ、二列に整列した。室賀が何か話していたが、距離があって聞き取れない。室賀がほんの二言三言話すと、彼らは山に向けて歩き始めた。

「どうしますか？」

「戻りましょう。山にはついて行けっこないし、彼らは五日間戻ってこないんでしょう？」

「そうですね。駐屯地には寄りますか?」

琴音は思案した。情勢が緊迫しつつある中、医官である蓮見が山地行動訓練に参加している背景には、何かあると感じた。取材として駐屯地を訪れることもできる。しかし、アポイントもなしに訪れても成果が得られるとは考えにくい。本当に裏に何かあるのなら、警戒されるだけだ。

「戻りましょう、東京に」

「了解。戻ったら、写真のチェックをしますよ」

＊＊＊

「現時点をもって、第一フェーズの〝状況〟を終了する。第二フェーズの開始は一時間後、二〇二〇《フタマルフタマル》を予定する。それまで休憩とするが、時間が惜しい。蓮見一尉が同行できるせっかくの機会だ。食事の後、ウイルスについて教育をしてもらう」

そう宣言すると、室賀は背嚢を下ろして戦闘糧食Ⅱ型を取り出した。

「パック飯なんて、珍しいんじゃないか」

傍《かたわ》らに腰を下ろした蓮見に声をかけた。

「防医大でも、訓練の際に出されます。保管品の入れ替えで」

「なるほど」

「それに、山では便利です」

蓮見は、個人として登山を続けていると言っていた。市販の類似品を携行しているのだろう。

「それも、これがラストですけどね」

一分隊の和辻三曹だった。作戦日数は長く、徒歩移動の距離も長い。北朝鮮では、水は現地で入手できる。重量を軽減するため、初期の食事を除き、食料は乾パンの予定だった。この訓練でも、以後の食料は乾パンの予定だ。

体力が要求される作戦のため、室賀は、要員を二曹以下の中堅、若手から選抜していた。十代から二十代前半の陸士は、見習いのようなものだ。若く体力もあるが、技量が足りず。室賀はメンバーに選んでいない。二、三十代の三等陸曹は、体力があり、技量は使い物になるレベルだ。三十代以上が多い二等陸曹は、体力では劣り始めるものの、頼りにできる技能を持つ。一等陸曹となると、四十代が多く、体力面で、こうした作戦には不安が出てしまう。

和辻のぼやきに、V－07で最先任陸曹となる高堂貫太郎二曹が答えた。

「お前だけは、パック飯でもかまわないぞ。ただし、その場合、もう五キロほど背負ってもらうことになる」

「とんでもないです。乾パンは大好物ですよ!」

携行する火器を含めれば、各人が背負う荷物は一〇〇キロを超えている。途中でゴミの投棄もしない。痕跡を残さないためだ。荷物は極力軽量化する必要があった。

食事が終わると、車座に集合させ、蓮見に講義をさせた。室賀は事前にある程度は耳にしていたし、自分でも調べてはいたが、専門家の話はレベルが違った。

「先ほど話したように、天然痘も病原体はウイルスです。そのため、宿主である人間の細胞内以外では、長期間生存できません。天然痘ウイルスの場合、乾燥や低温には耐性がありますが、アルコールや紫外線には弱いという特徴があります。この事実を踏まえて、ウイルスを奪取した場合、このキャリングケースに入れて運搬します」

蓮見は、背嚢から幅二〇センチほどのケースを取り出して見せた。黒い硬質樹脂で、表面にレリーフのようなマークが描かれていた。

「このマークは？」

馬橋は、根っからの山男だが、山以外のことに対しても好奇心は旺盛《おうせい》だった。

「バイオハザードのマークです。本来、黄色の地に黒でマークを描くんですが、黄色じゃ目立ちますから」

「なるほど」

「このキャリングケースは、私が運びます。ですが、もし私がこれを運べなくなったら、誰かが必ず持って行ってください」

全員が、真剣なまなざしで、今は何も入っていない黒いケースを見つめた。

「一応決めておこう」

室賀は静かに言った。

「その場合、基本、一分隊の最先任者がこのケースを運搬すること」

行動が可能である限り、分隊長である馬橋が持てという命令だった。

「了解しました」

「何か質問はありますか？」

蓮見の問いに、全員から「なし」という声が返ってくる。室賀は、腕時計を確認した。

「予定どおり、二〇二〇から第二フェーズを開始し、出発する。各自準備をしておけ」

男たちは、身支度《みじたく》を調《ととの》え始めた。まだ〝状況〟を開始していないため、リラックスしている。

「蓮見一尉、さっきの話だと、ウイルスというのは変な生物ですね」

馬橋は、長靴の紐を締めながら、キャリングケースを見つめていた。

「生物ではないと言われることもあります。ウイルスは、他の生物の細胞に助けてもらわないと自分の複製が作れない。これでは、生物の定義から外れるという考えです」

「なるほど。でも、なんでウイルスなんて存在してるんですか?」

「さあ。理由はわかりません。馬橋一尉がウイルスの存在意義を聞きたいのでしたら……人間を一つの生物種として見ると、ウイルスだって役に立つ存在と言えるかもしれません」

「どういうことですか?」

「医原病という言葉を聞いたことはありますか」

「いげんびょう、ですか?」

「医療が原因で発生する病気のことです。手術の失敗やレントゲン被曝による障害、それにワクチンによる副反応も医原病の一種です。そして、これら狭義の医原病だけでなく、もっと広い意味での医原病には、老化も医療の対象とすることなどの医療化、過剰医療といったものも医原病と捉えられています」

「はあ……」

馬橋は、もはやついていけなくなっていた。室賀も同じだった。それでも、ワクチンによる副反応も医原病の一部だという点だけは、心に引っかかった。蓮見も、専門的な話に向かいすぎたことを察したのか、苦笑いしていた。

「高齢者に対して、いつまで生きるつもりなんだ、なんて言って叩かれる政治家もいますが、ウイルス、特に頻繁に発生する新種ウイルスは、抵抗力の弱い高齢者にとって、死の原因になることがよくあるんです。その意味では、医原病を防いでいるとも言えます」

「なるほど」

「もっとも、それによってさらに医療の機会を増やしていますから、医原病を生んでいるとも言える
かもしれません」

この世界にいくつもある、答えの出ない問いの一つなのだろう。今まで、蓮見を医官の山男として
だけ見ていた。変わった男であるという評価も加えなければならなかった。

「我々以外の普通科連隊は、ウイルスが拡散されてしまった場合の対処に当たるという話ですが、具
体的には何をするんですか?」

高堂だった。室賀も詳しくは知らない。気になる話だった。

「部隊の動きについては、私も聞いていません。ですが、医療面で実施すべきことは、はっきりして
います」

蓮見は背嚢を背負い、彼を見つめる視線に向き直った。

「毒素兵器以外の細菌やウイルスを使用した生物兵器が厄介なのは、潜伏期間があることです。病状
を訴えていない人でも、感染している可能性がある。幸いなことに天然痘に対しては、種痘、みなさ
んも受けたワクチン接種がきわめて有効です。感染後であっても、三日以内であれば、効果が期待で
きます。ですから、汚染された地域、集団を隔離、つまり移動を制限して、発病の有無、感染の有無
に拘わらず、ウイルスに接触した可能性のある人全てにワクチンの接種を行ないます。一九八〇年ま
でに天然痘ウイルスを撲滅した方法もこれです。これしかないんです」

これしかない?

どんなリスクがあっても、これしかないのだろうか。室賀は口を開きかけた。

76

「もし失敗したら、どうなりますか?」

高堂の声には、恐怖の色があった。

「我々のような一部の自衛官を除けば、日本国内での撲滅が確認された一九七六年以降、種痘は行なわれていません。それ以前に接種した方も、現在では四十代後半以上の方も、効果はとうの昔に切れています。近年になって、防衛省の予算で多少の備蓄はしてありますが、封じ込めに失敗すれば、ワクチンの量は決定的に不足します。増産しようにも、特別な設備が必要です。急な増産はできません。原爆なんて比べものにならない被害になるでしょうね」

蓮見の説明に、室賀は、自分自身が生唾を飲み込む音を聞いた。

「それに、北朝鮮はオリジナルの天然痘ウイルスに遺伝子操作を行なっているらしい。日本が現在保有しているワクチンに効果があるかどうかも、はっきりはわかりません。全く効果がないということはないと思いますが、ウイルスがどう変化しているのかなんて、予測はできないんです。だからこそ、私たちの任務が重要です。サンプルを手に入れることで、対策が取れるようになります」

よい話をしてくれた。大抵の自衛官は、誰かの役に立ちたいと思っている。自分たちに課せられた任務が重要なものだと理解させることは、士気を高めるために最も効果的なことだった。室賀は気になっていたことを聞いた。

「これしかないと言っていたが、ウイルスに接触した可能性のある人全てにワクチンの接種を行なうとしたら、友部三曹のように副反応被害を起こす人もいるんじゃないのか?」

室賀の懸念に、蓮見は何のためらいも見せずに答えた。

「いるかもしれません。いえ、いるでしょう。種痘の副反応は、風邪などで免疫力が低下した人やアトピーの人では起こりやすい。それに、乳幼児など小さな子供では種痘後脳炎を発症して、亡くなっ

77

たり、重篤《じゅうとく》な後遺症を引き起こすこともあります。でも、やらなければ、感染を拡大させ、より多くの人を脅威に曝します。世間には、ワクチンを怖《こわ》がって、結果的に病死する人もいますが、そんなことはバカげています。これは、許容しなければならないリスクなんです」

「なんだって」

室賀は、無意識に蓮見に詰め寄っていた。許容しなければならないリスク。ただのリスク。室賀は、その言葉を受け入れる寛容《かんよう》さを持ち合わせていなかった。誰かが二人の間に割って入った。

「止めてください！」

箕田の声だった。蓮見は冷たい目で室賀を見返している。

「リスクだって言うのか。そのリスクで障害を負っても、ただのリスクだって言うのか」

「ダメです。止めてください」

箕田は室賀の両肩を押さえて、押し留めようとしていた。

「そうです。あなただって指揮官として任務を遂行《すいこう》するために、部下にリスクを負わせる命令をしなければならないはずです。あなただって、それをするんじゃないですか」

「それとこれとは話が別だ！」

「同じですよ。何も違わない。あなたは部隊指揮官として、部下に命じる責務がある。私たち医療関係者には、誰に対してであれ、治療や予防を施《ほどこ》す義務があります」

室賀は箕田を押しのけようとしながら、蓮見を睨《にら》みつけていた。蓮見の言っていることは、確かに間違ってはいなかった。そのことは、理解できた。しかし、了太の状況を、ただのリスクだなどと言うことを認められなかった。

「蓮見一尉、室賀三佐のお子さんは、ポリオのウイルス被害で障害を負われているんです。察してやってください」

蓮見は、そう言った馬橋の顔を見やると、しばらくして向き直った。

「そうでしたか。配慮が足らず、申し訳ありません。でも、私が言ったことは撤回しませんよ。われわれは、何としてでも爆発感染《パンデミック》を食い止めなければならないんです」

蓮見は、依然として冷たい視線で見返してきていた。

「封じ込めを行なうためには、ワクチン接種による子供の種痘後脳炎は、感染による死者数を上回るかもしれません。でも、子供に接種しなければ、その子供たち自身が感染して発病する可能性が高いんです。抵抗力の弱い子供は、死亡率も高い。接種による感染率の低下で、助けられる子供のほうが多いんです。それに、今日本で生産しているワクチンは、過去に種痘後脳炎を引き起こしたワクチンよりも安全性は高い」

室賀は手を離した。理解はできても、いまだに納得はできなかった。それでも、蓮見の言葉は間違ってはいなかった。室賀が蓮見の立場でも、同じように考えただろう。それを受け入れることができないだけだった。

「出るぞ」

準備状況を報告する声が響いた。

＊＊＊

「暑っ」

琴音がこの言葉を発したのは三度目だった。空港に着いた時、レンタカーから降りた時、そして今だ。

「やっぱり九州ね」

そんな独り言しか口にできないのは、熊本まで来ながら、なんの成果も得られなかったからだ。

室賀と蓮見は、五日間に亘って山に籠《こ》もっている。追いかけることは困難だったし、追いかけたところで、何かが得られるとも思えない。何が起ころうとし、自衛隊が何をしようとしているのかを知るためには、別のルートからアプローチするしかなかった。琴音は、ポリオワクチン禍を調べた時の人脈を通じて、天然痘ワクチンの製造会社である化学及血清療法研究所、通称化血研の取材に来ていた。

化血研は、戦前に熊本医科大学に設置された研究所が母体となって作られた財団法人だ。研究所という名前がついているものの、母体の名前を引き継いでいるだけで、実態は製薬会社となっている。事業内容は、ワクチンや血漿《けっしょう》製剤といった生物学的医薬品の研究開発、製造だ。一般には、薬害エイズ事件で訴えられた会社という程度にしか知られてはいないが、この分野では名の通った会社だ。

琴音が化血研の取材をしたのは、緊迫する北朝鮮情勢を理由に、政府が天然痘ワクチンの緊急調達を発表していたからだ。天然痘ワクチンの製造は、化血研が一手に引き受けている。

しかし、取材に応じてくれた総務部長は、政府の動きは予防措置だろうと言うだけで、室賀や蓮見の動きに繋がる情報は何もなかった。その結果が、「やっぱり九州ね」という独り言だった。

琴音は駐車場に駐《と》めたレンタカーに向かいながら、敷地内の建物を見渡した。二〇一一年に新設された建物が多く、まだ外観はきれいだった。二〇一六年の熊本地震で製造設備には被害を受けていたが、建物自体は問題がなかったらしい。琴音が車のキーを開けようとすると、前方の建物の前に、違和感のある車が見えた。

車両自体は、なんの変哲《へんてつ》もないコンテナ運搬車に見えた。大きさは一〇トントラックくらいだ。二個か三個のコンテナを積める車両に、一個だけ載せられている。コンテナには、赤十字が描かれていた。赤十字も、化血研であることを考えれば場ちがいではない。琴音に違和感を抱かせたのは、コンテナの色だった。

「カーキ色でいいのかな?」

琴音は、スマートフォンを取り出すと、写真を撮り、大崎にメールを送った。電話をかけると、撮影した画像のデジタル処理を行なっていたらしく、幸いすぐに出た。

「イラクとかの中東や砂漠地帯で軍隊が使う色ですよ。白地に赤十字のマークは、医療関連の装備を示しています。国際法で決められているんです。攻撃対象にならないように」

「自衛隊のじゃないわよね?」

「この写真じゃわかりません。自衛隊も海賊対処でジブチに行っていますし、他にも南スーダンの派遣とかが続いていたはずです。車のナンバーは、どこのかわかりますか?」

「ちょっと待って」

琴音は、バッグからオペラグラスを取り出した。

「八王子《はちおうじ》!」

「ずいぶん遠くからですね。東京の運送屋は八王子ナンバーが多いですから、八王子周辺とは限らないと思います。自衛隊だと、座間《ざま》とか立川《たちかわ》が近いですね。米軍だと、横田《よこた》も厚木《あつぎ》も可能性があります」

「わかった。ありがとう」

電話を切ると、琴音は追いかけられるだけ追いかけてみようと決めた。怪しまれないよう、化血研の敷地の外に出る。レンタカー会社に延長の連絡をして、社にも連絡を入れた。鶴岡は、応援がいるかと聞いてきたが、断わった。ベッドが付いている車には見えない。コンテナ車のドライバーだって、一人だろうと思われた。

コンテナ車は、神戸《こうべ》の手前、三木《みき》サービスエリアで仮眠休憩に入った。琴音は乗っていたレンタカーをコンテナ車の後ろに駐め、持っていたソーイングセットの裁縫《さいほう》糸をコンテナ車に繋いだ。運転席のガラスを少しだけ下げ、自分の右手に緩く結びつけた。

早朝になって、細工はうまい具合に働いた。コンテナ車が発進すると、右手の痛みで目がさめた。目を擦りながら跡をつける。新東名《しんとうめい》を使ったコンテナ車は、最終的に横田基地に入って行った。その情報を鶴岡に電話で伝えた。

「桐生です。昨日報告したコンテナ車ですが、横田基地に入りました。米軍にワクチンを供与《きようよ》するなんて話がありますか?」

もし、普通に輸出されるなら、成田《なりた》や関空《かんくう》から運ばれるはずだった。横田基地に運び入れたということは、政府が米軍に供与した可能性が高い。

「知る限りはないな。確認してみる」

「やはり、何かあるような気がします」

「間違いないだろうな。この後、どうする?」

「とりあえず、戻ります」

琴音は、思いの外、大きな話に首を突っ込んでしまったことに驚いていた。同時に、室賀が関わっているらしいことにも不安を覚えた。

「何が起こっているの?」

＊＊＊

「お父さんの通ってた小学校は、川の上の方にあるんでしょ」

室賀の自宅マンション近くには、梓川《あずさがわ》が流れている。その川沿いには、遊歩道が整備されていた。ゆっくりしたい時、室賀は、了太を乗せた車椅子を押して、この遊歩道を歩くことが好きだった。

「ああ、ここよりずっと上流だ。上にダムがあるだろう?」

「うん。梓湖のところだよね」

昨日まで、その梓湖から周辺の山を歩き回ってきた。蓮見を、なんとか部隊の足を引っ張らない程度には鍛えることができた。

「あの梓湖より、ちょっと上にあるんだ」

室賀の母校は、標高一二〇〇メートル以上の高地にある大野川《おおのがわ》小学校だった。

「すごい山の中だよね。今でもあるの?」

「あるさ。生徒は少なくなってるらしいけどな」

正確に言えば、室賀が通っていた分校はなくなっていた。それでも、過疎《かそ》化が進む山間《やまあい》の学校にあって、本校はしっかりと残っている。もっとも、室賀がその本校に行ったことは、数えるほどしかなかった。

それ以上、了太が口を開かなかったので、室賀も無言のまま車椅子を押した。蟬《せみ》の声が聞こえていた。

「おばあちゃんに聞いたよ。今度の仕事は、長くなりそうなんだよね」

「そうだな。終わらないと帰って来られないからな。でも、そんなに長くはかからないぞ」

「二週間くらい？」

作戦発起《ほっき》までの待機が、どの程度続くのかが読めなかった。待機が短ければ、二週間もかかるはずはない。二週間も、補給なしで戦闘行動を続けるのは無理があるからだ。

「どうかな。そのくらいかな」

ただし、生きていれば、だ。

再び、無言で歩く数分が過ぎた。

「自分で歩くよ。杖を貸して」

室賀が車椅子の後部に収めてあった杖を渡すと、了太は慣れた杖さばきで立ち上がった。

「歩くの速くなったでしょ」

了太は、倒れないかと不安になるほど、杖を使って早足に歩いて見せた。

「転《こ》けるなよ！」

「大丈夫だよ」

そう言うと、了太は歩《あゆ》みを止めた。そして、振り向いた。

「ボクは大丈夫だよ。おじいちゃんもおばあちゃんもいる。だから、お父さんはみんなのために頑張って」

了太には、何が起こるのか、何をしなければならないのか話していない。両親にも話していないのだから、伝える者がいないのだ。それでも、何かしら察するものがあったのだろう。

笑顔だったが、どこかしら無理をしているように見えた。

無理をしてでも笑顔を作っているなら、それに答えなければならなかった。まだ子供だったが、了太も男なのだ。

「わかった。頑張ってくるぞ！」

「うん」

それだけ言うと、了太は振り向いて、歩き出した。

ウイルスがばらまかれるような事態になれば、天然痘そのもので死者が出るだけではない。封じ込めのためのワクチンの副反応で、了太のような子供を増やしてしまう可能性もある。

室賀は、自分が指揮官に選ばれたことに、運命を感じた。

＊＊＊

「何か、では記事にできないぞ」

「わかっています」

琴音はレンタカーを返却した足で、社に戻った。昨夜はサービスエリアで仮眠しただけ。眠気がへばりついていたが、そんなことは言っていられなかった。ウイルス研究が専門の蓮見が部隊行動の訓練を行ない、化血研から何かの薬剤が米軍に供与されている。水面下で、何かが起こっているのは間違いなかった。

「政府は、北朝鮮の内部崩壊が起きた際、日本に影響が及ぶ可能性として、三つのパターンを考えている。第一は、自暴自棄になった独裁者が攻撃を指示するケース。第二は、統制を外れた部隊が暴走

85

するケース。そして第三は、難民が押し寄せるケース」

　鶴岡は、デスクとして広範な情報を把握していた。

「天然痘が関係するとしたら、どれなんでしょうか？」

「独裁者が自暴自棄になるケースだな。ウイルスは扱いが難しいだろう。統制を外れた部隊が暴走しても、日本に影響が及ぶ可能性は低いようだ。専門家が言うには、核の小型化を図っているが、小型化できたとしても数は少ない。大陸間弾道ミサイルに搭載して、アメリカを狙う以外は考えにくい。日本に飛来する可能性がある弾道ミサイルの弾頭には、化学兵器や生物兵器の搭載が考えられるそうだ」

「対処としては、ミサイルで弾道ミサイルを迎撃するんですよね」

「それだけじゃない。政府は、発射前のミサイルを攻撃することも検討している。米軍とともに、ミサイルの発射機を捜索して、爆弾で破壊するつもりのようだ。イラク戦争の時と同じだ」

「でも、それは飛行機で行なう作戦ですよね？」

「もちろん、航空機が使用される。だが、捜索は、地上部隊を上陸させて行なうらしい」

「その作戦に、一三普通科連隊が参加するんでしょうか？」

「発表では、そうなっていない。北朝鮮での地上部隊活動は、一部の部隊に限定すると言っている。習志野にいる特殊作戦群と第一空挺団が行なうそうだ」

　琴音は、軍事関係に明るくない。それでも、過去に室賀を取材した時、室賀の所属が特殊作戦群だったらしいということは、なんとなくわかっていた。

「今の政府が、昔の大本営発表のように嘘八百を並べることはないだろう。だが、全ての真実を発表しているはずもない。一三普通科連隊が秘密の作戦を行なう可能性はある。何とか調べてみろ。必要なものがあれば手配してやる」

そうは言っても、これ以上、直接取材できる先はない。こういう時は、関連する情報がないかどうかチェックしてみることが常道だ。琴音は国際部に顔を出し、女子会仲間の鴻ノ池真澄《こういけますみ》を捜してみることにした。

彼女は、いつも女子会の幹事を務めている。急な仕事が入ることが多い新聞社勤務にあって、彼女は時間どおりの勤務をしているからだ。担当は、大量に送られてくる外信のチェックだった。毎朝新聞が報道する価値があるかどうか判断し、担当に知らせる。誰も注目しないようなゴミ記事も、彼女だけは目を通している。

琴音もそうだが、女性記者は、取材先で失礼にならない程度に、軽いメイクに止《とど》めている。手の込んだメイクは、維持も大変だ。雨の中を走らなければならない時だってある。軽いメイクなら大丈夫でも、鴻ノ池のようなばっちりメイクでは、悲惨な顔になりかねない。ヘアスタイルも、琴音のようにただまとめただけではない。琴音は、オフィスよりもパーティ会場が似合いそうなアップヘアを捜した。オフィスを見渡すと、一瞬で見つけることができた。

「面白い話はある？」

空いていた椅子を寄せて腰掛けた。

「ヴァネッサ・シューメイカーが離婚したわ」

「誰、それ？」

「ハリウッドのセレブ。興味ないわよね」

「そうね。靴のセールもないんでしょ」

鴻ノ池は、やっと琴音に向き直った。当然という顔をしている。

「ちょっと、教えてほしいことがあって来たの」

「いい店を見つけて来たんじゃないんだ?」

「残念ながら」

彼女の言ういい店とは、となりの席の男性客と知り合えそうな店だった。琴音と同様に、合コンに顔を出すには、少しだけ勇気が必要な年齢になっているからだ。

「で、何を教えてほしいの?」

「ここ一カ月くらいの間で、生物兵器や天然痘に関係するニュースはなかったかな。もちろん、北朝鮮の話は抜きにして」

「北朝鮮は抜きにしてだと、思い当たらないなぁ」

鴻ノ池は、大して記憶を遡（さかのぼ）る様子もなく答えた。もう少し、範囲を広げる必要がありそうだった。

「そうしたら、米軍と〝病気〟が関係しそうなニュースはなかった?」

「国境なき医師団を誤爆したのはずいぶん前だから、関係ないわよね……」

そう言うと、鴻ノ池はキーボードを叩いた。

「これとこれ、それにこれ」

モニターには、中東地域で、米軍がイスラム過激派勢力の病院を襲撃しているというニュースが映っていた。

「イスラム過激派勢力が、空爆の被害を減らすために、病院を武器の集積所にしているらしいのね。それを特殊部隊が襲撃して、武器が隠されていた場合は押収してるんだって。以前にも、似たような

88

ニュースはあったけど、二週間くらい前から、急に増えた気がする」

「場所はどこ？」

「アフガン一件とイラクが二件。他にもあったかも」

「それ、データでちょうだい」

「いいわよ。メールで送る。これからもこんな記事があったら送る？」

「送って。生物兵器や天然痘関連も含めて、北朝鮮のもね」

「でも、なんでこんな記事を？」

政治部の手伝いをしていることを告げると、琴音は早々に国際部を辞した。米軍が中東地域で病院を襲撃している。コンテナの色は、中東など砂漠地帯向けのカーキ色だった。化血研からの薬剤輸送と関係があるのかもしれなかった。


社会部にある自分の机に戻ると、琴音はパソコンを立ち上げた。記者としてはまだ若手だった。それでも、今までの記者生活で築いた人脈と呼べるものはある。

夏時間の今、アトランタは、時差にして十三時間遅れている。電話をかけるには早すぎた。琴音は、医療の世界ではCDCとして知られるアメリカ疾病《しっぺい》予防管理センターの研究者、マーク・クロウエルにメールを書いた。天然痘に関して、何か動きがあったら教えてほしいという内容だ。北朝鮮の崩壊危機が騒がれ、日本では、北朝鮮が保有していると見られる天然痘ウイルスの使用が懸念されていることを理由にした。真意ではないが、嘘でもなかった。

マークが出勤した頃に電話をするつもりで、夕食を食べに社を出た。地下駐車場の片隅にある中華料理店だ。安い上にボリュームがある。コンテナ運搬車を追うために朝食は食べられなかったし、運転中に眠くなることが嫌だった。

十時前、本社ビル内の喫茶店でコーヒーを飲んでいると、スマートフォンにメールが転送されてきた。アトランタはまだ九時前だ。メールには詳しいことが書いてなかった。電話で話すという。

琴音は、急いで社会部に戻ると電話をかけた。社交辞令の挨拶を交わす間もなく、マークから逆に質問された。

「北朝鮮関係なんだろうが、天然痘にホットな話題でもあるのか?」

「北朝鮮が隠し持っている天然痘ウイルスが、内乱で使用されるんじゃないかっていう話があるの。日本は、北朝鮮にも近いし、弾道ミサイル攻撃で使われる可能性も考えられるみたい」

「それだけ?」

「それだけって、どういう意味?」

マークは言い淀んでいた。マークは、ポリオや子供の夏風邪で知られるヘルパンギーナ、それに、子供に原因不明の麻痺を起こさせたRNAウイルスの一つであるエンテロウイルス属ウイルスを研究している。ポックスウイルス科に属するDNAウイルスである天然痘は、畑違いだった。そのため、詳しくは知らないと前置きし、あくまで噂として教えてくれた。

「二週間くらい前から、陸軍の感染症医学研究所が、天然痘ウイルスに人種選択性を持たせることが可能なのか調べているらしい」

「人種選択性?」

「そう。もちろん完全な選択性を持たせることなんてできないはずだけど、人種間で罹患率に違いのあるウイルスは存在する。天然痘を遺伝子操作して、人種選択性を獲得させられるのかを調べてるよ

90

「一応聞きたいんだけど……、アメリカが天然痘ウイルスを使った人種選択性生物兵器を作ろうとしているなんてことはないわよね？」

「ボクはこの話に関わってない。だけど、そんなことはありえないと断言するよ。遺伝子操作の有無に拘わらず、天然痘ウイルスを生物兵器として使うなんて悪魔の所業だ。もし、誰かがそんなことをやろうとしても、関わった医師の誰かが必ず告発するよ。天然痘ウイルスを世界に解き放つなんて、人類に対する犯罪だ。アメリカは、絶対にそんなことはやらない」

「だとしたら、誰が何をしようとしていると思う？」

「北朝鮮が絡んでいるとしたら……、北朝鮮が人種選択性を持たせた天然痘ウイルスを開発している、あるいは開発した可能性があるんだろうね。北朝鮮は天然痘ウイルスを隠し持っていると言われているから」

「もし北朝鮮が人種選択性のある天然痘ウイルスを作っているとしたら、どんな意味があると思う？」

マークは即座に答えた。すでに、考えていたのだろう。

「強力な生物兵器は、使う側にとって、核兵器以上に使いにくい兵器だよ。無差別に人を殺す。敵だけじゃなく、味方だって殺してしまう。でも、もし人種選択性のあるウイルスを作り出すことができたら、例えば、アジア人を殺さず、欧米人を殺す天然痘ウイルスを作ることができたら、北朝鮮にとって、使いやすい、使うためのハードルが低い生物兵器になるだろうね」

琴音は、怖くなってきた。自分は、恐ろしい可能性を調べているのではないか。

「そうだとすると、陸軍の研究所が調べているのは……」

「北朝鮮が本当にそんなものを作れるのか、もし作ったのだとしたら、対策はどうすべきか、だと思うよ」

琴音は頭を整理する必要を感じた。しかし、その前に、もう一つ聞いておきたいことがあった。

「北朝鮮じゃなくて、イスラム過激派が、天然痘に関わっている可能性は考えられる?」

「ないと思うよ。天然痘を隠し持っていると噂される国は多くない。公式に保有しているアメリカとロシアの他には、北朝鮮とフランスくらいだからね」

琴音は礼を言って電話を切った。関連がありそうな話を聞きつけたら、メールしてくれるように頼むことも忘れなかった。

室賀や蓮見の動きが北朝鮮の天然痘ウイルスに関わっているのなら、彼らの任務は、北朝鮮領内でのウイルス捜索なのではないか。それなら、蓮見が部隊行動に同行することも納得できる。

その一方で、イスラム過激派との関係はわからなかった。化血研から横田基地に運び込まれたものは、天然痘とは関係がないかもしれない。

しかし、自衛隊でのワクチン接種による副反応が起こった時期、米軍がイスラム過激派の病院を襲撃し始めたという時期、アメリカ陸軍の研究所が天然痘ウイルスを調べ始めた時期を考えると、何かの関係があるのではないかと思えた。

「何が起こっているんだろう」

第二章　定着

点けっぱなしにしているテレビの中で、中朝国境にいるレポーターが不安な面持《おもも》ちでレポートしていた。

『昨日一日で、中朝国境を越えた脱北者は二百人近いとみられています。北朝鮮の国境警備、警察ならびに治安機関は、機能が麻痺しつつあり、中国側が逮捕した脱北者を送還しようにも、北朝鮮側の受け入れ態勢が機能していません。いまや中国側国境の留置場は、満員状態です』

明日からは、しばらくの間、ホテル住まいの予定だった。荷物はパソコンやノートなど、取材道具がほとんど。小ぶりなスーツケースに荷物を詰めながら、テレビから流れる北朝鮮情勢を気にしていた。

つい数日ほど前には、国境警備隊員が家族を連れて国境を越えたなどというニュースさえ流れていた。脱北者の話では、北朝鮮国内では、すでに統治機構が機能していないという。それでも、メディアは、いまだに独裁者の統制下にあるようで、勇ましい放送を続けていた。内容は、反動分子に対する批判一辺倒となっている。それがかえって、〝反動分子〟が強い勢力を持っていることを証明していた。北朝鮮の崩壊は、秒読み段階に入ったように見えた。

琴音は、不安げな了太の声を思い出していた。

『お父さんは出かけたよ。いつ帰って来るかわからないんだ』

＊＊＊

首相への就任以降、つい数週間前まで、官邸地下の危機管理センターに入ることは、数えるほどだった。ところが、すっかりこの景色にも慣れてしまった。今日も、左右の席には外務大臣の原と防衛大臣の苫米地が座っている。正面のスクリーンに映されている制服姿の四人も、同じ面子《メンツ》だった。違っているのは、御厨が、意図的に毎日変えている服の色くらいだ。

「最初に、北朝鮮情勢を報告します」

御厨が中央の席に腰を下ろすと、統幕長の日高が口火を切った。

「軍の統制は、まだ保たれているようです。ですが、中国軍に動きが見られます。北朝鮮の内部崩壊に備えていると思われます。歩兵部隊を集中させていますが、物資の集積は行なっておりません。侵攻する考えはなく、難民の流入に対処するためだと分析されています」

「相変わらず、北朝鮮内部の動きは捉えられませんか？」

「はい。北朝鮮軍内の一部、あるいは多くが離反する可能性がありますが、この動きを捉えるためには高度なヒューミント、日本語で言えば、人的情報収集が必要です。日米ともに、北朝鮮軍内にヒューミントの手段は確保できていません」

「そのことは承知しています。私が聞きたいのは、中国軍が動いているからと言って、それが現体制の崩壊を示すものと考えられるのかということです」

中国軍の動きは状況証拠でしかない。しかも弱い。御厨にはそのことが不満だったが、日高はむしろ安心したような表情を見せた。

「離反の可能性がある北朝鮮軍内の一部勢力は、体制の崩壊後、事態を掌握するため、後ろ盾《だて》を必要としています。その後ろ盾は、中国です。つまり、現在の北朝鮮内部崩壊の背後には、中国の意思があります」

「外務省も同じ見解ですか？」

御厨は原に問いかけた。

「同様の分析が上がっています。中国共産党は、中国のコントロールを受けつけない独裁者を排除して、影響力の行使が可能な勢力に北朝鮮を掌握させたいと目論《もくろ》んでいるというものです。ただし、確実かどうかはわかりません」

原は微妙な予防線を張っていた。分析が外れた場合の責任逃れだろう。

「米軍からの情報は、中国人民軍内に潜り込ませているアセットが情報源のようです。北朝鮮の一部軍人と中国軍の接触が確認されています。中国軍の動きは、北朝鮮軍内の反体制派と呼応した動きです」

情報は常に不確実だ。間違っている可能性は考慮しつつ、合理的な説明ができる情報を信じるしかなかった。

「いいでしょう。ですが、問題は、崩壊が起こるとしたら、それがいつなのかです」

「現在ある情報から、時期までは読み取れません。しかし、中国軍は警戒態勢を最高度に上げている模様です。崩壊が間近に迫っている可能性があります」

「わかりました。進めてください」

「では次に、崩壊が起こった場合に我が国へ及ぶ脅威と、その対処について報告します」

御厨は息を吸い込み、首肯した。

「崩壊が起こった場合、独裁者が、その原因を米韓、そして日本にあるとして、暴発する可能性は充分に考えられます。あるいは、離反派の背後にいる中国を攻撃する可能性もありますが、その場合はここでは報告いたしません」

そう前置きすると日高は、北朝鮮が日本あるいは在日米軍基地を目標に弾道ミサイルを撃ち込む可能性が高いことを報告した。その弾頭が通常弾頭ではなく、核や化学兵器である可能性も含めてだ。

「以前にも報告したとおり、弾道ミサイルに対しては、その迎撃を行なうに留まらず、策源地攻撃を実施し、発射前の弾道ミサイルを破壊する必要があります。そのため、沖縄駐留海兵隊のフォース・リーコンと呼ばれる武装偵察部隊及び特殊作戦軍が指揮する特殊部隊が北朝鮮領内に潜入し、弾道ミサイル関連施設・装備を捜索します。自衛隊の特殊作戦群及び第一空挺団も、この作戦に投入し、米軍と共同作戦を実施します。最も重要な目標は、日本に対して充分な射程を有し、移動式ランチャーによって発射可能なノドンミサイルです。目標を発見した場合、日米の航空機から誘導爆弾及びミサイルで攻撃し、ミサイルを破壊します。航空機による攻撃が間に合わない場合は、潜入した地上部隊による攻撃も行ないます。この行動は、湾岸戦争のスカッドハントになぞらえて、今後ノドンハントと呼称します」

アメリカの航空機は嘉手納《かでな》、岩国《いわくに》、厚木の在日米軍基地を中心として運用される他、三隻《せき》の空母が展開する。それだけでなく、B―2、B―52といった大型爆撃機は、グアムにあるアンダーセン空軍基地から発進するという。北朝鮮の上空に常に複数の航空機が滞空し、地上からの目標情報に基づいて直《ただ》ちに攻撃を行なうのだ。

捜索部隊は、空挺降下や、洋上からＲＨＩＢ《リブ》と呼ばれるゴムボートで上陸する他、監視が厳しいと思われる地域に対しては、潜水艦から発進して水中を泳いで上陸する予定だった。

「次に、我が国独自の作戦として実施する拉致被害者の救出任務について報告します」

御厨は、この作戦に政治生命を賭けていると言ってよかった。はやる気持ちを抑《おさ》えて日高の言葉を待った。

「拉致被害者の救出は、弾道ミサイルの捜索も実施する特殊作戦群から、一部の部隊を抽出して実施します。ノドンハントと異なり、市街地での作戦行動を実施する必要があり、韓国語にも堪能《たんのう》で、戦闘以外の能力も求められるためです。拉致被害者が移動させられてしまうと作戦が失敗に終わるため、防衛出動の下令後、早期に偵察部隊を潜入させ、状況を確認した後、実施します。ですが、米軍が実施する防空網制圧の完了後とする必要があり、実施時期は未定です。要員は、海上のヘリ搭載護衛艦上で待機させます。所在が摑《つか》めている全拉致被害者に対して、ヘリにより同時に急襲作戦を実施します。北朝鮮領内で実施する作戦のうち、この作戦が最も危険な任務となるでしょう」

日高は、言外《げんがい》に隊員が死傷する可能性を言っているのだ。それでも、この作戦を止めることはできなかった。御厨は一言だけ告げた。

「わかりました」

一言だけ。全てを込めたつもりだった。隊員に死者が出ても、この任務はやり抜くのだ。

「最後に、生物兵器の捜索・奪取任務について報告します」

御厨は、疲れを感じながらも首肯した。実際に脅威があるとは、にわかには信じられない。それでもアメリカとの関係は、ドナルド・マクファーソン大統領の就任後、よりセンシティブなものになっている。

「ウイルス捜索・奪取は、目標が一カ所のみです。一方で、北朝鮮としても、守るべき場所が一カ所ということになります。つまり、防御を固められると作戦が失敗する可能性が高くなります。そのため、拉致被害者救出よりも先行して実施するべきと考えます。また、ウイルスがあると思われる研究所は、拉致被害者の所在する沿岸地域よりも内陸にあります。ヘリや空挺降下で急襲することも困難です。よって、作戦は防衛出動下令後、直ちに開始します」

ウイルス奪取を担うＶ─07は、潜水艦によって運ばれ、浮上した潜水艦からゴムボートによって上陸する予定だという。

「ノドンハント部隊のように、水中を泳いで上陸しないのか?」

苦米地だった。これは、御厨も疑問に思っていたことだった。

「作戦を実施するＶ─07は、山岳行動に長けていますが、水中からの接敵については訓練ができておりません。急速錬成を行なうことも検討しましたが、時間がかかります。比較的警戒が緩い場所から上陸できる見込みであるため、潜水艦を浮上させて上陸させる予定です」

「仕方ないな」

苦米地は、少々不服そうだった。この作戦を先行して行なう際、もし北朝鮮に発見されれば、他の作戦にも影響が出るからだろう。

「北朝鮮領内で実施する作戦は、以上になります。この他、韓国からの邦人救出については、韓国政府の承認が得られていないため、選定した部隊を待機させます」

御厨は、原外相を見た。

「協議は続けているのですが、自衛隊が韓国内で活動することに韓国政府が難色を示しています。事態が切迫しない限り、難しいでしょう」

「民間の交通手段はどうなっていますか?」

御厨は、端の方で静かにしていた丸山国土交通大臣を見た。自衛隊を動かす作戦会議では出番が少

98

ないものの、邦人救出には関係がある。それに、海保の指揮権は、国交相にあった。

「新しい安保法制が成立し、民間航空会社、船舶会社にも協力を求めることが可能です。各社に打診しておりますが、労組が反対しております。北朝鮮が内乱状態に陥った後、どの程度、乗員、機体を確保できるかは不透明です。しかし、もし飛行機が飛ばず、船も運航しなければ、世論は反発するでしょう。最低限の輸送手段は確保可能と見ております」

途中で、危うく声を上げるところだった。在外邦人の安全を確保できないとなれば、大変なことだった。同じ日本人であるにも拘わらず、足を引っ張る連中がいる。事実として受け入れていたが、どうにもやるせない思いがした。

「これらの他は、国内及び公海上での活動です。具体的には、弾道ミサイル防衛及び被害が発生した場合の被害局限となります。これには核、生物兵器、化学兵器による被害を含みます。準備を実施中ですが、大きな問題はありません」

日高が言うのだから、自衛隊の活動準備は順調に進んでいるのだろう。残る懸念は、政治への影響だった。

「存立危機事態の認定、そしてそれに基づく防衛出動の下令となります。当然ながら、これらは初の事態です。野党、そしてマスコミに付け入られることがないよう、万全を期してください」

「心得ております」

この点については、苫米地に再三にわたって指示をしてあった。苫米地は自信に満ちた表情で言った。

「北朝鮮の崩壊が間違いないものとなれば、新三要件を満たすことは確実です。我が国に対する武力攻撃が発生していなくとも、北朝鮮が崩壊すれば、独裁者が暴発する恐れが高いことは、常識的な日本人なら反対はしないはずです。あの男が米軍や我が国を攻撃することなどありえないと言える政党やマスコミは、まずいないでしょう。三要件のうち、『必要最小限度の実力行使に留まるべきこと』さえ守れば、つまり、やりすぎなければ問題はありません。弾道ミサイル関連の施設や装備、それに生物兵器の研究所を攻撃しても、それをやりすぎだとは誰も考えはしません」

御厨も、問題ないだろうとは考えていた。だが、苫米地が安易《あんい》に考えすぎているように思えて不安だった。

「そうかもしれません。ですが、油断は禁物です。生物兵器の件についても、現段階では秘密にしなければなりません。作戦が完了すれば、いずれは公表しますが、今は、万が一にも漏洩があってはなりません。天然痘のパンデミックが起きるかもしれないなどと騒がれれば、混乱が生じる可能性もありますし、何より、アメリカの要請の下に動いていると報道されれば、政治上の混乱は必至です」

「今のところは、大丈夫ですが、確かに危険です」

丸山と同じように、今まで発言することのなかった相沢総務大臣だった。

「政府は、断固とした姿勢を示しています。そのため、今のところ国民は、不安は抱きつつも、落ち着いているようです。しかし、生物兵器が使用されるとなると、被害が目に見えないこともあって、パニックに繋がる可能性がある。情報が漏れることがあれば、パニックが起こることなどおかまいなしに騒ぎ立てるメディアもあるでしょう」

総務省は放送法を所管している。大臣の中で、テレビ局の認可を通して、マスコミに最も影響力を行使できるのが総務大臣だった。もちろん、マスコミに関する情報も、彼の下に集まってくる。御厨は、メディア対策を行なわせるため、会議に相沢も参加させていた。

「一つ、懸念される材料があります」

相沢のもったいぶった言いまわしが、癇に障った。

「続けてください」

「毎朝新聞が、この生物兵器の件を嗅ぎ回っています。どうやら、V─07の要員候補者に接種した天然痘ワクチンで副反応が出たことから調べているようです。おまけに、その時の記者が、V─07の指揮官と知り合いだったようです。しかし、これ以上調べることはできないでしょう。恐らく、大丈夫だろうと考えています」

またしても、頭痛の種が増えた。

「相沢さん、漏洩を防ぐ努力は、防衛省、外務省で実施させます。それでも漏れてしまった場合の対策を考えておいてください」

「対策は始めております。実は、経産新聞の社長とは懇意にしてまして、その関係で、自衛隊の行動に関わる報道については協定が必要なのではないかという議論を、業界内で始めてもらいました。人質事件が発生した場合の報道協定と同じです。人質事件の場合、報道によって人命が失われる可能性があります。その場合には、警察の要請に基づいて、各社が報じる内容を〝自主的に〟制限します。人質が一人の場合には協定があるのに、多数の国民が死傷する可能性がある防衛に関しては、どんな報道でも許されるなんて、おかしな話です」

「いいですね。よろしくお願いします」

御厨は、控えめながら抜け目のない相沢を高く評価していた。

「報道協定があったほうがいいのは当然ですが、秘密保護法を適用して、なんとかなりませんか?」

苫米地だった。

「使える手は、何だって使いたい。しかし、残念ながら、秘密保護法は総務省として使える法律じゃ

101

ありません。あれは、政府内からの情報流出を防ぐための法律です。マスコミが、政府関係者に金でも渡せば話は違いますが、彼らもそんなことをしたら自滅することはわかってます。ですが、役所の許認可権というのは強力なものですよ。法律なんて振り回さなくても、手はあります」

苦米地は苦々《にがにが》しい顔で嘆息《たんそく》しながら、悪態をついていた。

「ここは、相沢さんに任せましょう」

御厨はそう告げて、この話題を打ち切った。

「この危機に対して、内閣は一致団結して対応しなければなりません。方針は決まりました。今後は、状況に応じて必要な命令を下すことができるよう、国会対策に万全を期してください。ただし、当面の間、生物兵器の捜索・奪取の件は口外厳禁です。理由は重々承知していると思いますが、パニック防止の観点だけではありません。この生物兵器は、我が国に対する脅威以上に米国に対する脅威です。存立危機事態を認定し、法的には問題ない状態にしているとはいえ、露見すれば、叩いてくるマスコミが少なくないはずです」

＊＊＊

潜水艦『こくりゅう』艦長の荒瀬《あらせ》二佐から、海面及び上陸予定地点に障害は確認されなかったと告げられたのは、一時間ほど前だ。室賀は発令所に行き、潜望鏡画像をモニターで確認した。上陸予定地付近には、光電子増倍管によって可視光を増幅させた暗視装置映像でも、赤外線映像でも、警戒している朝鮮人民軍兵士は見当たらなかった。波は高いものの、上陸予定地点としていた砂浜は、かろうじて波に洗われてはいなかった。その砂浜は岩場の中にあり、船が一艘《そう》入ればいっぱいになりそうなくらい狭かった。

一三普通科連隊は水陸機動団と違い、水陸両用作戦の訓練はほとんど行なっていない。はっきり言えば、水害の際に救助活動ができる程度でしかない。そのため、岩場に上陸することは危険だった。どんなに小さくても砂浜が望ましかった。そのかわり、砂浜の先は、どんなに急峻《きゅうしゅん》な崖《がけ》であってもかまわない。むしろ、そのほうが望ましかった。そんな場所は、監視が緩いはずだからだ。

結果として、衛星画像であたりをつけ、潜水艦が撮影した画像を基に上陸地点が選定された。切り立った岩場の下にある、小さな小さな砂浜だ。

「本当にあそこに上陸するのか?」

「はい。潜水艦にとって、水中が最も安全であるように、我々にとっては、あの断崖が最も安全な場所です。あれなら、充分に敵の目を遠ざけてくれるでしょう」

米海軍の特殊部隊であるシールズは、追い詰められると拳銃とサバイバルキットだけを持って海に逃げる。どんな荒れた海であろうと、水中での行動を徹底的に訓練した彼らにとって、海が最も安全な場所だからだ。室賀たちにとってはそれが山であり、峻厳《しゅんげん》な崖だった。

その後一時間ほど状況に変化がないことを確認し、潜水艦『こくりゅう』は海面に浮上した。艦は岸に向いて微速で前進を続けている。艦橋《セイル》後方の甲板《かんぱん》上で行なわれる発艦準備を隠すためだ。ボートは硬質の船底を持つRHIBではなく、総ゴム製だ。速度は出せないが、上陸後、空気を抜いて小さくできる。隠しやすいことが利点だ。エンジンも静音タイプを搭載している。

「発艦準備完了」

室賀は、艦橋上で指揮を執っていた荒瀬艦長に告げた。

「状況変化なし。障害は確認できない。武運を祈る」

「了解。ここまでありがとうございました」

　室賀たちは、艦尾方向に二艘のゴムボートを押し出し、海面に滑り降りた。すぐさまエンジンを始動し、『こくりゅう』を離れる。

「やっぱり心細いですね」

　二分隊長の箕田だ。もう一艘は、一分隊長の馬橋が指揮を執っている。

「船の上だと、確かにな。だが、山に入ってしまえば、日本の山も北朝鮮の山も、同じ山さ」

　　　　　＊＊＊

　オフィスの喧噪は、毎朝新聞と変わりがない。それでも、いくばくかのゆとりが感じられた。どこかにゆとりがある。琴音はフランスのＡＰＰ通信社にいた。日本のように切迫してはいない。

　——鶴岡は、優良企業の未公開株が買えるという話を聞かされたかのような顔をしていた。

「スクープか、さもなくば妄想だな。お前はどう思っている?」

「わかりません。証拠はなく、断片情報からの推測です。妄想と言われても、否定はできません」

　鶴岡は詐欺話に騙されまいと警戒していたが、同時に、詐欺ではなかった場合の獲物の大きさも認識していた。

「自衛隊と米軍が、北朝鮮の生物兵器を追いかけている。しかも、そいつは人類が地球上から撲滅した天然痘ウイルスを遺伝子操作したもの。もしかすると、そいつは人種選択性を持っているかもしれない……か。北朝鮮が天然痘に人種選択性を持たせるとしたら、ターゲットはアメリカ世論の中心を

104

担う白人だろうな」

「そこはわかりません。アメリカは多民族国家ですし、アジア人に対する危険性を低くした程度かもしれません」

「なるほどな。しかし、もしそうなら、北朝鮮にとっては、ばらまきやすい生物兵器ということか」

もしこの推測が当たりなら、スクープになることは間違いない。鶴岡は、皮算用をしているようだった。

「もし、北朝鮮崩壊にアメリカが関与する真意がこいつだったなら、これはお前が考えている以上のスクープになるぞ」

「どういうことでしょうか?」

「安保法制が成立して、日本に対する直接の脅威にならなくても、存立危機事態として集団的自衛権を行使することが可能になった。法律上はな。だが、何をもって存立危機事態とするのかは、問題として残っている。法案審議の過程で、政府はホルムズ海峡の機雷封鎖を存立危機事態とするケースとして持ち出した。しかし途中から、これは旗色悪しとして、政府の答弁はぶれまくった。この遺伝子操作天然痘ウイルスがアジア人に対して脅威がないものなら、政府が存立危機事態だと言ったとしても、きわめて怪しいと言える。我々報道人の使命として、これは追及しなければいかん」

鶴岡は、ギラついた目を琴音に向けた。

「だが、現段階ではとても記事を琴音にはならん。追っかけてみろ。この後、どう調べるつもりだ?」

琴音は、中東で活動している米軍の情報を集めるためフランスにいた。鶴岡が報道部長に働きかけ、提携関係にあるAPP通信に口を利いてくれた。

欧州の通信社は、伝統的に中東の情報に強い。過去、中東を植民地としていた頃から、さまざまな繋がりがあるからだ。

毎朝新聞の国際部にいても外信は入ってくる。だが、それはAPPなど中東に強い通信社が精査したものだ。精査する段階で、ニュースバリューが低いと見なされた情報は、日本まで届くことはない。

また一方で、米軍関係の情報は、アメリカの通信社のほうが強い。ただし、彼らは軍に近すぎ、軍にとって都合の悪い情報は、現地で揉み潰されている場合もある。その点、ヨーロッパの通信社は違う。

琴音は、中東各地から届く膨大《ぼうだい》な量のニュースに目を通していた。

＊＊＊

上陸地点は、弾道ミサイル発射基地があることで有名になった舞水端里《ムスダンリ》の西一二〇キロほどの地点だった。潜水艦基地がある新浦《シンポ》と遮湖《チャホ》海軍基地の中間だ。ここから、北西方向に、山地を抜ける。朝鮮戦争の激戦地、長津《チャンジン》湖の戦いの舞台となった柳潭里《ユダムニ》と黄水院《ファンスウォン》空軍基地の間を抜けることになる。

周辺の地理情報は、情報収集衛星と米軍のグローバルホークが撮影した画像を、情報本部の画像・地理部が分析した。その分析は、単なる地形に留まらず、周辺の朝鮮人民軍の拠点や予測される警戒ルートなどが記《しる》されている。

V―07のルートは、馬橋、箕田の両分隊長、高堂などの陸曹全員を含めたブリーフィングで検討し、室賀が決定した。ルート選定の思考過程がわかっていれば、不測の事態が発生し、部隊とはぐれるようなことになっても、合流したり、一部のメンバーだけで任務を継続できる可能性も高くなる。ルートは、いつまでにどのポイントまで移動するか、予想外の障害が発見された場合のサブルートはどうするかなど、単なる道順を決めただけに留まらない。そして、地図は携行するものの、その地図にルートを書き込んではいなかった。ルートは頭の中だ。もし、死傷して地図が敵の手に渡っても、こちらの意図が露見することはない。

室賀たちは、もちろん慎重に進んだ。普通の登山と違い、移動は基本的に夜間。しかも、灯火類は使用しない。暗視ゴーグルも使わない。視界が狭くなる。周囲を警戒する必要があるのに、視界が限定されるのは致命的だ。月明かりを頼りに進む。暗さに慣れてしまえば、意外と夜目《よめ》は利くものだ。それに、周辺視と言われる正面以外を見る方法など、夜間における視覚の使い方も習熟している。

日が落ちてから移動を開始し、夜が明ける前に、周囲の警戒が容易で、なおかつ身を隠せるポイントを探して潜伏した。食事は潜伏ポイントにいる間にすませる。潜伏ポイントへの到着後と出発前を基本として、一日二食だ。水の携行は最小限に抑えていたから、沢を探して給水する事態も考慮していた。結果的に、日中に雨が降った日もあったため、雨水を集めて水の補給ができた。

雨は、水を補給できただけではなかった。夜間の雨は足場を悪くしたが、それ以上に音を消してくれる。単なる行軍ではなく、警戒しながら進まなければならない。音を消してくれる雨は天の助けだった。その上、足跡も洗い流してくれる。夏場のため、夜は短く、移動に使える時間は一日十時間もない。直線距離では一五〇キロの行程だが、地理情報に基づいて、朝鮮人民軍の警戒ルートを避けながら進む。実際の移動距離は二〇〇キロを超えていた。目標までの接近に丸七日かける予定だった。移動を行なう七晩のうち、三晩も雨が降ってくれたため、六日でかなりの距離まで近づくことができた。

情報本部による正確な分析が作戦を支えていた。

日の海岸部を抜ける時だけだった。その時は、先頭を歩く和辻が敵を先に発見した。和辻は、歩みを止めると身を屈めて動かなくなった。後に続く全員が、同じように身を屈めて動きを止める。人間の視覚は動くものを捉えやすい。和辻は、後方に向けた手で、ハンドサインを送ってきた。徒歩のパトロールが二人いた。目標に到達し、ウイルスを入手するまでは、「我」の存在を敵に知られないことが必須だった。わずか二個分隊にすぎない軽歩兵など、存在が露見すれば、任務を放棄して離脱するしかなくなる。和辻は十分近くも動きを止めていたが、やがてゆっくりと立ち上がって、歩き始めた。

移動時は、地形によって隊形を変える。山中に入った場合は、ほとんどが縦隊だ。ただし、各人の間隔は数メートルから十数メートル空けている。かたまっていると、発見されやすい。それに、もし地雷やブービートラップにかかった時、まとめて死傷することになる。いきなり銃撃される事態も考えられた。そうしたリスクを最小限に抑えながら、前を行く者とはぐれない距離を保って歩いた。

六日目の二十二時過ぎになって、偵察ポイントであるカーゴポッドの投下予定地点に到着した。衛星画像で灌木しか生えていないことを確認してあった。高高度気球を上げる準備をするためには、高木のない場所が必要だったからだ。箕田が地面にピッケルを打ち込む。

「柔らかい砂岩質ですね。これなら衝撃も大丈夫でしょう」

土壌がほとんどないため、灌木しか生育できなかったようだ。カーゴポッドは、着地直前に制動傘、つまりパラシュートで減速させるようになっている。それでも、硬質な岩の上に落下すれば、内部の高高度気球が損傷する可能性がある。

すぐさま、次の偵察ポイントに向けて移動を開始した。視界が利く灌木地帯に長居は無用だった。

108

午前二時前に、研究所前の偵察ポイントの中でも最重要なトンネルに近づいた。目標とする研究所に

アクセスする道路は一本のみ。その道路上の要衝（チョークポイント）は何カ所かある。このトンネルは、その中でも

重要なチョークポイントだった。研究所に最も近く、このトンネルを迂回（うかい）する場合は峻厳な岩場ルー

トを通過しなければならないため、移動に時間がかかる。

研究所を制圧してウイルスを奪取した後、このトンネルだけは通過したかった。ここを押さえられ

てしまうと、上空から姿を隠しにくい岩場をのろのろと進まなければならない。

ウイルスの奪取後は、敵が奪還のために追跡してくる可能性がある。このトンネルさえ通過してし

まえば、樹木のある山岳地帯に逃げ込める。姿を隠してしまえば時間の経過とともに、敵が捜索すべ

き範囲が広がるため、捕捉される可能性を大幅に低下させることができる。

「哨所（しょうしょ）があります」

稜線からトンネル入り口を確認した馬橋だった。室賀は双眼鏡を取り出すと、カタツムリ並みの

動きで、稜線から顔を出し、哨所を窺（うかが）った。それはトンネルの入り口にあって、トンネルへのゲート

としても機能しているようだった。室賀は顔を出す時と同じように、ゆっくりと戻った。

「一人じゃないな」

「二人詰めていると思ったほうがよさそうですね」

いくら重要なチョークポイントとはいえ、対処する一人と報告するもう一人がいれば充分だ。

「そうだな。夜間は減員している可能性もあるが、あくまで可能性だな。どうするかは後で考えよ

う。進むぞ」

室賀たちは研究所を囲む岩場へと歩を進めた。今はまだ、空から警戒されている可能性はほぼな

い。日が昇るまでに身を隠してしまえばよかった。

109

「ハイマツ、ハイマツ、こちらV─07、観測点到着。これより遠隔観測態勢構築の予定。特異事項なし」

衛星通信端末を使用して、室賀は目標としていたウイルス研究所を監視するポイントに到着したことを中央指揮所に報告した。

「ハイマツ了解」

報告は、昨夜、潜伏ポイントの出発前に行なったきり。中央指揮所で室賀たちの作戦指揮にあたっている涸沢は、気を揉んでいたはずだ。それでも、特異事項なしと報告すれば、それ以上何も聞いてこなかった。信頼してくれている証拠だ。室賀は、スイッチを切ると、衛星通信用のパネルアンテナを折り畳んだ。

研究所についての情報は、ここでウイルス研究が行なわれているというものだけだ。施設の状況、何棟あるのか、それぞれの棟の大きさ、塀の有無などは、衛星画像で確認されている。しかし、各棟が何に使用されているのか、内部に何人ほどいるのか、そのうち、警備の人間は何人なのか、などはわかっていない。赤外線画像によって確認される放熱量などから、推定されるだけだ。

この程度の情報量で突入したのでは、警備兵に対応される危険も高い上、制圧に成功しても、目的とするウイルスの捜索に時間がかかることは確実だ。それに、安全と思っていた施設で武器を使った結果、危険な病原菌を撒き散らす結果にならないとも限らない。

周囲は山に囲まれている。室賀たちが身を隠すことはできる。周囲に潜み、研究所内部の様子を探ることが先決だった。室賀たちは、ノドンハントや拉致被害者救出よりも先行して上陸した。監視・確認の時間を確保するためだ。

目視では、警備状況や監視カメラなどの警戒手段の有無、外部との通信設備、研究者の動きなどを探る。ガラス窓のある部屋には、内部の音を遠距離から盗聴する装置を設置した。微光レーザーを使用し、反射光を捉えることでガラスの震動、つまり内部の音を聞き取る装置だ。盗聴した音声は、データを圧縮し、衛星経由で情報本部に伝送する。韓国語の専門家と医官が、会話の内容を分析してくれる手はずになっていた。

警備状況が甘く、施設の壁面に接近できそうであれば、壁を貫通し、内部の音を聞き取ることができるコンクリートマイクの設置も準備していた。

しばらくは身を隠したまま観測し、内部の状況を探らなければならなかった。

＊＊＊

琴音は、社会に出た人間が大抵は感じる後悔の念を抱いていた。『もっとちゃんと勉強しておくんだった』というやつだ。大学で学んだ第二外国語はフランス語だった。成績も優だった。それでも、奔流《ほんりゅう》のようなフランス語ニュースに曝され、めまいを覚えた。

タイトルを見れば、記事の内容は想像がつく。探している記事ははっきりしているから、琴音のフランス語レベルでも、記事の選別はできた。怪しそうな記事は機械翻訳にかけ、本当に読むべき記事かどうかチェックする。その上で、有益そうなら、電子辞書を使って読み込んだ。労力は、大変なものだった。

休憩をするために席を立つ。ビルの一階に、大きな窓から太陽の光が注ぐカフェがある。開放感があるのに、エアコンが効いていていて暑くない。そこなら、充分に心の背伸びができる。

ＡＰＰ通信で中東情報を調べ始めて一週間が経とうとしていた。今までのところ、注目に値《あたい》する情報はなかった。米軍がイスラム過激派勢力の支配地域にある病院を襲撃したというニュースは、三件ほど確認できた。どれも病院を隠れ蓑《みの》とした武器集積所を襲撃したという内容だった。天然痘や生物兵器に関係すると思われる情報は含まれていない。

記事を書いた記者にメールを送って確認を取ってみたが、それらしき情報はなかった。

重要な情報を見落とすまいと、関連のありそうなキーワードで検索もかけていた。

日差しの注ぐカフェに着くと、コーヒーを飲みながら日本のニュース、特に北朝鮮情勢に関連した記事をチェックした。毎朝新聞の電子版だけでなく、他社の電子版にも目を通す。

フランスでは、それほど大きな扱いはされていないが、日本政府が存立危機事態を宣言し、自衛隊に防衛出動を発令したことは、紙面のほとんどのページで言及されていた。スポーツ欄ですら、大会の見合わせなど、北朝鮮の内部崩壊危機に関連するニュースで覆い尽くされていた。料理のレシピなど、時事に関連しない話題は、〝紙面の都合〟という理由で、掲載さえされていない。

室賀は、今どこにいるのだろうか、そして何をしているのだろうか。琴音は彼の身を案じながら、褐色《かっしょく》の揺らめきを見つめた。

「早く何かを見つけなきゃ」

＊＊＊

二日ほど観察を行ない、研究所の警備は、決して厳重ではないことがわかってきた。監視カメラは三台設置されているものの、カメラが向いている方向は限られていた。カメラは可動式の雲台《うんだい》に載っていたが、全く動いていない。元は遠隔で動かしていたのだろう。故障したまま修理されていないに違いなかった。カメラも映像を撮っているかどうかは怪しい。

カメラ以外のセンサー類は、自衛隊でも使用している旧態依然とした断線式警報機ぐらいしか見当たらなかった。見落としがなければ、不定期に実施されている巡回の合間を縫って侵入することは可能だろうと思われた。侵入できれば、コンクリートマイクを設置できる。確認が難しく、有無が不明なのは赤外線警報機だった。

「ナキウサギを使ってみたらどうでしょう」

夜明けが近づいた頃、二分隊の惣田《そうだ》二曹が提案してきた。ナキウサギは、高山地帯など寒冷な土地に広く生息している小型の兎だ。日本には、キタナキウサギの亜種とされるエゾナキウサギがいる。朝鮮半島では、キタナキウサギを高山帯で見ることができる。室賀たちも、研究所周辺の岩場で何回も目撃した。張り詰めた作戦の最中でも、その愛くるしい姿に和《なご》まされていた。

「威力偵察というわけか？」

本来、威力偵察とは、攻撃を加えて敵の反応を観察する偵察方法だ。装備などハードウエアだけでなく、兵の練度などソフト面まで観察する。この場合、ナキウサギを使って攻撃するのではない。警備区域に小動物が入り込み、各種センサーが発報するのはよくあることだ。周辺に多く生息する野生動物を投げ込めば、未発見のセンサーの有無を確認できる。

「捕まえられるのか？」

「今のうちに罠《わな》を仕掛けておきます。ナキウサギは昼行性《ちゆうこうせい》です。クラッカーの欠片《かけら》を使えば、うまくいくと思います」

「わかった。やってくれ。ただし、鳴き声を聞かれないようにな」

鳴き声を上げる兎だから、ナキウサギと呼ばれている。

「了解しました。向こうのヒナゲシが咲いていたあたりに仕掛けます。あそこなら、鳴かれても聞こえないでしょう」

重要施設と思われる建物には窓がなかった。レーザーを使った聴音機では、それらの内部状況はわからない。コンクリートマイクを仕掛けたいが、室質たちV—07の存在を気取られることはまずい。

ナキウサギ作戦はうまくいった。闇夜に乗じて、監視カメラの死角から忍び寄り、高さ二メートルほどのコンクリート塀の上から、ナキウサギを放り込んだのだ。赤外線警報機が設置されていれば、警備兵が反応するはずだった。

放り込んだ直後、憐れな兎は特徴的な警戒音で鳴いていた。それでも、警備兵に動きはなかった。ゲートに設けられた哨所には、五人から六人の警備兵が詰めている。立哨はいない。トンネルの哨所から連絡があるのか、車の出入りがある時だけ立哨に出ているようだった。この時も、立哨はいなかった。ナキウサギにとって、これは幸運だった。放り込まれてから五時間ほど経過した後、ナキウサギはおぼつかない足どりでゲートを通って出てきた。投げ込まれた時に怪我をしたのかもしれなかった。

この結果を受け、西側に立てられている建物に、コンクリートマイクを仕掛ける作戦を実施することになった。その建物には窓がなく、重要な研究棟と思われた。他の建物でのレーザー反射を利用した盗聴では、〝四棟〟と呼ばれていることがわかっていた。恐らく、WHOが制定した安全指針に基づき、BSL—4、いわゆるP4施設として作られているのだろう。天然痘ウイルスを扱うのならば、当然、ここのはずだ。

114

マイクの設置は、身が軽く、運動神経のよい和辻が侵入し、実行することになっていた。侵入が露見した場合は、一人が狙撃で和辻の脱出を支援する。その他は、蓮見を除き、全員が強行突入に備えた。もし、侵入が露見すれば、情報が少なくとも、研究所全域を制圧し、ウイルスを奪取するしかないからだ。

　幸い、和辻が塀を乗り越え、四棟の壁面三カ所にコンクリートマイクと送信装置を設置しても、警備兵に動きは見られなかった。国内各所で不穏な動きがある状態では、警備兵の士気も下がっているのだろう。

　和辻は、四十分ほどで侵入した場所と同じ位置から、塀を乗り越えて出てきた。室賀は胸をなで下ろした。

　馬橋が、疑念を貼り付けた顔で言った。

「ということは、ここから先に警備兵がいる可能性はないってことですか」

　コンクリートマイクを設置したおかげで、内部の状況がかなり推定できるようになった。内部は、やはりBSL－4の防護措置が講じられているようだ。情報本部と医官のチームが、推定図面を書いて送ってきた。その図面を見ながら、蓮見に各部屋がどのように使われているのか解説をしてもらっていた。

「ゼロとは言いませんが、まずありえません。この区画は専門知識のある人間でないと、ちょっとしたことがバイオハザードを引き起こします。天然痘で最後に死亡した人間も研究者でした。研究者であっても、不注意が死を招くエリアなんです。防護服の着用を覚えたからといって、警備兵が入れる場所じゃありません」

115

「不測の事態はあるかもしれない。だが、専門家が公算が高いという助言を聞き入れなければ、何もわかっていないことと違いはない。このエリアは、セーフエリアと考えよう」

室賀は制圧プランを考えながら話した。

蓮見の存在は、この作戦の成否を握っていると言ってよかった。室賀は蓮見に対して、まだ釈然としない思いを抱《かか》えている。ワクチンによる副反応被害を許容しなければならないリスクだという言葉は、理論的には理解できても、室賀には受け入れがたいものだった。それでも、まだ研究所の内部を探っている段階で、蓮見の助言は、すでに欠かせないものになっている。彼をチームに入れてくれた統幕の配慮に感謝していた。

「室賀三佐、ハイマツから通信です」

定時報告の時間には、まだ間があった。何か状況変化が起こった可能性がある。そのことは、誰しも理解した。押し黙り、衛星通信機に向かう室賀を見つめてきた。

「ハイマツ、こちらV―07、送れ」

「V―07、ハイマツ、内部音声に日本語が確認された。内部に日本人がいる可能性がある。会話の内容からすると、研究に携わっているものと思われる。以後、内部音声のリアルタイム分析を行ない、日本語を話していたと思われる人物の動向を追跡する。四棟外部に出る機会に、写真を撮影されたい」

「了解。撮影準備を実施する。どのような可能性を考慮しているのか、連絡されたい」

若干《じやつかん》、間が空いた。涸沢が、伝えてよいものか確認を取ったのだろう。

「内部にいる日本人は、拉致被害者である可能性がある。ただし、まだ断定はできない。そのために写真が必要だ。顔のわかる写真が必要だ」

「了解した。顔のわかる写真を撮影する。準備が完了したら報告する」

顔を上げると、馬橋や箕田だけでなく、惣田や和辻の顔にも不安が表われていた。内部に日本人がいるとなれば、作戦が大きく変わる可能性が考えられた。それによって、室賀たちの危険は増す。

＊＊＊

「結論から報告してください」

御厨は、はやる気持ちを抑えられなかった。

「私から報告致します」

立ち上がったのは、浦河智則《うらがとものり》拉致問題担当大臣だった。まだ若いが、議員当選直後から、拉致議連の活動に積極的に関わってきた男だ。御厨が、個人的な意向で閣内に入れた数少ない閣僚の一人だった。目は血走り、頬は紅潮《こうちょう》している。

「ウイルス研究所内で確認された日本語を話す人物二人のうち、一人は特定拉致被害者の小林智宏《こばやしともひろ》氏であることが確認されました。写真及び音声を親族に確認してもらったところ、間違いないとのことです。もう一人は、同じく特定拉致被害者の吉田樹《よしだいつき》氏と思われますが、関係者が高齢のため確認はできておりません」

御厨は、大きく息を吐き出した。安堵のためなのか、恐れのためなのか、自分でもわからなかった。

「二人が、日本語で会話していた内容はなんですか？」

浦河は、「あっ」と言ったきり、後方に控えていた秘書官と相談を始めてしまった。内容を確認していなかったらしい。

「研究所で使用している装置について、技術的な話をしていたのみです」

防医大校長の笹島だった。

「逃走の相談をしていたわけではないんですね」

笹島は、ただ「はい」と答えただけだった。スクリーンの中で、統幕長の日高が補足した。

「二人は、業務に関しては、かなりの自由度を与えられている模様です。日本語の会話時も、声を潜めた様子はありません。二人でいる間はあまり気にすることなく、日本語を使用しているように思われます」

その言葉を聞いて、浦河がすかさず口を挟んだ。

「しかし本意から研究に従事していることは考えられません。小林氏は、人の役に立ちたいという思いから医師になることを目指したそうです」

恐怖なのか、懐柔《かいじゅう》なのかはわからない。それでも、彼らが生物兵器研究に関与させられていることは間違いなかった。

「いいでしょう。重要なのは、彼らが拉致被害者であるという事実です。今現在、どのような考えで生物兵器開発に携わっているかは、些細《ささい》な問題です。重要なのは、救出が可能か否《いな》かです」

御厨は、自分の意思をスクリーンの中の日高に向けて放った。

「総理は些細な問題とおっしゃいましたが、技術的には、決して些細な問題ではありません。救出しようとしても、彼らが積極的に逃走してくれなければ、部隊は危険な状態に陥ります」

御厨は、日高の否定的な言葉に警戒心を抱いた。拉致被害者は全員を救出すべきである。それは、御厨にとって政治的な信念であったし、有権者に対して何度も約束してきた政治家としての公約だった。

「二〇〇二年に、一時帰国という条件で帰国した五名の拉致被害者も、当初は日本に留まることに消極的でした。ですが、正確な状況を説明することで、日本に留まる決意を固めています。説明は必要かもしれませんが、逃走に積極的にならないなどということは考えられないはずです」

「総理のお気持ちは理解しました。その上で、関連する報告があります」

日高は、なおも否定材料を述べるつもりのようだった。

「米軍から入った情報によると、イスラム過激派勢力に渡された生物兵器らしきものは、天然痘用のワクチンであったとのことです。米軍の特殊部隊が、渡されたらしきものを陸軍の感染症医学研究所が分析しました。また、捕らえた過激派勢力の関係者の証言でも、この点が裏付けられています。北朝鮮からは、先にワクチンが渡され、関係者の接種が終わり、準備が整った後に、生物兵器としての天然痘ウイルスが渡される予定になっていたとのことです」

「つまり、天然痘ウイルスは、まだ北朝鮮にあるか、あるいは輸送中ということですね」

「はい、そうなります。V―07によるウイルス捜索は、重要性が高まりました。V―07の人員及び装備では、彼らの作戦目的に拉致被害者の救出を加えることは、作戦の失敗を招く可能性が高く、妥当ではないと考えます」

「やはりそう来たか。ある意味、想定内の返答だった。

「では、どうしますか」

代案を出せ、という意味だ。御厨としては、拉致被害者救出の実施は譲れなかった。その一方で、アメリカからは、ウイルスの捜索及び奪取を日本人の手で行なうよう要請されている。ただし、その

119

い事実だった。原と少数の外務官僚しか知らない事実は、日高を含む制服自衛官や苫米地防衛大臣にも話していない事実だった。

日高は渋い顔をしつつも、口を開いた。

「研究所は他の拉致被害者の所在場所と異なり、救出後の脱出がきわめて困難な、沿岸から離れた奥地にあります。北朝鮮の空軍及び防空火器は旧式のため、高高度を飛行する限り、日米の航空戦力は自由に活動できます。しかし、高射機関砲など、低高度用の対空火器は多数が配備されており、ヘリで研究所付近まで接近することはきわめて危険です。そのため、V―07も安全な高高度まで一気に上昇できる特殊な気球を使用して離脱する予定にしているのです」

御厨も、報告を受けて承知している話だった。日高が改めて言うからには、それだけ重要な要素だと言いたいのだろう。

「この気球に拉致被害者が同乗できればよいのですが、最大積載量《ペイロード》はV―07隊員の体重ギリギリで設計されています。拉致被害者は確認されている二名だけでなく、家族もいると思われます。とてもこの気球に同乗はできません」

「では、追加で作ればいいだろう」

口を挟んだのは苫米地だった。

「残念ながら、特殊であるが故《ゆえ》に、急に追加製作することは不可能です。全く同じ物を作るとしても、一カ月かかると報告を受けております」

苫米地はそれ以上追及しなかった。できないものはできないのだ。

「V―07に拉致被害者の救出を実施させれば、拉致被害者を気球によって脱出させることになります。V―07は、ヘリが救出可能な沿岸地域まで、自力で移動しなければなりません」

「できませんか？」

当然の疑問を口にしただけだ。無理にやれと言ってはいない。御厨は、そう自分に言い聞かせた。

「接近時は海岸から行ったんだ。何も海まで行けというわけではない。できるだろう」

苦米地が、御厨におべっかを使っていることは明らかだった。そして、その言葉は、御厨が口にすることを躊躇った本音でもあった。

「経路の問題ではありません。食料などの装備も、もちろん若干の余裕を持っています。ですが、最も重要な差異は、彼らの存在が敵に知られているということです。研究所を襲撃した段階で、彼らの存在が敵にも判明します。陸路で逃走していることがわかれば、追撃を受ける可能性が大です。彼らは高い技量を持っていますが、徒歩で携行できる装備しか持っていません。多数の兵力で追撃を受ければ、無事に脱出することはきわめて困難です。そのため」

日高は、そこで言葉を切った。困難だと言いつつも、代案はあるのだとして、追及を封じようとしていた。

「新たに判明した拉致被害者の救出には、別部隊を編成し、別途救出作戦を実施したいと考えます。ウイルス奪取の重要性が高まったことも踏まえ、Ｖ─07には当初の予定どおり、ウイルスの奪取を実施させます」

日高の言葉は、まるで臭い物に蓋をする役人の言葉そのものだった。『やれます』ではなく、『頑張ります』と言っているにすぎなかった。

「それで、本当に拉致被害者の救出ができますか？」

御厨は、『やれます』という言葉が聞きたかった。

「具体策の検討は、これから実施します」

121

「他の救出は、北朝鮮に対応するタイミングを与えないために、判明している拉致被害者を、同時急襲的に実施する予定だと言っていましたね」

御厨は、報告の文面を、極力正確に繰り返した。日高は否定も肯定もしなかった。自分の報告を否定することはできない。かといって、肯定すれば、足をすくわれかねないことがわかっているからだろう。

「別部隊を編成し、別途救出作戦を実施するということは、奪取作戦の実施に間に合わないという意味じゃありませんか。それでは救出できないどころか、救出作戦が実施できるのかどうかさえ、怪しいのではありませんか？」

日高は、「それは……」と言ったきり、言葉を続けられなかった。

「再計画では、救出は不可能じゃありませんか？　研究所にいる拉致被害者が移動させられてしまうかもしれませんし、証拠隠滅《いんめつ》のために殺害されてしまう可能性だってあるはずです。違いますか？」

日高は苦虫を嚙み潰したような顔をしたまま、言葉を返してこなかった。

「V－07に、ウイルス奪取と共に、研究所にいる拉致被害者救出を実施させるよう計画の変更を行なってください。隊員の危険が高まることは承知しています。私が命じるのです。責任は、私が取ります。あらゆる支援を実施してください」

「了解しました」

日高は、たった一言、それだけを口にした。制服組トップとして、隊員の命を預かる身として、隊員の身を案じることは理解できる。だが、御厨は、隊員のみならず、全日本国民の身を預かっているのだった。

「今、救出を実施しなければ、彼らを見捨てたことになってしまいます。それだけはできません」

御厨の言葉は、総理大臣の職務に対する誠実さを反映していた。しかし、一方で、これが自身の保身のための言葉であることも認識していた。

「政治家は、どうあっても責任を取らされるんですよ。支持率という形でね」

御厨は、誰にも聞こえないよう、心の中で呟いた。

たとえ自衛隊員の死傷者が増えたとしても、拉致被害者を見捨てるよりも、支持率上はマイナスの影響が少ないはずだと計算していた。問題は、米国の要請だった。それでも、要請を拒絶したわけではない。できる限りの努力はする。影響があるとしても、ウイルスの入手時期が遅れるだけだろう。

これで、乗り切れるはずだ。

そもそも、いかに北朝鮮が常識の通じない国であっても、天然痘ウイルスを使った生物兵器を、本当にばらまくとは思えなかった。

＊　＊　＊

「fmie?」

この三日ほど、続発していたアメリカ軍によるイスラム過激派勢力支配地の病院襲撃作戦のニュースが途絶（とだ）えていた。そうした中で、作戦が終了したとの記事を見つけた。ただし、公式発表ではない。むしろ、信憑（しんぴょう）性には疑問符の付く記事だった。

記事が書かれたのは、中東ではなくジュネーブだった。記者が、ジュネーブに本部を置く国連人権高等弁務官事務所、通称OHCHRの高官にインタビューしていた。

アメリカ軍の病院襲撃作戦は人権上問題があるとして批判されている。そのためOHCHRは、ア

123

メリカ政府だけでなく、作戦を実施しているはずのアメリカ中央軍に対して抗議を行なっていた。アメリカ中央軍の高官は、ＯＨＣＨＲの執拗《しつよう》な追及に対し、作戦は終了したと発言したらしい。しかも、その高官は、この作戦が中央軍の作戦ではないと口を滑らせた。しかし、事実かどうかは不明だ。

琴音は、インタビューをしたというＡＰＰの記者に連絡を取ってみた。ＯＨＣＨＲは、その発言に期待しているという。探してみたところで、情報を裏付ける証拠などが出てくる可能性は低い。この三日ほどは、病院襲撃のニュースがないという状況証拠と照らし合わせるしかなかった。少なくとも、両者に矛盾はない。アメリカ中央軍の作戦ではないとしたら、誰が行なったのかも尋ねたが、その記者はわからないと言う。代わりに、パリにいる記者を紹介してくれた。同じビル内にいる。

琴音がその記者を訪ねると、これから出かけるところだから、五分だけならという条件で話をしてくれた。件《くだん》の記事を見せ、武器集積所を潰す以外の目的がある可能性を調べていると話した。

「本当に中央軍でないのなら、特殊作戦軍だろうね」

金髪であることを除けば、ステレオタイプなオタクそのものだった。

「特殊作戦軍？」

「そう。アメリカは、作戦指揮を統合軍が行なっているけれど、地域別の統合軍の他に、機能別の統合軍がある。中央軍は、中東を管轄エリアに含む地域統合軍だよ。中央軍でないとしたら、機能別の統合軍が作戦を行なったはず」

「その機能別統合軍が、特殊作戦軍なのね」

「特殊作戦軍の他は、核兵器や宇宙での戦闘を行なう戦略軍と輸送軍が機能別統合軍だからね。病院襲撃を行なうとしたら、特殊作戦軍しかないね」

「なるほど」

オタク記者は、席を立つと、リュックを背負い、カメラを首にかけた。

「もう一つ、教えてほしいの」

彼は露骨に嫌そうな顔を見せた。

「知り合いに自衛官はいる?」

「ええ。この取材も、関係しているかもしれない」

「そう。なら、後で紹介してよ」

取引成立。

「作戦が終了した理由は、どうしてかしら?」

「もし、君が言うとおりに裏の目的があるなら、その目的を達成したか、あるいは目的の達成が不可能だと判断したか、どちらかさ」

そう言うと、彼は足速に出かけていった。アドレスだけは、しっかりと控えていった。

目的を達成したとしたら、生物兵器を回収したということだ。目的の達成が不可能だと判断したとしたら、生物兵器がイスラム過激派勢力の下にないことを確認したかだ。

どちらにせよ、生物兵器に関して判断が下されたのなら、CDC、アメリカ疾病予防管理センターのマークに聞いてみる価値はあった。時差を確認し、電話をかけた。もう出勤しているはずだ。

「天然痘に関して、何か動きがあるんじゃない?」

「君は、どんな情報源を持ってるんだい?」

マークはジョークを挟みながら、状況を教えてくれた。

「ポックスウイルスの研究者連中は、ワクチンの研究を始めたみたいだ。前にやっていた人種選択性付与の調査は中止したみたいだね」

「その動きは、陸軍の感染症医学研究所と連携しているの？」

「それはわからないよ。ボクの専門は知ってるだろ」

「もちろん、知ってるわ。聞いてみることはできない？」

「それはルール違反だ。特に、軍が関係しているなら、関わりたくない」

CDCは世界中の疾病対策のため、積極的に情報を出してくれる。だが、アメリカの公的機関であることも事実だった。マークも、自らの立場を危うくしかねない行動は取ってくれなかった。琴音は、無理は言えなかった。礼を言って電話を切る。

「さて、どうしよう」

＊＊＊

「この部分は、少し違うんじゃないかと考えています」

蓮見が、情報本部の支援チームが作成した研究所内部の見取り図を見て言った。空はまだ明るかったが、V−07の潜伏地点は、入念な偽装を施したため、薄暗い。その中で、室賀と蓮見は、輝度を最低まで下げたタブレット端末を覗き込んでいた。

「どうしてだ？」

情報本部の支援チームにも医官が入り、見取り図は専門的知見の下に作成されている。蓮見が、実際の目で研究所を見た結果として、どうして違う見方をするのか知りたかった。

「今は夏だから暖かい。しかし、周りの植生を見れば、ここの冬がどれだけ厳しいのかは想像がつくと思います」

室賀は無言で肯いた。標高は一五〇〇メートルを超えた程度だが、樹木は、日本では高山で見られるハイマツくらいしか生えていない。この作戦が冬期に計画されたのなら、絶対に成功しないだろう。

「天然痘ウイルスを扱うためには、バイオハザードレベル4、頭文字をとってBSL—4と呼ばれる施設が必要です。日本では、今でもP4施設と言われることが多いですが、これは古い呼称です。北朝鮮は、その規格を守るつもりなんてないでしょう。ですが、かならず同じようなレベルで作っているはずです」

それは室賀にもわかった。天然痘を扱う研究は、核以上に危険だ。

「BSL—4施設では、危険な病原体を外部に出さないため、内部を陰圧にした装置を使用します。当然、空気の管理が重要です。エアコンの室外機はこの二カ所に設置されていますが、こちらにある一方は、冬期のメンテナンスができるのか疑問です」

「そうだな。吹きだまりになるかもしれないな」

「そうです。それを考えると、冬期はこちらの一カ所のエアコンだけで、設備を稼働させているのではないかと思います。暖めるだけなら、簡単ですから」

「それで?」

室賀には、まだ蓮見の言わんとしていることがわからなかった。

「だとすると、この実験室には陰圧装置があるはずですが、ここまでのエアコンダクトが長すぎます。だから、実験室と前室、それにシャワー室の位置関係が逆だと思うんです」

「なるほどな。支援チームにその見解を伝えて、再検討してもらってくれ」

127

支援チームには医官も入っている。涸沢もアドバイスしているし、他にも山をわかる人間が入っている。それでも、どちらもわかる人間はいなかった。蓮見はさっそく衛星通信装置を使用して、支援チームに連絡を取ろうとしていた。

御厨が下した決定に基づいて、室賀たちは新たな作戦計画の受領を待っていた。その一方で、北朝鮮人民軍内の情勢は、予断を許さない状態だと聞かされていた。もし、一気に混乱が拡大し、ノドンハントと拉致被害者救出作戦が開始されれば、室賀たちは、新たな計画がないまま、ウイルス奪取と拉致被害者救出の二つを目的として作戦を強行せざるをえなくなる。そうなれば、出たとこ勝負になる。

複数の目的を課された作戦はやりにくい。室賀は、ミッドウェー海戦のようなことにならなければよいがと考えていた。ミッドウェー海戦は、アメリカ機動部隊の殲滅（せんめつ）とミッドウェー島の攻略という二つの作戦目的が課され、優先順位が不明確なままだった。それが現場の混乱を招いたことで、大敗（たいはい）を喫している。

せめて現場の情報を最大限確保することで、作戦を混乱なく進めたかった。

「この建屋（たてや）は、何だと思う？」

人の出入りが確認できず、あまり使われていないと思われる建屋があった。制圧の際の優先度は低いと考えていたが、用途がわからないため、不安要素となっていた。サイズが大きい上に、窓もない。エアコンなどの付帯設備が多いため、高いバイオハザードレベルが取られていると思われた。

「推論というより、勘に近いですが……」

「なんでもいい、言ってくれ」

支援チームは『用途不明』としていた。室賀には、わかるはずもない。勘であっても、その筋の専門家が言うのであれば、考慮に値するはずだった。

「病院じゃないかと思います」

「事故が起こった場合の治療用か？」

「それもあるでしょう。ですが、もっと別の目的に使う病院です」

「何だ？」

室賀は、何か薄ら寒く感じた。

「人体実験を行なう実験病棟です」

蓮見は表情を変えることなく、静かに言った。

「ウイルスの研究は、細胞レベルだけでは成り立ちません。北朝鮮が、人種選択にせよ、何にせよ、天然痘の研究を行なっていたなら、人体実験をすると思います」

室賀も、北朝鮮ならば、とは思っていた。だが、双眼鏡を覗けば、視野いっぱいに広がる建物の中で悪魔の所業が行なわれていたと考えると、自分が異世界に来てしまったかのように思えた。

室賀は、「そうか」とだけ言って、この会話を打ち切ろうと思った。これ以上、話したい話題ではなかった。

「人体実験をさせられていたんでしょう」

室賀の意思に反して、蓮見が言った。

「どういうことだ？」

「拉致被害者の小林さんと吉田さんです。たぶん、人体実験をさせられていたんだと思います」

施設の内部で日本語の会話をしていたのは、共に特定拉致被害者とされていた小林智宏医師と吉田樹医師だった。拉致された当時、小林医師は、臨床医として働いていた。吉田医師は、大学で医学生

129

だった。二人ともウイルス研究の専門家ではなかった。

「なるほどな」

室賀は心を閉じて、それだけを口に出した。当人たちにとっては、いたたまれないことだろう。

「でも、助かりました」

蓮見の言葉は室賀を驚かせた。この男には、他人に共感する能力がないのではないかと思わせられる時がある。

「何が助かったと言うんだ」

自分の言葉に棘があることに気づいたが、それを隠そうとは思わなかった。それでも、この男は棘に刺されても痛みは感じないらしい。

「この程度の見取り図があったところで、ウイルスを探し出すのは至難の業です。研究を行なっていれば、似たようなウイルスは山ほどあるはず。教えてくれる人がいなければ、どれが我々が持ち帰るべきウイルスなのか判別するには、研究資料を読むしかない。ですが、資料が正確かどうかさえわからない。韓国語は勉強したし、専門用語が使われていればかえってわかりやすい。研究の中核にいなかったとしても、私が資料を読み解くことと比べれば、彼らに尋ねることができる。拉致被害者がいたら、情報量は雲泥の差です」

「それはそうかもしれない」

確かに蓮見の言うとおりだ。それでも、どこか釈然としなかった。

「しかし、拉致被害者がいれば、被害者救出が命じられることも当然だろう。生きて帰れなくなる可能性だってある」

「生きて帰れない可能性は、最初からあったじゃないですか」

画を変更しなければならない。少なくとも、脱出は計蓮見は飄々として言った。

「同じ自衛官とはいえ、医官は前線に立つわけじゃありません。もちろん、危険な地域に派遣される
ことはありますが、文官だって行く程度の場所です。外国の軍隊では、医官が銃弾が飛び交う中で応
急の治療を行なうこともありますが、自衛隊では、そんな活動までは想定されてない」

自衛隊の医官は、決して多くない。前線に出せるほど余裕がないのだ。そのため、後方の救護所で
控え、前線での応急処置は教育を受けた隊員、いわゆる衛生兵が実施する。

「だから、この作戦への参加を内示された時は、真剣に悩みました。普通科であれば、戦闘に参加す
るかもしれないと考えているでしょう。医官にとっては、可能性としてはゼロじゃありませんが、非
現実的です」

蓮見は、なぜか自分の右手を見つめていた。

「でも、参加を決めました。危険は承知の上です」

そう言うと、目を上げた。視線が合う。

「危険は承知の上ですが、私は、いつでも医者のつもりです」

室賀は、蓮見の言わんとすることがわからなかった。

「もし、ウイルスを探し出せなければどうしますか?」

そこまで言われて、室賀にもやっと蓮見の言いたいことが理解できた。

「もしウイルスを見つけ出せなければ、研究者を拷問するしかない。私は医者です。敵だろうと独裁
者だろうと、拷問なんてできません。あなたにはできるんですか?」

室賀は、静かに首を振った。過去の戦争において、どのような拷問が行なわれたことがあるのかは
教育を受けて知っている。捕虜になり、拷問にかけられても、耐えられるようにするためだ。逆に、

131

やり方としても理解している。だが、自分にできることではなかった。

この男を、誤解していたのかもしれない。

＊＊＊

マークは教えてくれなかったが、急に方針を変えた理由は、やはり軍にあるのだろう。もし新たに始めたワクチンの研究が、イスラム過激派勢力の病院襲撃と繋がっているのなら、米軍は病院で何かを見つけたに違いない。

米軍による病院襲撃の続報を探したものの、その後はぱったりと情報が途絶えた。やはり、作戦が終結したという情報が正しいのだろう。だとしたら、作戦がアメリカ中央軍のものではなく、特殊作戦軍のものだという情報も、正しい可能性がある。やはり、裏の目的があったのではないか。

米軍が、ウイルスそのものを見つけたのならば、そのウイルスに対して、既知のワクチンが効果があるのか否か、もしないのであれば、どんなワクチンであれば効果があるのかを調べるはずだ。

ウイルスは見つからず、ワクチンが見つかった可能性も考えられる。ワクチンが見つかったのなら、それが既知のワクチンなのか、それとも新たなウイルスに対処するための新たなワクチンなのか調べるだろう。

いずれにしても、研究が必要になる。

どこまで聞けるかわからない。それでも、もうあとほんの少しでも情報が欲しかった。琴音は、医師ではなく、新聞記者として人を助けることを目指した。医師だけでは、助けられない人がいることを知ったからだ。

――琴音はシャープペンシルを置くと、思いっきり伸びをした。

「やっと終わったぁ」

期末テストが終わり、高校に入って初めての夏休みはもう間もなくだった。

「いいよね、琴音は補習なんて関係ないものね」

隣の席に座るクラスメイト、関根裕子《せきねゆうこ》は、机につっぷしていた。

「やっぱり、補習になりそうなの？」

「確実だね」

裕子は軽く咳《せ》き込みながら、マスクを着けた顔を上げて言った。

「その前に、病院に行きなよ。テスト前からでしょ」

「お、営業かな？」

琴音は開業医の家で育った。祖父、父と二代続けて医者をやっている。

「違うよ！」

「お兄さんに診てもらえるなら、行こうかな。でも恥ずかしい！」

「何バカなこと言ってるのよ。まだ学生だよ」

琴音の兄も医師になるため、医大に通っている。そんな家庭で育ち、琴音も漠然《ばくぜん》と医師になることを考えていた。

「琴音のお父さんじゃ、ちょっと歳《とし》がね」

「真面目《まじめ》に言ってるのよ！」

裕子は右手をひらひらさせていた。

「ただの夏風邪だって。夏風邪はしつこいから」

「でも、風邪だと思ってたのに、実は重病だった、なんてことも多いんだよ。一週間以上も咳が続いているんだから、肺癌《はいがん》の可能性だって考えられるんだからね。肩が痛んだりしない？」

「バカなこと言わないでよ。まだ十六だよ。いくら親父がヘビースモーカーだからって、肺癌になんてなりっこないわよ」

そう言っていた裕子が病院に行ったのは、夏休みが終わった九月になってからだった。そして、彼女に次の夏休みは来なかった――。


どんなに医療が発達しても、最初に診断を下すのは自分自身だ。病院に行ってみようと思わなければ、どんな病気でも手遅れになる。

医療技術が進むだけでは、病から人を救うことはできない。正しい医療知識を持たせることが、病に立ち向かう第一歩なのだ。その思いが、漠然と医師を目指していた進路を変えさせ、新聞記者桐生琴音を誕生させた。


琴音は、再びCDCのマークに連絡を取った。

「ジャーナリストになるためには、人に嫌われても気にしない性格が必要なようだね」

「そうじゃないわ。真剣なだけよ」

「特ダネになるから？」

「違うわ。あなたと同じよ。自分の仕事で、誰かを助けられると信じているからよ。あなたは医学の研究で、私は報道で。方法が違うだけよ」

「なんだか、ペテン師に丸め込まれているような気がしてきたよ。で、何だい？」

琴音は、取り合ってくれただけでもラッキーだと思った。

「ポックスウイルスの研究チームがワクチンの開発を始めたのか、それともワクチン株の分析をしているのかを教えてほしいの。これだけでいいわ」

「前にも言ったとおり、彼らに聞くことはできないよ」

ダメか！

「でも、推測なら話せる」

「本当？ ありがとう。推測でもいいわ。今は、少しでも情報が欲しいの」

琴音は、藁をも摑む気持ちというのが理解できた気がした。

「これは、貸しだからね。日本の事情を聞きたい時に返してもらうよ」

「OK。しっかり返すから、心配しないで」

意外とちゃっかりとしているマークのことだ、製薬会社の株でも買うつもりなのだろう。その程度ですむのなら、お安いご用だった。

「彼らに、急に必要になったからと言われて、培養を行なう機器を貸し出したんだ。でも、BSL─4の機器じゃない。そこまでのものは要求されなかった」

「つまり、ワクチン株の培養をしているってことね」

「そのとおり」

それは、見つかったものがワクチンだったということだ。

「ありがとう。助かったわ。でも、こんな簡単なことに、ずいぶんともったいつけてくれたわね」

「簡単かどうかは、重要じゃないよ。君にとって、価値があるかどうかだろ？」

135

憎たらしかったが、彼のおかげで、米軍が見つけたものが、天然痘ウイルスではなくワクチンだっ
たと推測できた。もちろん、百パーセントそうだとは断言できないが、その可能性がきわめて高いと
言えた。

だとすれば、蓮見や室賀たちが本当に北朝鮮に入っているとしたら、今も天然痘ウイルスを遺伝子
操作した、生物兵器を追いかけているはずだった。

イスラム過激派勢力の病院を襲撃していたアメリカ軍の作戦が終結したのなら、琴音がこれ以上フ
ランスに留まる理由はなかった。鶴岡に電話をかけ、簡単に状況を説明すると、帰国準備に取りかか
った。

空が白み始めていた。ヘルシンキで乗り継いだ飛行機は、成田に向けシベリア上空を飛行してい
る。時差ボケにならないよう、飛び立ってすぐに寝る努力をした。その努力は徒労に終わり、厳しい
一日が始まろうとしていた。結局、機内のインターネットサービスを利用して、ニュースばかりチェ
ックしていた。

『北朝鮮の内部崩壊は、秒読み段階』『初の存立危機事態』といったタイトルが、ほとんどの新聞社
サイトを埋め尽くしている。掲載されている民間衛星の画像には、北朝鮮各地に大規模な火災と見ら
れる輝点が写っていた。

しかし、どのニュースを見ても、現地からの情報はない。生々しい情報は、中朝国境を越えた脱北
者からの伝聞だった。

危機が報じられた当初、暴動が発生し、戒厳令が敷かれたと言われていた。多数の証言を照らし合
わせると、どうやら暴動というよりも、静かなテロのようなものだったらしい。

136

最初は、咸鏡北道《ハムギョンプクト》で発生した警官殺害だった。咸鏡北道は、二〇一六年の台風によって大きな洪水被害に見舞われた後、核実験に対する諸外国による制裁もあって、復興が進まなかった。その結果、住民の生活は限界に達していた。

北朝鮮の警官は、以前から不正行為によって生活を維持している。彼らの生活も悪化したことで、賄賂《わいろ》の要求が酷《ひど》くなっていたらしい。そして、搾《しぼ》り取られる一方の一般住民が牙を剝《む》いた。

警官の遺体は、路地裏で発見された。その噂が広がると、別の場所でも、警官が殺された。権力を笠《かさ》に着て武器を持っていても、後ろから殴《なぐ》られれば人は死ぬ。

警察は、過激な捜査態勢を敷いたようだ。しかし、住民は、もはや恐怖しなかった。警察に殺される恐怖は、これ以上搾り取られて餓死する恐怖に勝てなかった。ターゲットは、警官の家族や他の公務員、それに軍関係の企業関係者にも及んだ。

社会活動は麻痺し、独裁者は軍を投入して治安維持に当たらせる命令を発した。部隊が命令に従った地域では、麻痺ぎみだった経済活動が死に絶え、状況は悪化した。

同時期に、軍内での権力闘争において、親中国派を粛清《しゆくせい》したことも重なり、独裁者の命令に従わない部隊もあったらしい。そうした部隊は民衆の支持、そして何より中国の支持を受け、独裁政権への服従を拒否した。

そうした部隊に対して、親政権派の部隊に攻撃を命じれば、すぐさま内戦状態となっただろう。だが、あまりに多くの部隊が服従を拒否したため、独裁者も攻撃命令を出せなかった。その結果が、現在生じている奇妙な睨み合い状態だった。噂レベルでは、軍内親中国派が、独裁者の生命を保証した上で、退陣を迫っているという。

琴音は、眼下に広がる黒い森の先、そう遠くない南にある北朝鮮の方向を見やった。今も、躊躇っていた。

　室賀は生物兵器を追って北朝鮮にいるのかもしれない。米軍は、中東でワクチンしか見つけられなかった。それならば、ウイルスの捜索は続けられているはずだ。天然痘という危険性の高いウイルスの捜索には、そうしたウイルスに対して専門的な知識を持つ人間が必要だ。蓮見は、その人物像に合致している。室賀は、その蓮見を率いて、この緊迫した情勢下で山地行動訓練を行なっていた。彼は、今日明日に合流して、部隊の指揮を執れるものじゃないとも言っていた。特殊な任務を帯び、特異な知識・技能を持つ隊員を伴って作戦行動する場合も同じだろう。蓮見と共に訓練をしていた室賀は、今も行動を共にしている可能性が高い。

　もしそうだとしたら、自分が追いかけている情報を報道することで、室賀を危機に追い込んでしまうのではないか。琴音は、そのことを危惧していた。しかし、政府が何をしているのか報じることは、ジャーナリストにとって必要なことだ。真実を追いかけ、それを人々に知らせなければ、市民は正しい行動を取ることができない。政府が、生命の危機にも繋がる情報を隠しているなら、報道するのは正しいはずだ。

　北朝鮮は、天然痘ウイルスを使用した生物兵器を使おうとしているのかもしれない。しかし、政府は、そんな危険があると国民に知らせていない。ほとんどの国民は、天然痘に対して免疫を持っていない。一般には、種痘——天然痘の予防接種はもう四十年も行なわれていないため、四十歳以下の人は基本的に種痘を受けたことがない。壮年以上の人たちは、過去に種痘の接種を受けているが、その効果もすでに切れている。

　北朝鮮が天然痘ウイルスを使用すれば、恐ろしい事態が生起するのだ。琴音は、膝の上にかけていたブランケットを引き上げた。

138

第三章　増殖

日高統幕長は、運ばれてくるコーヒーを待とうとしているようだった。

「始めてください」

御厨首相は、それを待てなかった。一刻も早い報告を促した。

「了解しました。昨夜実施した、ノドンハント部隊及び拉致被害者救出部隊の北朝鮮領内侵入状況について報告します」

官邸危機管理センターの正面のスクリーンに北朝鮮の地図が表示された。東岸、西岸とも、海岸線の外側に、飛行経路らしき線が引かれている。そこから、何本もの矢印が、北朝鮮領内に伸びていた。

「昨夜実施した部隊侵入は、現在のところ、大きな問題はありません。領空の外側、数十キロを飛行した二機のKC－767空中給油機から、二百五十六名が空挺降下しました。落下傘の不具合により、二名が海上に着水し、海自艦艇が救出を行なっています。また、空挺降下が困難な地域に対しては、海自潜水艦から四十名が潜水により侵入しています。欠員二名ですが、このまま作戦を続行します」

机の上に、コーヒーが運ばれてきた。豆は、御厨が学生時代から通っていた喫茶店から買ってきたものだ。御厨好みの浅いローストのマンデリンだった。

「飛行したのは領空の外側ですか？」

「はい。経路は、この地図に表示したとおりです」

御厨には、海上を飛行した航空機から空挺降下して侵入したということが理解できなかった。恐らく、怪訝な顔をしていたのだろう、日高が付け加えた。

「降下には、HAHO《ヘイホー》と呼ばれる手法を使用しました。日本語では、高高度降下高高度開傘《かいさん》と呼ばれます。滑空が可能な落下傘を使用し、高高度から地上までの間に、滑空によって水平方向に一〇〇キロ近くも移動が可能です。人体や落下傘はレーダーに映らないため、目視《もくし》で発見されない限り、見つかる恐れがありません」

「そんなことも可能なのですね」

「はい。ですが、特殊な装備が必要なため、この装備の有無が、今回の作戦に投入できる人員数の限界となりました。具体的には、酸素吸入装置と特殊なスーツです。エベレストの山頂を超える高高度からゆっくり降下するため、酸素がなければ死亡します。また、気温がマイナス五十度以下となるため、特殊なスーツがなければ低体温となり、作戦に支障を来《きた》します」

御厨は、肯いて了解の意を示した。

「敵に気取られてはいませんか？」

「現在までのところ、北朝鮮軍による対応行動は確認されていません。降下部隊はレーダーに映りませんし、航空機の飛行も欺瞞活動を行ないました。一カ月ほど前から、類似の経路で米軍の偵察機が飛行しています。これは米軍と共同した作戦です。昨夜は嘉手納を離陸した米軍偵察機に、太平洋上に退避してもらいました。代わりに硫黄島《いおうとう》から離陸した空中給油機が、この経路を飛行しています。国内には北朝鮮工作員が多数存在していると思われますが、彼らから報告される情報を逆手《さかて》に取る作戦です。北朝鮮軍は、昨夜の飛行を米軍偵察機の飛行と誤認していたはずです」

「なるほど」

御厨は、そこまで配慮していたことに素直に感心した。

「侵入後の状況は、一部に予定していた潜伏地点への到達が遅れている部隊がありますが、問題はありません。今後、作戦の発起まで、偵察を行ないつつ待機します」

「わかりました」

とりあえず、胸をなで下ろした。侵入時に気づかれてしまえば、作戦全体が失敗する可能性があった。

「続いて、ウイルス捜索・奪取作戦の変更作戦案骨子について報告します」

これも、御厨の安眠を妨害していたものの一つだった。日高が、スライドを使って、二つのポイントを報告した。

「一つめのポイントは、拉致被害者救出作戦との同時実施です」

元々の計画では、拉致被害者救出に先行して奇襲作戦を実施する予定だった。しかし、この作戦がウイルス奪取だけでなく拉致被害者救出の意味を持つと、V―07による作戦が行なわれたことで、他の拉致被害者が移動させられたり、殺害される恐れがあった。それを御厨が指摘したため、プランが変更されたのだ。

「各地で同時多発的に作戦を行なうことで、北朝鮮軍内を混乱させ、離脱が難しいV―07への対処戦力の集中を阻害《そがい》することも期待できると考えています。加えて、これによって、こちらの作戦目的が拉致被害者救出だと誤認してもらえる可能性もあります」

御厨は、無言のまま首肯した。

「北朝鮮の混乱と誤認を誘うため、拉致被害者救出部隊も作戦態様を変更することに致します。V―07が、研究所を破壊する予定であるため、他の拉致被害者救出部隊にも、極力、派手な破壊活動を行なわせます」

日高がそこまで話すと、部隊の侵入経路を表わしていた地図が、研究所周辺の拡大図に切り替わった。

「もう一つのポイントは、拉致被害者を優先的に離脱させることです。V―07が使用予定だった高高度気球は、拉致被害者とV―07を同乗させて飛行することは不可能です。そのため、この気球によって、拉致被害者とその家族を優先的に離脱させ、V―07は、ヘリが強行侵入可能な沿岸地域まで徒歩により移動させます」

気球は、上昇と降下を、無線による遠隔操縦が可能なため、拉致被害者は乗っているだけで安全な海上まで離脱できるという。V―07の脱出は、北朝鮮軍がどう対処してくるかにかかっていた。日高は、航空攻撃の支援など、最大限の支援を行なうと言う。

「わかりました。この計画で、実施してください」

御厨は、自らの指示に沿って、研究所で発見された拉致被害者を救出すると言っている以上、プロである制服自衛官が立てた作戦を承認するしかない。残る懸念は、国内のことだった。左右に並ぶ大臣に向かって口を開いた。

「自衛隊は、できうる限りのことを行なってくれています。しかし、戦争は相手があることです。万全とは言えないでしょう。弾道ミサイルが地上に落下したり、ウイルスがばらまかれる可能性を考慮すべきです。我々は、その場合のパニックを抑え込まねばなりません」

「情報が重要です」

相沢の額には、うっすらと汗が浮いていた。御厨は、全ての大臣に向けて話したつもりだった。その中でも、放送を主管する立場にある総務大臣として、彼は自分に向けての言葉だと思ったのだろう。

「報道協定を締結させるよう動いていたのですが、各社の思惑《おもわく》だけでなく、技術的な問題もあり、困難な状況です。そのため、非公式なチャンネルで、マスコミ各社に対して、不当に不安を煽《あお》るような報道を控えるよう伝えてあります」

いかにも政治的な発言だった。恐らく、『御社も、情報が入りにくくなると大変でしょうなぁ』などと言ったのだろう。政府からの発表は、全て記者クラブを通している。記者クラブからの排除を臭わすだけで、マスコミに対して強烈な圧力をかけることができる。

「現在までのところ、大手メディアでは懸念されるような報道はなされていません。今後も、適切な情報公開を行なえば、コントロールは可能だと考えます」

要は、マスコミがじれない程度に、情報を出してやれば乗り切れるということだった。

「いいでしょう」

全てを一人でコントロールすることなどできない。相沢が責任を持って大丈夫だと言うのなら、任せなければならない。

「ただ……」

相沢の報告は、終わりではなかった。

「一つだけ、懸念事項があります。天然痘に関して情報を探っていたと思われる毎朝新聞の記者が、フランスから帰国して、社に向かっています。渡仏が、天然痘に関連していたのかは判明していません。ＡＰＰ通信で情報を集めていたようです。フランスも、密《ひそ》かに天然痘ウイルスを保管しているとみられているため、その関連かもしれません」

防衛省の報告によれば、北朝鮮の核兵器は、弾道ミサイルに搭載できるほど小型化している可能性もあるらしい。しかしながら、数は少数で、対アメリカ用として温存しているはずであるため、日本に対して使用される可能性は少ないという。むしろ懸念すべきことは、化学兵器と生物兵器だと報告されていた。それらは、ノドンをはじめとした日本に到達可能なミサイルに搭載が可能だ。

もし、発射を阻止することができず、防衛網をすり抜け、ミサイルが日本の領域内に落下すれば、パニックが起こる可能性は充分すぎるほどある。地下鉄サリン事件が起きたのは、もう二十年以上も前のことになる。それでも、その後のオウム真理教の強制捜査の際の物々しい出《い》で立ちと共に、多くの人に恐怖を抱かせるに充分な記憶として残っている。一方で、御厨は、生物兵器使用に対しては、今でも懐疑《かいぎ》的だった。防衛省は警戒しているものの、あまりにも非現実的に思えた。

それでも、リーダーとして、そつのない指示を下しておく必要がある。

「その記者と毎朝新聞、それに系列のテレビにはくれぐれも注意してください」

＊＊＊

琴音がキャリーバッグを引きながら、開け放たれたドアを通ると、磯部と目が合った。

「自宅に寄らなかったんですか?」

「急いで報告したいと思いまして。それに、家に戻るよりも、ここに来るほうが楽ですから」

成田から羽田《はねだ》行きの特急に乗ると、大門《だいもん》で乗り換え、一駅で社に着く。光《ひかり》が丘《おか》の自宅に戻るよりも楽だった。

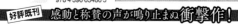

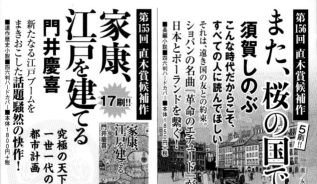

「そうですか。で、記事にはできそうですか？」

「今の段階では、難しいと思います。鶴岡デスクにも、いっしょに報告したいのですが」

「呼びましょう」

磯部は、受話器を取り上げた。


琴音は、掴んだ情報を、二人にかいつまんで報告した。米軍が、中東のイスラム過激派勢力の病院を襲撃していたこと。その表向きの理由は、イスラム過激派勢力にとって空爆対象にならない病院が武器庫だったこと。真の目的は、北朝鮮から流出した生物兵器の探索だった可能性があること。その作戦が、保管されていたワクチンを発見し、終結したらしいこと。

「米軍が北朝鮮の天然痘ウイルスを使用した生物兵器を追っていることは、間違いないと思います。ですが、これらは状況証拠としか言えない情報です。裁判だったら黒かもしれませんが、事実として報道するには証拠が足りません」

「はたしてそうかな。裁判で黒なら、犯罪者だってことだ。日本政府がこの事実を隠して自衛隊にウイルスを追わせているなら、国民に対する犯罪行為じゃないか」

鶴岡は、琴音の言葉に、目を輝かせて反論した。

「攻撃こそ開始していないが、防衛出動が出され、自衛隊は行動を始めている。情勢を考えても、この情報は報じるべきだ」

「確実とは言えませんよ」

磯部も勇み足を懸念していた。

「〝か〟を付けておけばいいだけだ。何なら、クエスチョンマークを付けたっていい」

鶴岡は、可能性があるという報じ方をすれば問題ないというスタンスだった。磯部は、それ以上言うつもりはないように見えた。基本的に政治部ネタだからだろう。

「でも、もし間違っていたら、いたずらに不安を煽ることになります」

「政府発表をそのまま報道すればいいとでも思っているのか。そんなことで、本当に調査報道なんてできるのか？」

「そんなことを言ってるんじゃありません。人の命に関わることは、慎重に報じる必要があります。薬害報道も同じでした」

そう言いながら、琴音は、自分が案じているのは、生物兵器の脅威にさらされる一般の人々だけではないことも自覚していた。

「そりゃ正論だな。だがな、そもそも報道の使命を果たさなかったら、俺たちには存在意義なんてないんだぞ。民主主義が成り立つためには、隠された事実を暴《あば》き、主権者である国民が判断できるだけの情報を提供することが絶対条件なんだ」

鶴岡の言葉も、やはり正論だった。

「でも、もし仮に、自衛隊が天然痘ウイルスを使った生物兵器を追っているのだとしたら、今これを報じることで、その生物兵器が使用されてしまう可能性は高くなるかもしれません」

「お前は、ジャーナリストなのか？　それとも政府の人間か？」

琴音には、それ以上発するべき言葉はなかった。鶴岡の考えでは、報道と政府は二元論なのだ。

私はどう動くべきだろうかと思案していると、ポケットの中でスマートフォンが震えた。プッシュ通知を受け取る設定にしている自社のデジタル版ニュースの速報だった。画面をタップして開く。

「ほら見ろ。流さなければ後《おく》れを取るぞ！」

鶴岡も同じニュースを見たようだ。琴音がプッシュ通知設定にしていたのは、北朝鮮に関係するニュースだった。報じられていたのは、北朝鮮による生物兵器が使われる恐れがあるとして、韓国で予防措置の実施が呼び掛けられたという情報だった。感染を防ぐため、不要な外出を控え、マスクなどを使った感染予防に努めるよう、政府が国民に勧告したという。

「根拠は、何でしょうか？」

「この記事には書いてないですね。元記事は……大韓日報ですか」

三人揃《そろ》って国際部に向かう。琴音は、歩きながらスマートフォンで外務省のサイトを確認する。気になっていたのは、韓国に渡航するための危険情報だ。国際部に着いて元記事を確認すると、先ほどの報道は、韓国国防部の分析が基になっているようだった。

「米軍も同じ認識なのかは、わかりませんね」

琴音も、それが鍵になるだろうと思っていた。その一方で、鶴岡は、別のことを考えていた。

「ソースがどこであれ、こういう情報が出ていることが重要だ。可能性の報道であっても、信憑性が増す。記事は政治部でまとめることにする。この情報に対する政府の反応も確認しなきゃならないからな。桐生は調査を続けてくれ」

鶴岡は、永田クラブと呼ばれる首相官邸の記者クラブを通じて、政府に確認をするようだった。琴音は磯部とともに、社会部のオフィスに向かって歩いた。

「怖いと思います」

「何がですか？」

「この報道の影響です。鶴岡デスクの言うとおり、民主主義が機能するためには正確な報道が必要です。でも、個人のプライバシーと同じで、報道することで悪影響が出る情報もあると思うんです。これがそうしたものの一つかどうかはわかりません。でも、一つ間違えば、恐ろしい事態を招きかねない情報だということはわかります」

「そうですね。そこで間違わないためにも、もう少し調べるべきじゃないですかね」

磯部の言うとおりだった。この言葉を聞くまで、琴音は、恐怖から立ち止まろうとしていた。しかし、それでは、状況をよくすることはできない。琴音は、心を決めた。

「韓国に行かせてください！」

「韓国……裏取りですか」

「裏も取ろうとは思いますが、もっと別の情報があるかもしれません。生物兵器の脅威があるとしたら、日本よりも韓国のほうが深刻です。先ほどの記事のように、何か動きがある可能性があります」

「確かにそうですね。行けますか？」

「まだ何とか。外務省の危険情報では、渡航中止勧告が出されています。退避勧告が出る可能性もありますが、その前に渡ってしまえば大丈夫です」

それを聞いて磯部は嘆息した。

「私が言っているのは、危険じゃありませんかという意味です。渡航中止勧告が出ているのですから、もう十分に危険じゃないですか」

琴音も、危険は認識している。それでも、居ても立ってもいられない気持ちだった。

「危険は承知の上です。でも、日本にいて情報が入ってくるとも思えません。自衛隊が動いているなら、防衛省は口をつぐみます」

琴音は、磯部の目を見つめた。デスクの許可がなければ、海外には飛べなかった。

「何か、当てはありますか？　何の当てもなく危険な地域に行く許可は出せませんよ」

具体的な当てがあるわけではない。磯部もそれは察しているはずだった。磯部の言葉は、嘘でもいいから理由を付けろという意味に思えた。

「ペットと感染症の問題で記事を書いた時に取材させてもらったハンタウイルス肺症候群の研究者がいます。ソウル大だったはずです。彼女を伝手にして当たってみます」

ハンタウイルスは、韓国で見つかった人獣共通感染症の病原ウイルスだ。ウイルスといっても、天然痘とは大きく異なっている。正直言って、当てにはならない。それでも、自信を示すことが重要に思えた。

「わかりました。くれぐれも、危険を感じたらすぐに戻ってくださいよ」

「はい。ご迷惑はかけないようにします」

自分の言葉ながら、しらじらしいと思った。情勢が混乱しているからこそ、韓国に行くのだ。情勢の混乱で有効な情報に近づけない可能性もある。だが逆に、混乱していれば、本来は秘匿される情報が流れてくることもありえた。鶴岡に報告するかどうかは、その情報次第で考えようと思っていた。

琴音は、自宅に寄ることなく航空機のチケットを手配すると、社を飛び出した。

チェックインをすませても、搭乗時刻にはまだ余裕があった。琴音は、五階に上がり、展望デッキに出た。夕闇が迫っていても、蟬の鳴き声が聞こえてきそうな蒸《む》し暑さが残っている。実際に聞こえるのは、ジェットエンジンの轟音《ごうおん》だけだった。

琴音はスマートフォンを取り出すと、室賀の自宅に電話をかけた。電話口に出たのは、室賀の母、昌子だった。

「これから海外に行くんですが、ちょっと時間があったものですから」

「そうですか。お仕事ですか？」

「ええ、韓国に行ってきます」

「韓国ですか？　危ないでしょう」

昌子の言葉は、驚きを表わしていた。しかし、口調はいつもと変わらない。常に淡々とした人だった。

「ええ。でも、日本も大差ないと思います」

「気をつけて行ってらして。了兵の仕事も大変ですが、新聞記者さんも大変ですね。わかってらっしゃると思うけど、了兵は家を空けてます。ごめんなさいね」

「はい、それは承知してます。この時期、全国の自衛官は、ほとんど家に帰ってませんから」

「そうね。みなさん頑張ってらっしゃる」

「了太君は、元気ですか？」

「ええ、元気ですよ。ただ、ちょっと空元気かもしれないわね。ちょっと待ってください」

昌子がそう言うと、了太を呼ぶ声が聞こえた。

「こんばんは」

明るい声に、琴音は安心した。

「こんばんは。元気そうね」

「元気だよ。琴音さんは元気じゃないの？」

「もちろん元気よ。ただ、ちょっと忙しくて眠いかな。今朝、外国から日本に帰ってきたんだけど、これから、また外国に行くの」

了太も驚きの声を上げていた。ただし、昌子とは理由が違った。

「ボクは外国に行ったことがないよ。いいなぁ。どこに行くの？」

「近くよ。韓国ってところ。知ってる？」

「当たり前だよ。そのくらい知ってるよ」

馬鹿にされたと思ったのか、少々不満げだった。

「でも、危なくないの？　隣の北朝鮮が、どうなるかわからないんでしょ」

「大丈夫よ。危なくなったら帰ってくるから。でも、よく知ってるのね」

「知ってるさ。ニュースを見てる。お父さんも、そのせいで忙しいんだ」

「そうなの。お父さんのことは心配？」

「心配だけど、お父さんは大丈夫だよ。山も危ないけれど、お父さんは今までも大丈夫だった。危険があることを忘れないようにして、ちゃんと計画のとおりにすれば、大丈夫なんだって言ってたよ」

「そうなんだ。お父さんは山男だもんね。危険を忘れない、か。お姉さんも忘れないようにして、行ってくるね」

「うん。行ってらっしゃい。危険に慣れたらだめだよ。お父さんは、いつもそう言ってるよ」

了太を励《はげ》ますつもりが、逆に励まされてしまった。

「わかった。危険を忘れない、危険に慣れない、ね」

「そうだよ」

「ありがとう。行ってきます」

機内は、異様な雰囲気だった。乗客は、わずか十人ほど。その全員が、機内モニターに流れているニュースを食い入るように見つめていた。

『中朝国境付近では、北朝鮮側から銃声が聞こえてきます。すでに、かなりの規模の騒乱が起きている模様です。未確認ながら、中国の支援を受けた一部軍部隊が反乱を起こしているとの情報もあります』

いよいよ北朝鮮の内部崩壊が始まったようだった。米韓、そして日本政府も、今までは静観の構えをとり、いつでも必要な行動を起こせる準備をしていると発表していた。しかし、内部崩壊が起こったのなら、何らかの動きがあるだろうと報じられていた。

琴音は、ウイルスや生物兵器に触れたニュースがないか、注意していた。他の報道機関は気づいていないのか、毎朝新聞と同じように発表の機会を窺っているのだろう。

画面の中では、コメンテーターがしたり顔で語っていた。

『大きな騒乱が起こらずに、権力の移譲が行なわれるとは考えられません。大量の難民が発生することは間違いないでしょう。ヨーロッパにシリア難民が押し寄せた以上の大変な状況になります。政府は、何の対策も取ってきませんでした。御厨政権をこのままにしておくことはできません』

「じゃあ、どうしたらいいの？」

琴音は、何も具体策を語らないコメンテーターの無責任ぶりに辟易《へきえき》した。

「準備はしてますよ」

声は、すぐ左から聞こえてきた。その男は、通路を挟んだ隣の座席に座っていた。機内ががらがらなので、モニターが見やすい席に集まってきているのだ。

琴音と同年代、ダークスーツを着込み、髪は形ばかりになでつけられている。開いた襟元《えりもと》から覗くワイシャツの汚れが、彼の激務ぶりを物語っていた。この情勢で韓国に向かう人間は、みな相応の事情を抱えている。

「難民受け入れの？」

「そうですよ。専用の箱モノを作ってませんし、専属人員も雇《やと》ってないだけです。どの施設を当て、誰が受け入れるための人員を確保しなければならないか定めてあります」

「失礼ですが、政府の方ですか？」

「ええ、応援で大使館に行きます。邦人の避難を進めなければいけませんからね。今頃行かれるということは、それなりに事情があるんでしょうが、我々の仕事を増やさないでくださいね」

琴音は、苦笑するしかなかった。確かに、彼らに迷惑をかけかねない。

「すみません、今頃」

「報道の方ですか？」

「どうしてわかりました？」

琴音は、自分の立ち居振る舞いに、マスコミ業界人っぽい何かが染みついているのだろうかと考えた。

「わかったわけじゃありません。今頃韓国に行く理由がある人の中で、いちばん厄介な方をあげてみただけです」

その男性は、声を抑えて笑っていた。琴音は嘆息した。

「確かに、厄介な人間かもしれません」

「失礼しました」

言葉ほどには、謝罪の気持ちはないようだ。楽しげに笑っている。それならそれで、琴音も大人しくしているつもりはなかった。

「それなら、謝罪ついでに、いろいろと聞かせていただけないでしょうか」

「それは、ご勘弁ください。マスコミの方に不用意にお話などしたら、韓国どころか地球の裏側に飛ばされます」

予想していた反応なので、残念だとも思わなかった。政府関係者がマスコミにおいそれと情報を渡すはずはない。ましてや、こんな情勢では、ガードが堅くなって当然だった。

琴音は肩をすくめ、ポケットから名刺入れを出した。

「それじゃあ、名刺だけでも」

話をしながら、名刺交換を拒《こば》むのは失礼だ。それに、差し出された名刺を拒否できる人間は少ない。琴音は自分の名刺に携帯の番号を書き添えて差し出した。長峰《ながみね》と名告った男は躊躇うような表情を見せたが、彼も名刺に携帯番号を書いた。男女が逆だったら断わられたかもしれない。長峰は外務官僚だった。これで充分だ。何かの機会に役立つかもしれない。

「退避勧告が出たら、素直にしたがってくださいね」

琴音は、肩をすくめるしかなかった。

唐突にチャイムが鳴り、機内放送が流れた。機長の声が響く。

『当機は、予定どおり金浦《キンポ》空港に向かっています。空港は、平常どおり運用されていますが、出国者が多く、空港施設は混雑しているとの情報です。また、空港の運用状況が変更される可能性もあり、その場合は、着陸地の変更があることもございます』

「大変そうですね」

琴音は、長峰に向かって言った。

「ええ。だから応援が必要なんです」

長峰の顔には疲労の色も見える。たぶん、自分も同じような状態なのだろう。それでも、何が起きているのか確かめたかった。なんとか予定どおりに到着してくれるよう祈った。

金浦空港に着陸すると、琴音は長峰と顔を見合わせた。彼の顔にも安堵の色が浮かんでいる。お互いに頑張りましょうと言って機を降りた。

荷物を待つ間に鶴岡に電話を入れると、続報が聞けた。

「韓国政府が出した勧告は、可能性として考えられるため、注意を呼び掛けたものにすぎないそうだ。具体的な情報を受けてのものではないらしい。どうする？」

韓国に来たこと自体が空振りだったかもしれない。しかし、日本に帰ったところで有効な取材源もない。

「考えられる限りの取材をしてみます」

タクシーに飛び乗り、ソウル市街に向かった。


提携している新聞社に行く予定だった。ソウル大の研究者は、そもそも当てになどなりはしない。韓国政府の勧告が具体的な情報を基にしていたのなら、その調査に新聞社は役に立つ。しかし、一般論での注意では、取材したところで、可能性が考えられると言われておしまいだ。

「藁でも摑んでみるしかないか」

琴音は、先ほど手に入れた名刺を見つめた。

韓国は、北朝鮮と陸続きだ。一般論としてではあっても、政府が生物兵器に対する注意を呼び掛ける環境にある。日本政府が生物兵器に関する情報を持ち、自衛隊を動かしている以上、韓国の日本大使館には何らかの情報が入り、動きを取っているかもしれない。琴音は、長峰の携帯に電話をかけた。挨拶もそこそこに要件を切り出す。

「大使館には、医務官もいらっしゃいますよね。その方に取材をさせていただきたいんです」

「私、仕事を増やさないでくれって言いましたよね。情勢は理解できるでしょう。とてもじゃないが、取材なんて受けられませんよ。だいたい、なんで医務官なんですか。医務官は、一時的に職員になっていますが、基本的には外部の医者なんですよ」

「知っています。大使館関係者しか診ることができないことも承知しています」

双方の国の取り決めで、各国とも医務官は大使館関係者の健康管理を行なうだけだ。在留する邦人や現地住民を診療することはできない。

「だったらどうして……」

「大使館関係者の健康管理として、種痘、天然痘の予防接種を行なったか伺いたいんです。長峰さんは、日本で接種を受けてきたんじゃないですか?」

今の情勢で、天然痘のことを調べていると政府関係者に話すのは危険な賭けだった。しかし、このまま得るものがなければ、鶴岡は可能性ありとして報じてしまうだろう。

長峰は言葉に詰まっていた。

「何も知らずに取材をしているわけじゃないんです。お願いします」

「十分後に電話します」

そう言って、長峰は電話を切った。


ホテルに荷物を置くと、琴音はすぐさま日本大使館に向かった。目の前に慰安婦像があることで有名な旧大使館は、穏《おだ》やかなレンガ色のタイルが貼られている。タクシーの窓から覗く建物は、どこか無機質な印象だ。建て替えが決まっているものの、建設許可がおりないため、放置されている。現在の大使館は、隣接するビルの中にあった。

エレベーターで上がり大使館に出向くと、長峰が待っていた。機内で会った時と同じダークスーツを着ているが、今度はネクタイも締めていた。

「着いた早々、私は疫病神《やくびょうがみ》扱いですよ」

長峰は、苦笑しながら言った。

「すみません。予定してたわけじゃないんです。貧乏くじを引いたと思って諦めますよ。どうぞこちらへ」

「声をかけたのはボクのほうですからね」

大使館の中は、壁や天井は、企業のオフィスと似たようなものだ。貸しビルを間借りしているのだから、当然ではある。しかし、壁にかけられたインテリアは違っていた。いかにも外交の舞台という感じの絵画がそこかしこにある。

「ここです」

向かった部屋には、『第三会議室』と書かれていた。長峰がノックしてドアを開ける。

「お連れしました。毎朝新聞の桐生記者です」

中には、三人もの男性が待っていた。長峰が、彼らに琴音を紹介するほうが先だったことに驚いた。外務省内の慣行《かんこう》には詳しくないが、長峰が相当に気を遣《つか》わなければならない相手なのだろう。

「毎朝新聞社の桐生と申します」

中央に座った書記官は、遠野《とおの》と名《な》告《の》った。右に座っている西木《にしき》書記官は、遠野よりも年上に見える。雰囲気も、遠野や長峰とはどこか違う。スーツを着ているものの、自衛官でもある防衛駐在官ではないかと思えた。左に座っていた男性も別の意味で雰囲気が違った。琴音には、名告《なの》る前から彼が医務官だということがわかった。名前は満島《みつしま》だという。

琴音は挨拶がすむと、単刀直入に切り出した。

「北朝鮮が生物兵器を使用する可能性があるとして、韓国政府が勧告を出しました。これに関連して、大使館がどのような動きを取っていらっしゃるかお聞かせいただきたいんです」

「可能性としては、考えられますね。ですから、感染者が出ても感染拡大を防ぐために、注意勧告を出したんでしょう」

二人の書記官、遠野も西木も硬い表情のまま、当たり障りのない回答しか返してこなかった。取材を警戒していることが見え見えだった。医務官に取材をしたいと申し入れたにも拘わらず、満島は、口を開くことさえない。

「毎朝新聞さんとしては、どんな記事を書かれるつもりですか?」

「韓国で生物兵器が使われれば、人の往来の多い日本にも影響が出るかもしれません。韓国で、何が起ころうとしているのかを書こうと思っています」

知っていることを探ろうとしている様子だった。もちろん、容易《たやす》く話すことはできない。不毛なやり取りが十分以上も続いた。長峰には、天然痘のことも話していたが、三人はそれには一切触れなかった。

このままでは埒《らち》があかなかった。鶴岡がいつ報道するつもりなのかはわからない。腐ったニュースに価値はない。いったん引き上げて、作戦を練り直してくる余裕はなかった。

「一つ伺いたいのですが、西木書記官は他省庁からの方ではないですか?」

「大使館に、外務省以外からの出向者が勤務することは珍しくないですよ」

答えたのは、西木ではなく遠野だった。西木の顔は、わずかに強ばっていた。

「出向かどうかは気にしてないんです。どちらからの出向なのか、それをお聞きしたいと思いまして。もしかして、防衛省じゃないですか?」

「どうしてそう思われたんですか?」

またしても、逆質問は遠野からだった。

「どこかでお見かけしたような気がするんです。どこでだったか……」

完全な嘘だった。しかし、西木の発する雰囲気は風格があると言えるものだ。自衛官であれば、相応の階級だろう。そうであれば、外部にも名前や顔を知られる機会もあるはずだった。知られている可能性があれば、しらばっくれることはできても、嘘はつけないはずだ。

「どこからの出向であろうと、大使館に勤務する以上、職員は、全員が外務省の職員として働いています」

西木の言葉は、肯定と変わらなかった。

「防衛省からの出向だとすると、防衛駐在官ですよね。どうして防衛駐在官が、医務官への取材を気にされるんでしょうか。余裕がある情勢とは思えませんが」

「韓国国防部が出した注意勧告は、生物兵器一般に対してです。どうして防衛駐在官が、医務官への取材を気知りたいと言っていたと聞きました。マスコミの方が情報を集めているとしたら、当然報道のためでしょう。天然痘に対して、注意喚起が必要として報じるおつもりなのか、把握をしておきたいと思ったのです。桐生さんは、なぜ天然痘にいらっしゃるのですか?」

しらばっくれることは容易い。危険な病気に注目していると言えば、押し通すことはできる。しかし、それでは相手から反応を引き出すことはできない。琴音は腹をくくった。

「私たちは、北朝鮮が人種選択性を持った天然痘ウイルス兵器をイスラム過激派に流した可能性を摑んでいます。しかも、自衛隊がそのウイルス兵器を探している可能性も。勧告は、そのウイルス兵器が韓国で使用される可能性があるからなのではないですか?」

遠野も西木も口を開かなかった。口を開けなかったと言うべきだろう。絶句しているように見えた。元々暗かった満島の顔は、見ている間にも、青ざめていった。

「そのウイルスは、騒乱の中で韓国で散布されているのではないですか? すでに散布されたウイルスは、潜伏期間となってパンデミック寸前なのではないですか? この取材に医務官だけではなく、防衛省の方までが臨席すること自体が、その証拠なのではないですか?」

琴音は、一気に畳みかけた。後半は、臆測(おくそく)にすぎない。しかし、マスコミがこんな内容を報じようとしているのなら、政府関係者として看過できない情報のはずだった。彼らがどんな反応を示すのかが問題だ。それによって、琴音が調べてきた内容が、的外れなのか真実に近いのかは、確認できるはずだった。

満島は明らかに狼狽(ろうばい)していた。遠野と西木の顔を交互に見ていた。当の二人は口を固く結んでいる。その口は、いかなる情報も自分の口から発することはできないと雄弁に語っていた。琴音は、真実に近づいていることを確信した。

***

体が重かった。定時の報告が二十一時から始められることになって、もう一週間以上が経過している。それでも殊更(ことさら)高い緊張が続き、精神だけでなく、体までが悲鳴を上げ始めていた。報告が一時間以上も続き、次はマスコミの動きについての報告だと告げられると、

160

御厨は渋めに淹れた日本茶で喉を潤《うるお》した。総務大臣の相沢が、いつにない早口で報告を始めた。

「天然痘ウイルスを調べていた毎朝新聞の記者は、韓国に向けて出国しました。現地到着後、日本大使館に取材の申し込みをしたとのことです。すでに対応が行なわれているはずですが、内容の報告はまだ上がってきておりません」

意味を成さない報告に、御厨は苛立ちを覚えた。

「韓国に行った理由は摑めていますか？」

「本朝、韓国政府が生物兵器に対する注意喚起を行なっています。その関連だと思われます」

視線を外務大臣の原に向けると、彼は『まだです』と答えただけだった。大使館での対応が報告されるまで、待つ必要がありそうだ。御厨は次に進ませようと考えたが、視界の端に、耳打ちされて報告を受ける相沢が入った。相沢の顔には驚きが表われていた。

「何ですか？」

「スクリーンに出します。少々お待ちください。先ほど放送されたテレビ毎朝の『報道スタジオ』です」

すっぱ抜きだった。いずれは発表しなければならない情報ではある。だが今はまだ早すぎた。御厨は、奥歯を噛みしめた。この報道が、作戦に与える影響が気になった。

画面は、日本周辺の地図に変わった。閣僚が集った危機管理センターの空気は、張り詰めていた。それぞれが、慎重に獲物を探している。誰しもが、保身のためにスケープゴートを探していた。

そして、やはり仔羊とされたのは、相沢だった。

「マスコミは抑え込めるんじゃなかったのか！」

魔女狩りを始めたのは苫米地だ。

「使える法律は全て使っている。できることは全てやっているんだ。そもそも、情報を漏らした防衛省の尻拭いのために、責任を負わされる理由はない！」

相沢も、すかさず反論する。みすみす生け贄《いにえ》にされるほど、気弱な人物ではなかった。御厨は、今にも立ち上がりそうな二人に、これ以上心労を増やされたくなかった。

「後にしなさい！」

一喝《いっかつ》すると、普段の声に戻して後を続けた。

「どう対処するか、対策が先です。作戦の決行を早めることはできませんか？」

御厨は、テレビ会議システムで繋がっている日高に向けて言った。

「V―07の作戦を先行実施することは可能です。元の計画に戻すのですから、さほど計画の修正は必要ありません。しかし、先日報告したとおり、先行実施によって他の拉致被害者救出作戦に対抗措置を取られてしまう可能性があります。拉致被害者を移動させられてしまえば、作戦が失敗に終わることは確実です。一方で拉致被害者救出作戦の決行時期を早めることは困難です。まだ準備が完了していない部隊もあります」

「では、何か対策はありませんか？」

御厨は、誰よりも大声を上げたかった。拉致問題は、御厨にとってライフワークだ。拉致被害者救出に失敗し、死者が出ることにでもなれば、関係者に顔向けができない。

「支援態勢を増強するしかないでしょう。V―07の作戦に対して抵抗が強まる、あるいは想定外の障害が発生する可能性があります。日本海上にいるヘリコプター搭載護衛艦上で待機している緊急対処部隊に、支援作戦を検討させます。危険度の高い任務となるため、被害が発生する可能性が生じますが、他に方法はないでしょう」

「わかりました。至急検討させてください。他にも方法が見つかれば、報告をしてください。いつでもかまいません」

「了解しました」

御厨は、動悸《どうき》を抑えるために普段から持ち歩いている薬を、お茶で流し込んだ。

＊＊＊

結局、遠野と西木の両書記官、そして医務官である満島の口からも、新たな情報は何も聞けなかった。聞けたのは、『それについては答えられない』だとか『答える立場にない』といった言葉だけだった。

一つ変化があったことは、遠野と西木が代わる代わる部屋を出て行き、何かを確認している様子だったことだ。その度《たび》に、琴音は何か反応が見られるかもしれないと考えた。それから一時間以上が経過した今、それもほとんど諦めている。これ以上長居をしても無駄に思えた。

「今日は、ありがとうございました。いいお話は聞かせていただけませんでしたが、それなりに有益でした」

「もう少しだけ、お待ちください」

遠野がそう言った時、琴音はすでに立ち上がっていた。

「今、日本に照会中です。もう少し待っていただけますか」

「照会中ですか？　何かお聞かせいただけるんでしょうか」

琴音は、再び腰を下ろした。

「今の段階ではお伝えできません。とにかく、もう少しお待ちください」

それから二十分程経過し、部屋から出ていた遠野が戻ってきた。

「お待たせしました。確認に時間がかかってしまいまして」

遠野は、どこか意地の悪そうな笑みを浮かべていた。琴音はボールペンを握ったまま、次の言葉を待った。

「先ほど、西木書記官が防衛省からの出向ではないかとおっしゃっていましたが、実は私も出向組なんです。警察庁から派遣された在外公館警備対策官です」

わざわざ警察庁からの出向だと名告ったことに、琴音は身構えた。所属を名告るということは、その権威を振りかざすつもりなのだ。

「我々は、あなたが秘密保護法、正式名称では特定秘密の保護に関する法律に違反した可能性があると考えています。ですので、そのことについて、詳しくお話を聞かせていただきたい」

「どういうことですか?」

怪しい雰囲気は感じていた。しかし、違法行為を行なったとして難癖《なんくせ》を付けられるとは考えていなかった。

「どうもこうもありません。今、お伝えしたとおりです」

「そんな。私は違法な取材はしていません」

「そうですか。でしたら、それをお聞かせいただきたいんですよ」

「何が違法だとおっしゃるんですか?」

「それは、あなたがご存じのはずです」

会話になっていなかった。違法行為をしましたと言わない限り、解放しないと言いたげな様子だ。琴音は椅子を蹴《け》った。

「帰らせていただきます」

琴音の目の前に、遠野が立ちはだかった。

「大使館内では、日本国の法律が適用されます。今は任意でお話を伺うつもりですが、帰るとおっしゃるなら逮捕状を取りますよ」

「そん……」

喉が引きつり、続く言葉は出てこなかった。

「『そんなばかな』とおっしゃりたいんですか?」

遠野は勝ち誇った顔で琴音を見下ろしていた。

「容疑は秘密保護法違反だとお伝えしたはずです。先ほど、天然痘ウイルスの件をおっしゃっていました。同じ情報が、テレビ毎朝で放送されました。御社の論説委員さんがコメントしたんです。我々は、その話を誰から聞いたか教えていただきたいんです」

「不正に入手した情報じゃありません」

琴音は、即座にそう言い放った。

「では、どうやって入手したんです?」

ジャーナリストにとって取材源の秘匿は絶対だ。いかなる理由があろうとも、具体的な情報ソースを明かすことはできない。それに、真実を告げたとしても、遠野が納得するとは思えなかった。

＊＊＊

粘度《ねんど》を感じるほどの漆黒《しっこく》の闇だった。厚い雲が、月明かりを遮断《しゃだん》している。視界の中で、光と言えるものは哨舎《しょうしゃ》の窓から漏れるわずかな灯《あか》りだけだ。この闇が、姿を消してくれる。残念ながら、雲は雨まではもたらしてくれなかった。音には注意しなければならない。

拉致被害者救出、ノドンハントと共に、ウイルス奪取も開始時刻は二十三時三十四分と決められていた。しかし、実際の突入開始は、それぞれの現場指揮官に任せられている。研究所を見下ろす岩場に陣取った室賀は、V―07の突入を遅らせた。ゲート脇の哨所に詰めている警備兵が、二十三時三十一分になって巡察に出たからだ。巡察は、不定期ながら、平均すれば約一時間おきに行なわれていた。たまたまそれが統一作戦開始時刻に重なった。

巡察に出た警備兵は二名。哨所には三名が残っている。その他に、四棟に一人が詰めているはずだった。それにトンネル出口の哨所にも二人いる。

四棟の一人は別として、巡察に出た二名が戻ったところを、まとめて抑えたかった。その一方で、他の部隊が動いたことで、その情報が警備兵に届くようなことがあっても困る。

「回線切断は予定どおり二三三四。突入は巡察が戻るまで待機」

室賀は全員に持たせている秘匿無線機で囁いた。コンクリートマイクを仕掛けた時と同じように、和辻は一人事前に潜入している。無線用アンテナのケーブルを切るためだ。有線のケーブルもトンネルの入り口で切断する。

彼らは骨伝導《こつでんどう》ヘッドフォンを介して命令を聞いている。耳を覆わないため、周囲の音を聞きながら命令を受領できた。

「ヒダ一」

「ヒダ六」

「ヒダ七」

「チクマ一」

コールサインだけの返答は、了解の意味だ。一分隊が全般安全確保を図り、二分隊が哨所に突入して制圧する予定になっている。室賀は、コールサインに松本に縁《ゆかり》のある地名を付けた。一分隊がヒダ、二分隊がチクマ。ともに松本の西と東に広がる山地だ。室賀と蓮見を、フカシとした。これは松本の古い呼び名だ。

巡察に出た二名の姿は見えないが、ゆらゆらと移動する懐中電灯の灯りが見えていた。

「巡察パターン逆〝の〟の字、経路約五十パーセント」

大きく分けて、四パターンの巡察経路を確認していた。今回の経路は、施設の外周を回った後で中央を突っ切るルートのようだった。状況を了解し、各所からコールサインが返ってくる。全員が、息をひそめて時を待っている。過酷な状況を経験したことのある室賀でも、心臓が口から飛び出しそうな気分だった。

時刻が二十三時三十三分になった。岩陰で中央指揮所との衛星通信をモニターしている蓮見を見る。蓮見は、無言のまま親指を立てた。最終ゴーサインが出たのだ。

「回線切断まで一分」

最終ゴーサインが出た以上、後は自動的に各部隊が動き始める。これからは、どのような障害が発生しようとも、臨機応変に対応するしかない。

時計の秒針が、やけに遅く見えた。あと、三十秒。

「フカシ一、ヒダ七、巡察がヒダ七侵入場所付近で停止」

ヒダ七は、和辻のコールサインだ。和辻が塀を乗り越えて侵入した際に、何かの痕跡を残したのかもしれなかった。

「ヒダ、巡察の制圧準備。チクマ、哨所突入準備」

巡察に出た警備兵が異常を発見したのなら、予定を早めて巡察と哨所の同時制圧を図らなければならない。一分隊員は、巡察の二名を制圧するために暗闇の中を走っているはずだった。

「フカシ一、ヒダ七、巡察兵はタバコを吸っている。繰り返す、タバコを吸っている。その他特異兆候なし」

「ヒダ及びチクマ、フカシ一、行動は計画どおり。行動は計画どおり」

室賀はすかさず命令を修正した。人騒がせな警備兵だった。

北朝鮮兵士の士気は落ちている。今までにも、巡察中にタバコを吸ったり、立ち小便をする様子が確認されていた。

室賀は秒針を見つめた。

「回線切断まで二十秒。準備よいか?」

「ヒダ六」

「ヒダ七」

回線を切ってしまえば、当面は外部のことは頭の中から除外していい。研究所の制圧に集中できる。

「切断まで十……五、四、三、二、一、今!」

もし通信中だったり、回線が切れたことで警報が鳴るようなシステム構築がされていれば、何らかの動きがある。哨所に突入予定の箕田以下二分隊は、息を潜めたまま警備兵の動きを見つめているはずだった。室賀のいる位置からは、窓から漏れる灯りは見えるものの、内部の動きまでは確認できない。張り詰めた数秒が過ぎた。

「フカシ一、チクマ一、哨所に動きなし」

「了解、監視継続」

軍事作戦では、思いの外、ただひたすら待機しなければならないことが多い。戦機を窺うことが重要だからだ。

「フカシ一、ヒダ七、巡察兵は移動を再開」

「了解」

その後は通常と変わりがない巡察が続き、巡察兵は十分ほどで哨所に戻ってきた。

「チクマ一、フカシ一、タイミングは任意、哨所を制圧せよ」

「フカシ一、チクマ一、了解。視認可能三名を射殺後突入する」

箕田の返答があった後、二十秒ほどで、サイレンサーを使用した微かな射撃音とガラスが割れる音が響いた。同時に、哨所の窓が赤く染まった。すぐにドアを開ける音と微かな射撃音が十数発続いた。箕田にはフラッシュバン、閃光音響手榴弾《しゆりゆうだん》を使用することも許可していたが、使用せずにすんだようだ。もちろん、より音が少ないほうが望ましい。

「フカシ一、チクマ一、哨所制圧完了。被害なし、射殺五」

箕田の報告が聞こえた直後、小銃の発射音が響き渡った。単射での発射音が三発続いた。状況報告を求めたい欲求を抑えて報告を待った。室賀が報告を求めれば、隊員の余裕を奪う可能性がある。それに報告を求めること自体が、無線の輻輳《ふくそう》を招く。優秀な隊員を選抜している。状況が報告可能になれば、自《おの》ずと報告してくるはずだった。

「フカシ一、ヒダ三、四棟の警備兵を射殺」

報告した迫田《さこた》三曹の声は震えていた。和辻に次いで若い隊員だ。四棟に詰めている警備兵は、予想外に優秀だったようだ。異常を感じて飛び出してきたのだろう。室賀は、フラッシュバンを使用せずに哨所を制圧できたならば、反応しないだろうと予想していた。当然ながら、それでも反応があった場合の対応を、全般安全確保を担う一分隊に命じてあった。

「ヒダ及びチクマ、フカシ一、以後の行動は予定どおり。ヒダはトンネル確保、チクマは住居棟制圧」

研究所内の警備兵は全員を射殺した。残っている人間は、住居棟にいる拉致被害者を含む研究者だ。残る脅威は、トンネルの出口にある哨所に詰めている警備兵だけ。大きな音は発生させていない。まだ悟られていない可能性が高いものの、確証はない。警戒は必要だった。

灯りが消えていた住居棟に、いくつかの灯りが点けられている。銃声で起きた人間がいるのだろう。外に飛び出してきた人影はない。暗闇の中、哨所から住居棟に向けて音を立てずに走っている二分隊が見えた。

一分隊は、全般安全確保のため、研究所の内外に散っている。トンネルに続く道路脇に設定した集合地点に集まりつつあった。

「報告しますか?」

蓮見だった。

「まだだ。問題がない限り、トンネルの制圧が終わってからでいい」

研究者であっても安心はできない。武器を持って抵抗する場合は射殺するよう命じてあった。箕田は、拉致被害者が抵抗した場合を懸念していた。考えたくない事態だが、可能性としては考慮しなければならない。室賀は、安全確保するまでは拉致被害者かどうか考慮することなく、安全確保だけを目指して行動するよう命じてあった。

住居棟の方向からは、何かを打ち付けるような音が聞こえてきた。銃声はない。研究者の人数は十三名以上であることがわかっている。人数は不明ながら、家族も居住していることを確認していた。武装はしていないと思われるが、冷静ではいられないはずだ。二分隊の七名だけで抑えるのは大変なはずだった。

「フカシ一、ヒダ一、トンネル先哨所の確保に向かいます」

室賀は了解とだけ伝えると、箕田からの報告を待った。抵抗する研究者がいない限り、時間はかからないはずだ。

「フカシ一、チクマ一、住居棟制圧完了。被害なし。抵抗なし。確保人員数二十三」

「了解。一部を確保人員の監視に残して、研究所内の安全確認を実施。こちらはゲートから入り、住居棟前まで移動する」

命令を与えるだけでなく、こちらの動きも通報しないと、誤認されて攻撃されかねない。

「行こう」

室賀は蓮見に声をかけると、立ち上がった。

住居棟前に到着すると、二名の監視と共に残っていた箕田を招き寄せた。地面に座らせている一団から引き離す。

「韓国語しか使ってないな？」

「はい。悟られてはいないと思います」

いきなり日本の自衛隊だと名告《なの》っても、長期間に亘って自由を奪われていた拉致被害者にとっては信じることができない可能性がある。警戒されては困る。北朝鮮軍内の離反勢力だと思わせたほうが、かえって保護しやすいと思われた。

室賀は、寝巻姿で怯《おび》えている二十三人に近づいた。子供も三人ほど交じっている。銃を向け、韓国語で冷たく言い放った。フェイスガードを着けているため、こちらの顔は見えない。あえて恐怖を与えるつもりだった。

『日本人は立て』

よろよろと三人が立ち上がった。男性が二人に、女性が一人だった。男二人は、拉致被害者の小林と吉田のようだった。

室賀は銃を横に振って、三人に移動するよう示した。彼らには、恐怖だけでなく、諦めの表情が見て取れた。殺されると思っているかもしれない。かわいそうだったが、妥協《だきょう》することはできなかった。

『家族もだ』

そう室賀が言い添えると、移動を始めていた女性が手で顔を覆って嗚咽《おえつ》した。吉田が肩を抱いて支えた。新たに、子供が三人と女性一人が立ち上がった。子供三人は、全員拉致被害者の家族だったらしい。総数は七人だった。

「残りはトンネル内に連行して縛《しば》っておけ」

箕田に耳打ちすると、七人を住居棟の脇まで歩かせ、他の研究者から引き離した。充分に距離を取り、他の研究者から見えない位置まで来ると、室賀は銃を下ろし、フェイスガードを外した。

「私は陸上自衛隊の室賀三佐です。あなた方を救出に来ました」

四人の大人たちは、目を見開いていた。三人の子供は、日本語が理解できないのか、不安な顔をしたままだった。

「声を出さないでください。あなた方は、殺害されたと思わせておきます。子供さんも声を出さないようにしてください」

そう告げ、大人たちが子供の口を押さえたことを確認すると、室賀は無線機のスイッチを入れた。

「全ヴィクター、フカシ一、発砲する。問題はない。チクマ一、一人こちらによこしてくれ」

無線のスイッチを切り、小銃の安全装置を連射にセットした。地面に向けて引き金を引く。乾いた発砲音が連続した。

「ちょっと寒いかと思いますが、もうしばらくここにいてください」

撃ち切ったマガジンを交換すると、惣田二曹がやってきた。

「大丈夫だとは思うが、見ていてくれ。子供は日本語が通じないようだ」

「了解しました」


室賀が、四棟に足を向けると、無線から馬橋の声が響いた。

「フカシ一、ヒダ一、トンネル哨所制圧完了、被害なし、二名射殺。哨所を二名で確保中。現在位置研究所哨所」

「フカシ一、了解。住居棟脇に拉致被害者及び家族がいる。チクマ三が監視中だ。チクマ三と交代して、脱出準備をさせろ」

た。

室賀は走って四棟に向かった。途中で、二分隊が研究所全域の安全確認が終わったと報告してきた。

「ヒダ一、了解」

四棟の内部では、蓮見がウイルスの捜索を開始している。玄関をくぐると、薄暗い照明が灯っていた。闇になれた目では、それさえも眩しかった。蓮見の姿は、玄関近くの事務所の中で見つかった。書類を確認しているようだ。パソコンのスイッチも入れられている。ログイン画面になっていた。

「拉致被害者は隔離した。彼らの支援が必要か？」

「あたりまえです」

「わかった。脱出準備ができ次第、こちらの支援に来てもらうようにする。だが、全面的に信頼はするなよ。彼らがどんな事情を抱えているかはわからない」

「了解しました」

室賀は室内を見回してから聞いた。

「衛星通信装置はどこに置いた？」

「そこです」

蓮見は部屋の一角を指差した。床の上に置かれたケースからケーブルが伸びていた。電源ケーブルがコンセントに差し込まれている。充電してくれていたようだ。

室賀はケーブルを抜き、装置を抱えて出口に足を向けた。最後に、一応尋ねてみた。

「完了予想時刻は？」

「まだ不明です」

「急いでくれ」

蓮見は肩をすくめただけだった。

室賀は屋外に出ると、アンテナを展開し、スイッチを入れた。

「ハイマツ、ハイマツ、こちらＶ―07。研究所の制圧完了、拉致被害者の確保完了。隊員及び拉致被害者ともに死傷なし。脱出経路のトンネル確保も完了。ウイルスの捜索は実施中」

「Ｖ―07、ハイマツ、了解。拉致被害者及び家族の構成を知らせ」

「日本人は、男性二名、女性一名。その他、大人の女性一名。子供三名。詳細は未確認」

「了解。詳細を確認し、報告せよ」

室賀は、これで通信を終えるつもりで「了解」とだけ返した。

「反撃の兆候はないか？」

「現在のところ、確認されていない」

そんなものがあれば、当然報告している。なぜ中央指揮所がそんなことを聞いてくるのか気になった。

「質問の意図は何か？」

数秒の間が空いた。響いてきたのは、聞き慣れた涸沢の声だった。

「作戦がテレビで報道された。反撃が予想される。作業を急げ」

全身から汗が噴き出した。なぜなのか、どこから情報が漏れたのか、対処はできているのか……間いただしたいことは山ほどあったが、今それを聞いたところで何の役にも立たない。室賀は、再び

175

「了解」とだけ告げた。

室賀が、衛星通信装置のスイッチを切ろうとすると、声が元の幕僚のものに変わった。

「V―07、ハイマツ、確認したい事項がある。この作戦に関連する情報を報道関係者に話したか？」

室賀は、思わず怒鳴《どな》り返すところだった。

「話していない」

心の中では、『そんな自殺行為をするか』と叫んでいた。

「了解。それならかまわない。確認しただけだ」

室賀は装置を仕舞《しま》いながら思案した。作戦が報道され、情報を漏らしたかと確認されたということは、室賀の関係者が報道に関わったと考えられているということだ。室賀が知る報道関係者と言えば、琴音しかいなかった。

意識が琴音の身に飛びそうになって、頭を振った。今はそんなことを考える時ではない。

＊＊＊

「作戦の進展状況を報告します」

スクリーンに映る、岩の如《ごと》き日高統合幕僚長の顔にも見慣れてきた。それでも、午前零時に目にしたい顔ではない。官邸の危機管理センターと市ヶ谷の中央指揮所を繋いだ作戦会議は、張り詰めた雰囲気の中で始められた。

「ノドンハント、拉致被害者救出、ウイルス奪取作戦を、二十三時三十四分に開始しました。現時点まで、発射された弾道ミサイルはありません。ＴＥＬ、つまり弾道ミサイルの移動式発射車両は、約五十機あると見積もられています。現在までに、米軍を含めたノドンハント部隊が三機の存在を確認し、うち二機をピンポイント爆撃で破壊しました。もう一機も現在攻撃中です。確認が一部に留まっていますが、これはＴＥＬが動き出していないためです。北朝鮮が弾道ミサイルの発射を意図し、ＴＥＬが格納場所から動き出せば、発見し、攻撃、撃破が可能な見込みです」

「想定内ということですね？」

「そのとおりです」

御厨は不安だった。それでも、不用意な口出しが現場の混乱を招くことは理解していた。

「わかりました。続けてください」

「拉致被害者救出は、作戦が進行中です。二十三カ所、五十七人のうち、十二カ所において、拉致被害者との接触が報告されています。大きな問題が発生したとの報告はありません」

御厨は、無言のまま首肯した。胃が痛んだ。

「ウイルス奪取については、研究所の制圧に成功し、拉致被害者の保護にも成功しています。拉致被害者は三名、その他家族四名です。ウイルスは、捜索を開始しています」

「報道の影響は？」

「現在のところ、確認されていません」

御厨はひとまず胸をなで下ろした。初期の作戦に問題は生じていない。この状況を、政界という戦場でどう活《い》かすかが問題だった。

「記者会見は、午前一時からでしたね？」

御厨は、苫米地に向かって言った。

「はい。弾道ミサイル攻撃に備えて、策源地攻撃を実施したとだけ発表する予定です」

「いいでしょう。三機しか破壊できていないのであれば、戦果の発表は、不安を煽りかねません。伏せておいてください」

苫米地に任せることは不安だったが、会見まで御厨が行なっていたのでは身がいくつあっても足りなかった。

「メディアの状況ですが」

相沢も、失態を取り戻そうと必死になっているようだ。

「毎朝新聞及びテレビ毎朝に対して、報道の経緯を説明しろと圧力をかけています。警察も、秘密保護法違反の疑いありとして、捜査を始めました」

「政府の発表以外には、これ以上の報道をさせないよう、あらゆる手段を講じて動きを封じてください。作戦に支障が出てからでは、取り返しが付きません」

「わかりました」

覚悟はしていた。それでも、思った以上に長い夜になりそうだった。

　　　＊＊＊

「連れてきました」

高堂の後ろから、拉致被害者の小林と吉田が現われた。寝巻から、シャツと綿のズボンという動きやすい服装に着替えている。蓮見は、彼らが来るまで書類を見ていただけだ。室賀は早くウイルスを回収するべきだと告げたが、蓮見は、余計なリスクは冒したくないと言い、二人が到着するのを待っていた。

「お二人が、ここで何をさせられていたのか教えてください」

蓮見は簡単な自己紹介をすると、二人の仕事について尋ね始めた。

「おい！」

室賀は早くウイルスを回収して、離脱に移りたかった。蓮見は室賀の声が耳に入らないかのように、二人と対峙したままだった。二人は、室賀と蓮見を見回して戸惑っていた。

「気にしないでください。彼は戦闘のプロですが、ウイルスに関しては素人です」

蓮見は、あからさまに室賀を無視しようとしていた。規律上は咎めるべきだ。しかし、そんなことを始めたら、さらに遅れが発生することは明らかだった。室賀は腕を組んで一歩下がった。今は、好きなようにやらせるしかなかった。

「私たちは人体実験をさせられていました。被験者を天然痘ウイルスに曝露させ、発症するかどうか確認していたんです」

口を開いたのは小林だった。二人の関係では、小林が上の立場であるようだ。

「被験者は、どんな人でした？」

「さまざまです。北朝鮮人もいれば、日本や欧米から連れてこられた人もいました」

「人種間で、罹患率に差異はありましたか？」

「我々はデータを見ることはできません。ですから、正確にはわかりません。見ていた限りでは、違いはないように思えました。どうして、そんなことを聞かれるんですか？」

小林の逆質問は、彼らが人種選択性について、全く意に介していないことを示していた。

「発症率や発症した患者の症状に、変わった点は見られませんでしたか？」

蓮見は、小林の質問を無視して、問い続けた。

「症状は、文献で見た天然痘そのものです。ただ、そもそもウイルスに対する曝露の方法を試していたようなので、発症率をどう見るべきか……」

「具体的に、どう曝露させていましたか？」

「我々は曝露には携わっていないのです。ですから、はっきりとはわからないのですが、エアダクトから送り込んでいたことは確かです」

「空気感染ということですか？」

「はい」

蓮見は眉間に皺を寄せて思案していた。

「天然痘は飛沫感染はしても、通常空気感染まではしないはず。閉鎖空間での使用を考慮していたのか？」

蓮見の言葉は自問だった。ただ、何をしていたのかは、ある程度わかっています」

のかもしれなかった。航空機や列車内など、閉鎖空間でテロのような使用方法を想定していた

「使い方はわかりません。ただ、何をしていたのかは、ある程度わかっています」

「え？」

蓮見は驚きの声を上げていた。

「どうしてわかるのですか？　北朝鮮の研究者はあなた方にも実験の内容を話したのですか？」

「いえ。彼らは何をやっているのかは教えてくれませんでした。ただ、彼らの中には、帰還事業で北朝鮮に戻った在日の人もいるんです。その在日の彼が話してくれました」

「なるほど。それで、具体的にはどんな実験だったんですか？」

「日本の医薬品製造技術を導入して、ウイルスをナノカプセルに封入したようです。被験者にアルコ

180

ールを渡したり、紫外線滅菌装置を使った実験をしていました」

「そういうことか。　散布後の不活化を防ぐことを意図したんだ」

「どういうことだ」

室賀は、会話についていけなかった。

「ウィルスの遺伝子操作はできなかったんだと思います。　天然痘ウィルスの弱点である紫外線やアルコールに対する耐性を、ナノカプセルに封入することで達成しようとしたんだ。ウィルスを散布した後、長期間脅威が継続するように……」

遺伝子操作だろうとナノカプセルだろうと、悪魔の所業であることに変わりなかった。

「ウィルス自体は、遺伝子操作されていないのか？」

「それはわからない。記録を見ても、サンプルの種類が記号で書かれているだけだ。ただ、はっきりしているのは、最終的に種類を試しただけなのか、遺伝子操作もなされていたのか。この四棟内で製造され、保管庫に収められている──B3という名称のサンプルが採用されたということだけだ。この四棟内で製造され、保管庫に収められているはずだ」

「それがわかっているなら、早く回収しろ。そこまでわかっていながら、なぜ話を聞くまで作業に取りかからないんだ？」

「どんなリスクがあるのかわからない。それに、全ての記録を見たわけじゃない。話を聞いて、他にも探さなければならないものが出る可能性だってあった。いったんここを離れたら、もう確認はできない」

蓮見の言葉は間違ってはいない。しかし、室賀は焦っていた。作戦が報道された事実は、他の誰にも話していない。不安を与えたくなかった。

181

「すぐに回収に取りかかってくれ。一刻も早く、ここを離脱したい」

「了解」

「私たちにも手伝わせてください。こんなことに関わってしまったことを、少しでも償いたいんです」

二人の目は、彼らの切実さを雄弁に語っていた。室賀は、蓮見に視線を向けた。彼らを使うか否かは、専門家に委ねたほうがいい。

「ぜひお願いします。回収しきれない分は処理もしたい」

「わかりました。オートクレーブの準備をします」

「後は任せる。高堂はここに残ってくれ。問題が発生したら、無線で連絡しろ」

室賀は四棟を後にした。

＊＊＊

「以上が、Ｖ—０７からの報告です」

「では、遺伝子操作はされていないと？」

日高は、現地の報告を伝えただけだ。こうした問題では、専門家の意見を聞くべきだった。

「恐らく、そうだと思われます。確認には、サンプルを持ち帰り、ゲノム解析を行なう必要があります。天然痘ウイルスのゲノムは解析が終わっているため、照合ができれば遺伝子操作が行なわれていなかったことが確認できるでしょう。天然痘には強毒性のものと弱毒性のものがあるのですが、強毒性天然痘ウイルスは、一八万六一〇三塩基対のゲノムと一八七個の遺伝子を持っています。蓮見医官

182

の報告のとおりであれば、完全一致を確認せずとも、早期に大まかな判断は可能だと思います」

往々にしてあることだが、科学者は、正確性を担保しようとするあまり、不必要な情報を垂れ流す

ことがある。防医大校長の笹島も、御多分に漏れなかった。

「重要なことは、それが何かなのではありません。どうするかです」

日高も、着眼は御厨と同じであるようだ。

「計画では、研究所を破壊する予定でしたね?」

「はい。ウイルスの性状が、既知の天然痘と大きく異ならない場合は、研究所ごとウイルスを死滅さ

せる予定でした。持ち出す予定のウイルス以外は、すでに研究所内にあったオートクレーブと呼ばれ

る装置で処理を行なっています。それらの処理が完了しても、施設内にウイルスが残っている可能性

があります。これを死滅させるため、三千度の高熱で焼き尽くすサーモバリック弾を使用します」

「ナパーム弾のようなものですか?」

ベトナム反戦を経験した世代の御厨にとって、ナパーム弾は非人道的兵器としてイメージされてい

た。

「いえ。サーモバリック弾も高温を発しますが、投下地点にガス爆発を起こすようなものです。今回

の場合、研究所の内部の隅々まで高温を行き亘らせたいため、このサーモバリック弾を使用します」

サーモバリック弾は、爆発時に大きな爆炎を伴う。見た目が派手なため、強力な兵器と考えられが

ちだが、破壊力は大きくない。ただし、衝撃波によって内臓を破壊するため、威力範囲内にいた場

合、運よく助かるということはない。通常の爆弾は、破片の威力で殺傷するため、遮蔽物の陰にいた

場合、運がよければ助かることもある。これは特殊な用途で使われる対人殺傷爆弾なのだ。今回は、

高熱を発するという特性からウイルスを死滅させるために使用する。

183

「これを使用すれば、確実にウイルスを死滅させられるんですね?」

ほんの少しでもウイルスが残る結果となれば、世界に再び天然痘をばらまいたのは日本の責任だと言われかねない。

「施設内に爆炎が入り込むよう、最小限のものを残し、扉を開放しておきます。爆弾の威力は充分です。北朝鮮がGPSの妨害を行なっているので、命中精度を確保させるため、V—07にレーザーを照射させます。爆弾にレーザーJDAMキットを取り付けるため、誘導精度は数メートルです。サーモバリック弾は、対外有償軍事援助調達によって緊急輸入したものですが、予備弾も充分に確保しています。確実に死滅させられます」

日高は、充分に自信を持っているようだ。

「わかりました。この方法で実施してください」

賽は投げた。後は、実行に関わる自衛官を信じるしかない。

＊＊＊

静かだった。この標高では夏虫も少ない。わずか数分後に、爆轟に包まれるとは、想像しがたかった。

「投弾まで三分」

はるか上空に、攻撃編隊が迫っているはずだった。威力の高いサーモバリック爆弾は、一発で研究所を三千度の炎で焼き尽くす。サーモバリック弾を抱えた攻撃機と予備機の他、前衛と直衛の援護機、それに電子妨害機が編隊を組んでいるはずだ。

184

「最終チェック」

箕田が、デジグネーターを覗き込む西住三曹に命じた。無骨な山男が多い一三普連にあって、西住<ruby>西住<rt>にしずみ</rt></ruby>は、ともすれば浮きがちな機械好きだ。下宿には、怪しげな機械がところ狭しと置かれているという噂だった。西住は各部を指差しながら、レーザー光を使ってLJDAMを誘導するデジグネーターを再点検した。

「最終チェック異状なし。誘導準備完了」

箕田が対空無線機を使い、攻撃編隊を管制している上空の早期警戒管制機に準備が完了したことを報告した。

「後は任せるぞ」

室賀はそう箕田に告げると、研究所を見下ろす岩場から車道に降りた。研究所で奪った車両が停めてある。二両は、いわゆる〝ジープ〟。ソ連版ジープとも言われるUAZ—四九六のコピー品、勝利四一五だ。その後ろには小型のボンネットトラック、勝利五八が停まっていた。その傍らには馬橋が立っている。

「一人を除く北朝鮮人研究者及び家族は、トンネルの入り口で拘束してあります。小林さんたちが研究のリーダーだとおっしゃっていた桂石範は、トラックに乗せました。蓮見一尉のウイルス回収、電子データの収集も予定どおり。出発準備は完了です」

「了解。間もなく爆弾が投下される。全員衝撃波対処準備。タイミングは箕田が無線で示す」

研究所から充分に離れているものの、サーモバリック弾は、強力な衝撃波を発生させる。耳の保護と瞬間的な高圧による肺損傷を防ぐための処置が必要だった。

「了解しました」

185

室賀は今行なうべき措置を二人の分隊長に任せ、思考を未来に飛ばした。大変なのはこれからのはずだ。

研究所の制圧は予定どおり実行できた。ここまでは、計画が破綻するほどの大きな障害はなかった。作戦が報道されてしまったことによる影響は、まだ出ていない。それが起こるとすれば、これからだと思われた。

「爆破してしまえば、後は逃げるだけですね」

蓮見の仕事は、確かにそうだ。彼の表情には、難行を成し終えた満足感が見えた。室賀の仕事は違う。

「それが大変なんだ。天然痘ウイルスを使った生物兵器が、崩壊の途上にある北朝鮮にとってどれだけの意味があるのかはわからない。すでに無用の長物になっているのであればいいが……」

「そろそろ、ばれる頃ってことですか」

蓮見にも、作戦が報道されたことは伝えていない。伝えたのは馬橋と箕田だけだった。北朝鮮軍の対応行動があった時にも、二人には落ち着いて指揮を執ってもらいたかったからだ。

「定時報告ぐらいはしていただろう。それに、同時に発動している他の作戦の情報が入れば、研究所にも確認がされたはずだ。連絡がつかなければ、異常があったと判断する」

無線機から、投弾を告げる箕田の声が響いた。

「すぐですね。乗車しています」

蓮見は、自衛隊で使用している旧式の三菱製ジープよりもさらに小型の勝利四一五に乗り込んだ。急がなければならない。ウイルスやデータの回収だけでなく、拉致被害者の救出まで行なったため、当初計画と比べれば遅れが出ている。気球での離脱は、夜明けの直前になってしまう。

186

「着弾十秒前、九、八……」

無線機から、再び箕田の声が流れた。最後の〝今〟という声に一瞬遅れて、周辺の山肌が鮮紅色《せんこうしょく》に包まれた。サーモバリック弾は爆発性の気体を放出し、その気体に点火されるため、着弾と爆発は微妙にタイミングがずれる。その上、距離が離れているため、衝撃波が来るのはさらに三秒ほど先になる。室賀は、耳を押さえ、口を開き、息をゆっくりと吸い込んだ。肺の内部にも圧力が入り込むようにするためだ。これを行なわないと、肺が肋骨《ろっこつ》ごと潰される可能性がある。

衝撃と同時に轟音が響いた。着弾位置がずれていなければ、すぐに離脱に移ることができる。室賀は、箕田の報告を待った。

「命中。効果あり」

「了解。全員乗車。直ちに離脱に移る」

北朝鮮の指揮系統がいくら混乱していようとも、この爆発は、誰かが報告を上げるだろう。ここからが正念場だった。

＊＊＊

暗闇の中、雲間から覗く月に照らされた大同江《テドンガン》は、いつもと変わらず緩やかに流れていた。デスクの後ろにある窓越しの景色は、いつもなら心を落ち着かせてくれるものだ。今も変わらぬその姿のせいで、かえって焦りがかき立てられた。

潘《ハン》将軍は、平壌《ピョンヤン》市東部河畔《かはん》に立つビルの中で報告を待っていた。軍内で反政権の機運が高まる中、潘将軍は独裁者に変わらぬ忠誠を示してきた。ただし、それは表面だけだ。

生物兵器開発には最新の疫学知識が必要となる。それが、外国との接触を許可されていた理由だ。

その立場を利用して、開発したウイルス兵器をイスラム過激派に売り渡し、海外脱出するための資金とする計画だった。

ワクチンと引き替えに得た前金だけでは、まだ不充分だった。製造したウイルス兵器は、摩天嶺山脈内にある極秘の研究所に保管していた。その摩天嶺研究所との連絡が途絶え、慌ててオフィスに出勤していた。

せわしげな足音に続き、背後のドアからノックが響いた。

「入れ」

潘は、振り向くことなく、報告を待った。

「いまだに研究所との連絡はとれません。それに加え、警備に当たらせている新浦の琴湖連隊から、研究所の方角で爆発があったもようだと報告が入っています。現在、確認に向かわせているところです」

「確認だけでは足りん。何かあったことは確実だ。米軍が爆撃したのか、あるいは特殊部隊が爆破したのかもしれん。何としてでもウイルス兵器を回収しろ」

「ご安心ください。連隊長には充分な資金を渡すことを約束しています。彼も心得ております。現在一個中隊が準備中の他、もう一個中隊を予備として待機させるとのことです」

「そうか」

潘は、大きく息を吐き出した。今は、待つしかなかった。

188

＊＊＊

わずか一時間、文字どおりの仮眠だった。戦況報告は三時間おきに行なわれる。目頭《めがしら》を押さえつつ、御厨は再び危機管理センターに入った。

メインスクリーンには、〝定時報告03：00〟と書かれている。サイドのスクリーンには、厳つい上に、疲労でギラついた目をした日高が映っていた。恐らく、自分も同じような顔をしているのだろう。化粧でどこまでごまかせているか気になった。

「始めてください」

「報告します。三時現在、発射された弾道ミサイルは二発です。二発ともイージス艦が迎撃に成功しており、本邦領域内への落下は確認されておりません。ＴＥＬは前回報告の二機に加え、二十四機を破壊しています。また、三機を発見、攻撃中です。多くの部隊が、現政権の統制から脱している見込みですが、弾道ミサイル部隊の多くは現政権の統制下にあるようです」

「約半数が発射の兆候を見せ、破壊したという理解で合っていますか？」

「はい」

御厨は首肯して先を促した。

「頭初計画の拉致被害者救出は、二十三カ所、五十七人のうち、十九カ所、五十一人を救出しました。残りは四カ所、六名ですが、一カ所、二名を除き、接触はできており、大きな支障はありません。一カ所、二名は、事前情報のあった場所に所在の痕跡がありませんでした。情報に誤りがあったもようです」

「移動させられたのではないのですね？」

「はい。住所とされていた場所の住民は、その場所に居住して一年以上経過しておりました。また周辺も確認しましたが、それらしき住民は確認できなかったとのことです」

「そうですか。それであれば、仕方ないですね」

残念だったが、逆に考えれば、情報が正確だった被害者の救出は順調ということだ。

「次に、ウイルス奪取は、サンプル及びデータの収集に成功し、研究所の破壊も完了しました。現在、拉致被害者等を連れ、離脱準備中です。報道がありましたが、現在までのところ、対処行動は確認されていません」

「何よりです。彼らの離脱が確認できるのは、何時頃の見込みですか？」

「午前四時を予期しています。夜が明けるまでに離陸する必要がありますが、予定よりも遅れています。時間的にはギリギリです」

この時間に聞きたくはない報告だった。

「もし、間に合わない場合は、どうするのですか？」

「明日の夜まで潜伏可能であれば、一晩待機することになります。それが不可能な場合は、ヘリによる救出を実施します」

自分が命令を下せば、何かが変わるものではないようだった。

「わかりました」

戦況報告はこれだけだった。命じれば、細部まで報告されるはずだ。しかし、御厨は自分が判断すべきこと以上の情報は必要としていない。

「続いて、外務省から報告します。在韓日本大使館において、要注意人物とされていた毎朝新聞の記

190

者を拘束し、秘密保護法違反の疑いで取り調べを行なっております。警察庁から出向の書記官が取り調べていますが、現在までのところ、自白は得られておりません。毎朝新聞に対しても、同法違反の容疑で捜査を行なっております。その結果、当該人物に情報を漏らしたのは、V―07の指揮官である室賀三佐である可能性が高いとのことです」

「どういうことだ。聞いてないぞ！」

苫米地が、スクリーンに映る日高に向けて怒鳴っていた。もし事実なら、苫米地自身が叱責《しっせき》を受ける立場だ。自分に責がないというアピールがしたいのだろう。

「外務省の認識は誤りです。作戦の情報を漏洩させることは、自殺行為に他なりません。報道が行なわれた時点で確認もしております」

「では、漏洩元の確認はできたのか？」

「いえ、確認はできておりません。そもそも、漏洩があったのかも未確定です」

「後にしなさい！」

苫米地の口が開く前に、御厨は語気も荒く言い放った。

「漏洩元の捜査は必要ですが、それよりも、報道が作戦と世論に与える影響が心配です」

「作戦に関しては、現時点で取りうる策はありません。対処行動があった場合に、対応する準備を進めています。具体的には、護衛艦上において、緊急対処部隊を待機させています」

日高の報告は、以前に聞いていたものと変わりなかった。続いて声を上げたのは相沢総務大臣だった。

「続報に関しては、正規、非正規のルートで毎朝新聞、テレビ毎朝に圧力をかけていますが、正直に申し上げて芳《かんば》しくありません。秘密保護法違反容疑で捜査を受けるとしても、彼らは、この件については報道を行なう考えのようです」

「では、手をこまねいているつもりですか！」

御厨は、居並ぶ閣僚とスクリーンに映る各幕僚長を見回した。

「政治的な批判は別として、天然痘に関しては、対処準備ができていることを広報すべきと考えます」

自衛隊がウイルスが拡散した際の対処準備を行なっていることは報告を受けて記憶している。しかし、今までは積極的に広報してこなかった。かえって不安を煽りかねなかったからだ。

「国民が、安心できるだけの準備ができていますか？」

御厨の質問に、日高は視線を動かした。その視線の先で、一人の男が立ち上がった。

「私からお答えします」

防衛医大校長の笹島だった。

「絶対的な安心を与えるためには、国民全員にワクチンを投与する必要があります。しかしながら、備蓄しているワクチンは、百万人分にも満たない量です。これだけの備蓄量しかないことを踏まえると、感染が確認された人物の周辺にワクチン投与を行ない、感染の拡大を防止するしか手がありません。しかし、この方法によって、天然痘は根絶されたのです。パンデミックは防止できるとして、国民に知らせることが適切かと思います」

「論理的な説得は可能という意味だと理解しました。本当に安全だと断言できますか？」

笹島は、即答しなかった。

「断言はできません。相手はウイルスなんです。しかし、これ以上の対応は、誰であってもできません」

強気の発言に、御厨は勇気づけられた。

「わかりました。他に案は?」

御厨は、無責任と保身に囚われた面々を見回した。声を上げる者はいなかった。

「苫米地防衛大臣、この方向で会見を行なってください。自衛隊の対応準備状況についても、併《あわ》せて発表するように」

「わかりました」

苫米地は、降って湧いた大役に、額を光らせていた。御厨は、胃の痛みを堪《こら》えながら、席を立った。

＊＊＊

「ドロップ・ナウ　正常投下　健闘を祈る」

無線機から、上空に飛来したF−2戦闘機パイロットの声が響いた。

「ラジャー　支援感謝する」

交信を終えた馬橋は、上空を見上げていた。カーゴポッドは、音も聞こえないはるかな高空から投下された。JDAMユニットが取り付けられた投下式カーゴポッドは、一分ほどで地上に到達するはずだった。室賀たちは、投下予定地点の灌木地帯にいた。

「風が強くなったな」

地表直前で制動傘が開くため、カーゴポッドは風に流される可能性がある。室賀は落下位置を修正すべきだったかと後悔した。

「このくらいなら、大丈夫だと思います。開傘後も、降下速度は毎秒二〇メートルだという話でした」

馬橋は、上空を見つめたままだった。

「そうか」

室賀は、腕時計を睨んだ。午前四時に近づき、空は白み始めている。周囲に山々があるため、平地よりは日の出が遅くなるものの、空が明るくなってしまえば巨大な気球は目を引く。

「箕田、異常はないか？」

「今のところは大丈夫です」

二分隊には、周囲警戒を命じてある。

「カーゴポッドの落下音が響くかもしれない。警戒を厳《げん》にさせろ」

「了解しました」

箕田は、さっそく部下に「落下音への反応に注意、警戒を厳にせよ」と命令を下した。

「来ました」

馬橋の声に視線を上げると、小ぶりなパラシュートを引いたカーゴポッドが二つ、急速に迫ってきていた。低い地鳴りのような音を立て、砂岩にカーゴポッドがめり込んだ。馬橋の指揮の下、一分隊の隊員がカーゴポッドに駆け寄っていく。

「蓮見一尉、二十分ほどで離陸できるはずだ。準備は？」

蓮見には、拉致被害者とその家族の面倒を見させている。

「全員着の身着のまま、準備は用便だけです。すませておかせます」

「そうしてくれ」

沿岸までの行程は長いが、彼らを離脱させてしまえば、部隊としては大分楽になる。問題は、空の明るさと敵の反応だった。室賀は、白みつつある空を見上げた。

「ぎりぎりだな」

そう独りごちた時、傍らで箕田が身じろぎした。強ばった顔で無線機に呟いていた。

「北方の車道を研究所方面に向かう車列を確認。距離があるため車種は判別できません。数は三両程度。かなりの速度を出している模様」

室賀は、歯ぎしりした。難しい状況だった。離陸を確認されなければ、気球は北朝鮮が攻撃行動を行なえる低空を抜け、ミサイルしか到達ができない高高度にまで達することができる。そして、気球はレーダーに反応しないため、ミサイルでは攻撃ができない。

しかし、離陸時、もしくは離陸前に確認されてしまえば、銃撃されるだけで内部のヘリウムが抜け、飛行できなくなる。大口径の銃でも、一キロ以遠の攻撃は難しいため、付近に接近されなければ離陸はできるだろう。しかし、残存している北朝鮮の航空部隊がないとは限らない。通報され、対処に上がってくれれば、気球を撃ち損じるパイロットがいるとは思えなかった。

「車列の状況監視を継続。徒歩の部隊が接近している可能性もある。ここから二キロ圏内を集中監視しろ」

「了解しました」

もし、徒歩部隊の接近が確認されれば、気球での離脱は諦めざるをえない。室賀は、衛星通信装置を使って、中央指揮所を呼び出した。

「追撃部隊と思われる車両を確認した。気球での離脱を断念する可能性がある。敵航空部隊の状況を知らせられたい」

室賀の問いかけに、緊張感を孕《はら》んだ幕僚の声が響いた。

「既知の航空基地は、無力化を完了している。しかし、分散防護された旧式機多数が稼働状態と推定される。無線網は破壊したが、有線網は残存しているようで、指揮機能もまだ稼働している」

「この付近で稼働状態にある航空部隊はあるか？」

「不明。ただし、存在している可能性は高い」

室賀は、胃が痛む思いをしながら衛星通信装置のスイッチを切った。作戦前のブリーフィングで、北朝鮮の航空部隊についても説明を受けた。近隣には黄水院空軍基地及び長津空軍基地が存在している。両基地は空爆で機能を停止しているようだ。それでも第二次大戦や朝鮮戦争時に使用されていたレシプロやターボプロップの小型機が多数稼働状態にあるはずだった。こうした機体は、道路の周辺に障害がなければ、未舗装であっても滑走路として運用ができるような代物《しろもの》だ。零戦《ぜろせん》並みの能力のIL－10などは、気球にとって深刻な脅威となる。それに、武装を持たない練習機であっても、翼で気球を切り裂くなど容易いことだった。

「見つかるようなら無理か……」

馬橋の指揮の下、一分隊はカーゴポッドから気球を引き出し、ヘリウムガスの充塡《じゆうてん》準備を始めていた。

「隊長、車列が、位置はここから三キロ弱のところで一旦停車後、再発進しました。車列は、トンネル方面に向かっています」

周辺監視を指揮していた箕田だった。

「下車したかもしれないな」

「はい」

室賀は躊躇うことなく決心した。

「馬橋！」

かろうじて馬橋に聞こえる程度の声で呼び掛ける。馬橋は、音を立てないように注意しながら小走りで駆け寄って来た。

「離陸すれば発見される可能性がある。気球での離脱は中止する。ここは視界も利くし、カーゴポッドが観測された可能性もある。拉致被害者を連れて移動する。連中はまだ我々の存在に気がついてはいないはずだ。包囲網を張られる前に、位置の秘匿を徹底する」

「潜伏するということですか？」

馬橋は不安げな表情を浮かべていた。

「そうだ。拉致被害者を連れたまま、距離を稼《かせ》ぐことは無理だ。日中に移動すれば捕捉されるだろう。ここから離れつつ、日が昇る前に、潜伏可能な地点に移動する」

「往路でチェックした候補地のうち、ここから近いポイントはＳ—15とＳ—18です」

箕田は、敵部隊を確認した時点から覚悟していたのだろう。

「Ｓ—15は、倒木のある窪みだな。Ｓ—18は、オーバーハングの下か。人数が増えたからＳ—18では無理があるな。それに、追撃部隊への警戒も必要だ。Ｓ—15がいい」

「了解しました」

二人は、すぐに頭を切り替えたようだった。

「馬橋はカーゴポッドと気球を隠せ。箕田は、使用した車だ。連れてきた朝鮮人研究者は車の中で縛っておけ。発見されれば助かるだろう」

両分隊は十分程で準備を終えた。しかし、すぐに出発することはできなかった。

「蓮見一尉はどうした?」

「小林さんの奥さんが車の中に薬を落としたとかで、ついて行きました」

馬橋が困惑した顔で報告した。

「申し訳ありません。蓮見さんはダメだと言ったんですが、持病がきついようで、妻がどうしてもと言い張ったものですから……」

室賀が思わず毒突くと、小林が小さくなって謝罪した。

「仕方がない。待ちましょう」

室賀は、嘆息して、背嚢を背負い直した。

第四章　発症

それは、作戦開始後に受けた報告の中で、最もショックなものだった。

「本当に無理だったのですか?」

「運よく見つからずにすんだかもしれません。しかし、もし発見されれば、気球が撃ち落とされるだけに留まりません。位置が判明することで、わずか二個分隊にすぎない彼らは、簡単に包囲・殲滅されてしまいます」

日高の言葉に、御厨は納得するしかなかった。

「わかりました……」

「原因は、報道のせいかね」

苫米地は青筋をたてて息巻いている。

「悪影響があったことは間違いありません。ですが、さまざまな要因が関わっています。どの程度影響したかは評価できません」

日高の本音は、もっと他に悪影響を与えたものがあると言いたいのだろう。危機管理センターのオペレーター席からも、「計画変更が……」という囁きが漏れ聞こえてくる。V—07の作戦は、拉致被害者救出を任務に加えたため、気球による離脱が二時間近く遅れてしまっていた。

「どうしますか?」

御厨は、そうした囁きが聞こえないふりをしながら問いただした。

「夜を待って、待機中の緊急対処部隊によって救出作戦を実施します」

「日が昇ったばかりです。夜まで待たずに救出すべきではないのですか？」

不安だった。部隊が追い詰められれば、救出したはずの拉致被害者も死傷することは避けられない。その事実がマスコミの知るところとなれば、非難の矛先《ほこさき》は御厨に向かうだろう。

「こうした作戦にヘリが投入される理由は、地表を縫うように飛ぶことで、発見されない可能性が高いためです。しかし、部隊だけならまだしも、拉致被害者までいるとなれば、回収には時間を要します。ヘリは、もし見つかってしまえば、対空火器には脆弱《ぜいじゃく》です。周辺に追撃部隊が迫っている状況では、危険すぎます」

「夜になれば、安全なのですか？」

「絶対とは言えません。ですが、我が国と北朝鮮では、夜間作戦能力には大きな隔たりがあります。ヘリもV―07も暗視装置を装備しています。北朝鮮では、そうした装備は、一部のエリート部隊にしか配布されていません」

御厨にできることは、夜まで発見されないことを祈るだけだった。

＊＊＊

ガタが来始めたエアコンの音が、妙に耳に響いた。尋問は一晩中続いていた。移動の疲れと寝不足から、思考はぼやけ始めている。

「正当な取材の結果から導《みちび》き出された推論です。こちらに伺ったのは、あなたがたが、それに対してどのようにおっしゃるか知りたかった。いわば、裏付け取材のつもりでした」

それでも、琴音は三人の男を目の前にして、必死に訴え続けていた。遠野と西木は、厳しい顔を崩さない。医務官の満島も、困惑した雰囲気を漂《ただよ》わせながら冷たい目をしたままだった。

「では、どのような情報から、あのように推論されたのですか？」

言葉に詰まった。記事として書く可能性はあっても、それを事前に話すことはできない。

「それは……、今は言えません」

「でしょうね」

遠野は、琴音の答えに眉一つ動かさなかった。

「どういう意味ですか？」

「どういう意味かは、あなたが一番わかっていらっしゃるはずだ。防衛秘密とされている情報が報道されているという事実は、放送したテレビ毎朝や親会社である毎朝新聞だけでなく、その情報を取材していた記者であるあなた自身を起訴するに充分なんですよ」

「違法な取材はしていません！」

「おっしゃりたいことは理解しています。そのことを証明してくださいと言っているんです」

遠野は無表情を装《よそお》っていたが、その目の奥には、権力を笠に着た嗜虐《しぎやく》的な炎が、ちらちらと見え隠れしていた。琴音は、自分の推論が正確だったのだと悟ったが、どうしたらいいのか、見当もつかなかった。

＊＊＊

「お待ちください！」

オーク材のドアの向こうから、乱暴に歩く数人の足音が響いてきた。潘が目を開けると、押し開かれたドアから、見知らぬ軍人が入ってきた。肩章に三つの星が見えた。潘よりも高位の上将が現われたことで、深刻な状況であると察した。立ち上がり、足早に歩み寄る。

「どのようなご用件でしょうか。私は、ウイルス兵器の研究を任されております潘少将です」

「わかっている。お前が将軍様を裏切っていることもな」

入ってきた男は、四人ほどの将兵を背後にしたまま冷たく言い放った。

「とんでもありません！　私は、将軍様に忠誠を誓っております。現にここにいることが、何よりの証明ではありませんか！」

「お前がここにいるのは、まだ逃亡資金が足りないだけではないのか？」

そんなばかなと言おうとして、言葉が続かなかった。こいつらが、ウイルス兵器の横流しについて何か知っていることは、間違いなさそうだった。

「お前は、ウイルス兵器に人種選択性を持たせたと偽って値をつり上げた」

その偽情報が、アメリカに危機感を抱かせたようだな。おかげで研究所は日本軍の襲撃を受けた」

摩天嶺研究所と連絡が取れなくなっていることまで知られていた。証拠は押さえられているのだろう。目の前が真っ暗になった。

「愚かなテレビ局のおかげで、その情報を知ることができた。ウイルス兵器を奪った連中は、まだ山

202

中を逃げ回っている。必ずや奪還し、将軍様に仇為す日本とアメリカに、恐怖をばらまいてやる」

玄は楽しげでさえあった。

「だが、その前にやるべきことがある。潘少将、きさまを国家反逆罪で逮捕する」

背後にいた佐官級将兵が、拳銃を構えて潘に詰め寄ってきた。

「あなたの指揮権は剝奪された。摩天嶺研究所を含む部隊の指揮は、軽歩教導指導局の下に入った」

「軽歩教導指導局……」

軽歩教導指導局は、朝鮮人民軍総参謀部に属する特殊作戦部隊だ。総兵力は十万人を超えるもの

の、その全てを運用してはいない。その局長たる上将、玄勇鎮が直接現われたということは、彼が指

揮を執る特殊作戦に、ウイルス兵器を使用するつもりに違いなかった。

「お、お待ちください。生物兵器、特に天然痘ウイルスを使用した兵器は、通常の兵器とは大きく性

格が異なります。失礼ながら、軽歩教導指導局では適切な取扱いができません。どうか……」

潘は最後まで喋らせて貰えなかった。拳銃のグリップで横っ面を殴られ、赤い絨毯に同系色の染

みを作った。

「心配は無用だ。我々は、研究されていた手法とは異なった方法で使用する。問題はない」

玄は、狂気を孕んだ笑みを浮かべて言った。

　　　　＊＊＊

「全周警戒。一分隊は、今来た経路中心一二〇度、二分隊はそれ以外の方位」

Ｓ―15とコードを付けてあった潜伏候補地点に到着すると、室賀は馬橋と箕田に全周を警戒する態

203

勢を取らせた。移動中に観測されていた可能性もある。しばらくは厳重な警戒が必要だった。

S—15と名付けられた潜伏地点は、研究所への途上、偶然に発見したポイントだった。原生林の中にあるため、上空や距離のあるところからは完全に遮蔽されながら、下草が少ないため、小銃の有効射程内ではある程度の視界が確保できる。拉致被害者を含めても、全員が入れるだけの大きな窪みで、中央に倒木があるため、その下にシートを張ることもできた。

「連中はどうだ?」

室賀は、拉致被害者の面倒を見させていた蓮見に尋ねた。

「大した距離は歩いていないのに、かなり疲弊《ひへい》しています。あの研究所から外に出ることさえ稀《まれ》だったようですから、当然かもしれませんが……」

「夜まで体を休めさせても、長距離の移動は無理か」

「もう少しペースが遅ければ、ある程度は行けるでしょう。ここまでのペースは速すぎました」

「仕方ない。もう日は昇っているんだ」

周囲は完全に明るくなっていた。明るくなる前に原生林に入ったため、その前に発見されていなければ、敵はまだ室賀たちの位置を把握できてはいないはずだった。

「とにかく、彼らを少しでも回復させてやってくれ」

「わかりました」

拉致被害者の存在が、思っていた以上に重荷になりそうだった。

＊＊＊

琴音が喋らないと見ると、警察官である遠野は、本題とは関係の薄い話をし始めた。生まれ育った場所、趣味、ランチはどうしているのか、今までに書いた記事。それらは、少しでも琴音に口を開かせることで本題に近づかせるための呼び水だ。今までの記者経験で、警察の尋問方法については多少の知識があった。琴音はそれらの質問に、完全な沈黙で答えた。

どうしたらいいのかはわからなかった。それでも、付け入る隙を見せれば、そこを徹底して突いてくることは間違いなかった。

埒があかないと見ると、遠野と西木は、監視を医務官の満島に任せて出て行った。尋問の状況を報告し、指示を仰《あお》ぐためだろう。満島には尋問する任務は与えられていないようだった。監視しているだけで、特に何かを聞いてくるでもなかった。

無言だった。机を挟んで、二人の間には、互いにいたたまれない空気が淀んでいた。

医務官は、いわば臨時採用のようなもので、過酷な医療現場から離れ、一時骨休めがしたくてなることもあると聞いたことがあった。満島も恐らくそうなのだろう。医務官としての職務以外は、公僕《こうぼく》としての自覚は乏《とぼ》しいはずだった。

「満島さんは、医務官になられる前は、どちらにいらしたんですか？」

遠野が使ったものと同じ手法だ。いきなり本丸に切り込んでも、琴音と同じように貝になられることはわかっている。搦《から》め手から攻めた。それでも、やはり満島も無言だった。

「私、社会部で、医療系の記事を中心に書いているんです。以前にお話を伺った医師の方で、エチオピア大使館に、医務官として赴任《ふにん》していた方がいらっしゃいました。いい休養になったとおっしゃっていましたが、大変なこともあるみたいですね」

「アフリカ勤務では、休養とは言いにくいでしょうね」

エサを突《つ》いてみたというところか。まだ針を口に入れてはいない。

「やはり、衛生環境が違いますか?」

「一口にアフリカと言ってもさまざまですけどね……。エチオピアなら、よいほうですよ」

「アフリカの事情にお詳しいんですか?」

「ギニアに行ってました。〝国境なき医師団〟の一員として」

「もしかして……エボラですか?」

エボラウイルス。医療が発達し、ペストやコレラなど過去に猛威を振るった疫病でもパンデミックが起こることは考えにくくなった現代において、最も懸念される病原ウイルスだ。二〇一四年にギニアを中心として西アフリカで感染が広まった際には、二万八千人が感染し、一万一千人以上が死亡した。

「ええ。帰国して、少しゆっくりしようと思って医務官に応募したんですよ。上海《シャンハイ》では食中毒を考えておくくらいでよかったんですが、どうして韓国に……」

遠野は、警官として尋問に関してはプロだろう。琴音も新聞記者として取材はプロだ。話を聞き出す技術に関しては負けていない。

満島は、どうやら上海の総領事館にいたらしい。韓国には、北朝鮮の崩壊危機に備えて臨時配置されたのかもしれなかった。もしそうなら、政府は、充分にその危機を認識しながら、国民に情報を流していないことになる。

「エボラ流行の最中にいらしたのなら、天然痘が広まったらどんな事態になるかということは、私以上に懸念されているんでしょうね」

琴音は独り言のように呟いた。視線を向けることなく、満島の様子を探る。机の上に置かれた両手は、白くわずかに震えているように見えた。

「日本国内で感染者が出たら……ワクチンは足りるのでしょうか?」

感染症対策は封じ込めが基本だ。しかし、人口密度が高いだけでなく、交通の発達に伴う移動の増大によって、先進国における封じ込めは困難の度を増している。その上、天然痘の潜伏期間は七日から十六日にも及ぶ。

一人の感染者が発見された時、過去十六日間に、本人と接触した可能性のある人物は膨大な数、広大なエリアに及ぶ。多くの日本人は、満員電車に揺られ、巨大なビルに出入りしているのだ。そして、もし感染者が十人しかいなかったとしても、その十人が同じように満員電車に揺られ、巨大なビルに出入りしていたら……。その上、天然痘の感染力はきわめて強い。衛生環境が整い、健康に気を遣う人が多くとも、感染者が十人程度ですむとは考えられない。政府が、数十万人分のワクチンを備蓄しているとしても、足りるはずなどないのだ。

「発病した方を見つけてからでは遅いんです。もっと早く対策を取らないと……」

「でしたら、日本でも、韓国のように警告を流したほうがよいのではないですか?……」

満島は、再び口を閉じてしまった。

「私は、テレビ毎朝がどんな報じ方をしたのか知りません。でも、国民にも危険があることは知らせるべきだと思うんです」

医者を目ざした者の多くが、金を目的としていると思われることが多い。確かに、金や社会的地位に惹《ひ》かれた者もいる。しかし、それでも、ほとんどの医者は、人の命を救うことに自分の存在意義を感じている。医療問題を取材する中で、琴音はそのことを皮膚感覚として知っていた。

満島が、報道することの意義を認めてくれれば、何か打開策を考える情報を聞かせてもらえるかもしれない。琴音は、そう考えていたが、満島が語った言葉はその期待に反したものだった。

「その報道で、逆に危険になっているとしたら、どうするつもりなんですか？」

「え！」

「ウイルス兵器の被害を防止するために戦っていた部隊が、危険に曝されているそうです」

琴音は、息を呑んだ。

「どういうことですか？」

「私は医務官です。作戦のことは知りません。でも、疫病のことはわかります。どんな病気も、治療の第一歩は正確な診断です。疫病に対する防疫も同じです。どんなウイルス兵器なのかを知ることが、治療や封じ込めを行なうより先に絶対に必要なんです」

目を伏せていた満島が、顔を上げた。視線が合う。

「本当は、こんなことを話してはいけないんです。でも、一人の医者として、いえ、一人の人間として、あなたにお願いしたいんです。知っていることを話してください。そうすれば、部隊は助かるかもしれませんし、それによって、ウイルス兵器の被害を食い止められるかもしれない。お願いします」

「そんな……」

危惧はしていた。しかし、それは推測にすぎなかった。自分の考えすぎであってほしかった。

ウイルス兵器を調べるための作戦を行なっているとしたら、自衛隊の医官が同行する可能性が高い。蓮見は、防医大でウイルス研究を行なっていた。彼が、その任を負っているのだろう。だとしたら、一緒に危険に陥っているのは室賀であるはずだった。

「死傷者が出ているんですか？」

絞り出した声は震えていた。

「わかりません。細かいことは知らないんです」

満島は、ゆっくりと首を振りながら答えた。

「でも、その作戦が失敗すれば、ウイルス対策は確実に一歩出遅れます。初動が何よりも大切な疫病対策に、大きなマイナスになるんです。人の命がかかっているんです。遠野書記官が戻ったら、知っていることを話してください」

琴音は、急に肌寒さを感じた。

「そんな……」

＊＊＊

針葉樹の多い原生林は、日が昇っても薄暗かった。姿を隠せる反面、木立ちに視界が遮られ、視認可能な距離は二〇〇メートルもない。室賀は潜伏地点から一〇〇メートルほど先に警戒要員を前進させ、全周警戒態勢を敷いていた。今は二分隊が警戒を担当し、一分隊が休憩中だ。倒木の陰に身を隠す集団は、体を休ませるため、ほとんどが眠りについている。起きているのは、室賀と一部の拉致被害者くらいだ。

考えるべきことは、これからの行動だ。救出作戦全体としては、統幕が仕切ることになる。その下で、実質的な作戦立案を行なうのは陸上総隊だろう。今判明していることは、夜間のヘリによる救出作戦となることだけだ。ヘリの降着地点までの移動、周囲の安全確保、拉致被害者の健康状態維持など、室賀が考えなければならないことは多い。

しかし、頭を過《よ》ぎるのは、なぜ作戦が予定どおりにいかなかったかだ。もちろん、予定どおりに作戦が展開できるはずなどなく、その都度《つど》修正をすべきだからこそ、現場指揮官が存在しているとも言える。懸念は、そうした当たり前のこととは別の点にあった。

『V―07、ハイマツ、確認したい事項がある。この作戦に関連する情報を報道関係者に話したか？』

中央指揮所の幕僚は、確かにそう言っていた。作戦がテレビ報道されたとも。作戦が上層部から漏れたのなら、困ったことではあるものの、室賀の個人的な懸念にはならない。気になっていたのは、室賀自身に対して質問が投げかけられた理由だ。自分が漏洩元だと疑われているなら、漏洩先とされているのは、間違いなく琴音だろう。

衛星通信機用のバッテリーをチェックした。インジケーターを手で覆い、確認用スイッチを入れる。六十五パーセント。充分だった。

「ハイマツ、V―07、確認したい。作戦がテレビ報道されたと連絡を受けている。内容と情報の流出元について、知らせ」

「V―07、ハイマツ、要望は確認。待て」

一分以上経過しても、当番幕僚は情報を送ってこなかった。情報を伝えることがはばかられる理由が気になる。やはり懸念したとおりなのか。

「V―07、ハイマツ、情報を伝達する。報道を行なったのはテレビ毎朝。昨夜二十一時放送のニュース番組『報道スタジオ』内。自衛隊部隊が、北朝鮮領内において、ウイルス兵器を捜索しているとの内容だ。人種選択性があるウイルス兵器だとも述べている。その上で、集団的自衛権の行使が行なわれていることを問題視している。取材者については判明していないが、毎朝新聞の桐生という女性記者である可能性が高いと見られている。以上」

心臓が跳ね上がった。深呼吸をして、トークスイッチを押した。

「ハイマツ、V—07、既報告のとおり、自分は情報を流出させてはいない」

「わかっている。省内では、そちらを疑ってはいない。自殺行為だからな。しかし、他省庁と政治家はその線を疑っている」

「自分が流出させていない以上、彼女ではないはずだ」

「そちらの報告は上げてある。心配するな」

無力感に襲われたものの、北朝鮮の山中にいたのではどうしようもなかった。

「V—07、ハイマツ、了解した。次の報告は十時三十五分頃を予定。おわり」

室賀は、目を閉じ、呟くような小声で悪態をついた。

＊　＊　＊

監視役の満島は、落ち着かない様子だった。琴音に知っていることを話してくれと言った後も、遠野と西木はなかなか戻ってこなかった。

琴音は、室賀の危機を聞いたことで動揺していた。それでも、まだ自分を見失ってはいなかった。

琴音は室賀から作戦について聞いてはいない。取材は適法な範囲だった。ジャーナリストとして、原則を崩すことはできない。

211

琴音にできることは、少しでも情報を得ることだ。官僚として臨時雇いでしかない満島と一対一で話すことのできる今は、チャンスのはずだった。

「満島さんは、上海の領事館にいらっしゃったんですよね」

無言の返答と悔やむような顔つきは、そのとおりだとする返答と変わりなかった。

「北朝鮮のウイルス兵器被害から、大使館職員を守るために派遣されたんですね」

満島は俯いたままだ。問いかけても答えてくれないのなら、推測をぶつけて反応を見ることも、会話術の一つだ。

「ウイルス兵器が、本当に人種選択性を持っているとは限りません。だから、韓国は危険だと判断した。だから、満島さんが派遣された」

琴音は言葉を切り、自問自答するかのように話した。

「政府は国内に警告を出してはいない。ミサイルを防ぐことができれば、ウイルス兵器の脅威が、日本に及ぶことはないと考えているんですね」

琴音は大きく息を吸い込むと、次の一言をトーンを落として呟いた。

「でも、韓国に対してなら、爆弾にウイルス兵器を詰めることもできる。政府は韓国で感染が広がり、それが日本に飛び火することを警戒しているんでしょうね」

国境なき医師団に参加するほどの人物なら、疫病から人々を守りたいという思いは、人一倍強いはずだ。琴音が話すことが、ウイルスへの対処に役立つと考えているなら、無為に時間を過ごしたりはしないだろう。

「私のせいなんでしょうか……」

琴音は、辛抱強く待った。三十秒ほど経過した時、満島は再び口を開いた。

212

「私は医者なので、軍事的な手段はわかりません。ですが、医師として途上国で感染症対策をしていた時の経験からすれば、感染症の脅威は、見た目でわかりにくいこと。それに加えて、潜伏期間中の感染者が移動することなんです。ですから、北朝鮮が生物兵器をうまく使う手段がなくとも、ウイルスが漏れ出しただけで、韓国には感染が拡大してくる可能性もあるんです」

「感染者が移動すること、ですか……」

韓国でも、多くの人々が列車で通勤する。バスに乗る人も多い。それらの人が巨大なオフィスビルで接触し、また列車に揺られて家路につく。ネズミ算どころではない、感染者は、あっという間に増えていくだろう。その中には、避難が遅れた日本人がいるかもしれない。彼らは飛行機に乗って日本に向かう。それがたった一人だったとしても、彼が機内でくしゃみをすれば、日本に着くまでに感染者は三桁《みけた》になる。

琴音は自らの想像に怯えた。そして、日韓の移動手段には、船もあったことをふと思いだした。その時、琴音が頭の中で想像した船のイメージは、なぜか小さなボートだった。思わず苦笑が漏れた。釜山《プサン》から出ている船は、大型のフェリーだ。日本海を渡るのにボートなんて……。

背中に電気が流れたような衝撃を感じた。日本海を小さなボートで渡ることは無理ではない。途中で転覆してたどり着かないこともあるかもしれないが、日本海沿岸には、打ち捨てられた漁船が流れ着くことだって珍しくない。二〇〇七年にはボートに乗った四人の男女が青森県に漂着しているし、二〇一六年には、漁船から海に飛び込み、ビニール袋につかまって山口県に漂着した脱北者もいた。もし彼らのように、難民が感染者だったなら……。

「満島さん！」

琴音は、机に手をついて立ち上がった。満島は目を丸くしている。

「北朝鮮は、一般の国民をウイルスに感染させ、難民として送り出すんじゃないでしょうか。それに、もしかすると、軍人が自ら罹患した上で、一般人のふりをして難民として押し寄せるのかもしれません。天然痘ウイルスが生き続けることができ、増殖することができるのは、人間の体内だけです。人種選択性のない通常の天然痘ウイルスなら、北朝鮮人の体内でも生き続けられます。そして、日本にも到達することができる……」

「そんな……悪魔のような」

満島の口はわななないていた。

「北朝鮮なら、やりかねないんじゃないですか。人間を生物兵器の運搬手段として使う、悪魔のキャリアにすることだって！」

満島は視線を泳がせていた。どうすべきなのか考えながら、必死に琴音と視線を合わせないようにしていた。

「日本は、その対策ができているんでしょうか。もし、そんなことをされても、日本は、いえ、アメリカだって、韓国だって、ボートを海上で撃沈することなんてできないでしょう。舟が少なければ、洋上で拿捕(だほ)することができるかもしれません。でも、何百艘もやってきたら、とても全てを拿捕することはできないですよね。そして、感染した難民があちこちに上陸して発病する。病院に駆け込んでくれれば、まだいいかもしれません。でも、警察に捕まることを恐れて隠れていたら、彼らはあちこちでウイルスをばらまくことになります」

琴音は、思い付いた仮説を一気にまくし立てた。満島は、泳がせていた視線を琴音の瞳に合わせた。そこには、恐怖とその恐怖に立ち向かう医師という名の戦士としての勇気が輝いていた。

214

「ここから動かないでください。いいですね。私は報告に行ってきますが、逃げちゃダメですよ。いいですね」

琴音は肯いた。逮捕されてはいないのだから、逃げ出したってかまわないはずだ。だが、それでは問題解決にならないと思った。

「早く行ってください」

＊＊＊

十時三十五分、時計を睨んでいた室賀は、衛星通信装置のスイッチを入れた。

「ハイマツ、V―07、状況報告」

「V―07、ハイマツ、送れ」

予告してあった報告時刻のためか、すぐに応答が返ってきた。

「特異事項なし。潜伏継続中。全員健康だが、拉致被害者等の疲労は回復していない。敵情は不明。離陸予定地点で確認された敵部隊は、その後確認されていない。報告は以上、送れ」

視界の隅に、拉致被害者らの一人が目に入った。相手は、蓮見と高堂だった。

「了解。救出作戦の概要が決定した。夜を待って、洋上のヘリ搭載護衛艦《DDH》より、ヘリを地形追随飛行《NOE》により強行進出させる。日没後にV―07が行動を開始する前提で、降着地点を選定中。なお、海岸線を突破する際にヘリの行動が露見する可能性が高いため、他方面で陽動を実施する。質問はあるか」

「出発前のブリーフィングでは、ヘリは危険が高いため、気球による離脱が計画されたと聞いている。状況の変化はあったのか。送れ」

揉めていたのは小林医師の妻尚子《なおこ》だった。今にも騒ぎ出しそうに見えた。

「空自及び米軍による攻勢対航空作戦は継続中。北朝鮮の航空作戦能力は、かなりの低下が見られる。ただし、低空域の防空火器は、ほとんどが稼働状態にある。そのため、航空機による迎撃を受ける可能性は低いが、対空火器による攻撃を受ける可能性がある。現在、周辺の防空火器配備を偵察し、脅威評価実施中。降着地点は、防空火器を回避して接近できる地点を選定する予定。以上、了解か。送れ」

中央指揮所からの回答を聞いている最中に、蓮見と高堂は、尚子に迷彩色のポンチョを着せていた。

「V—07了解。終わり」

対空火器が生きているとなれば、防空火網の穴を縫うようにして抜けてくるしかないのだろう。リスクを承知した上での作戦だった。北朝鮮は夜間作戦能力が低い。防空火器も、夜間戦闘能力のない目視照準の対空機関砲がほとんどだ。

「夜まで我《われ》の存在を秘匿できれば、なんとかなるか」

室賀は誰にも聞こえないよう、独りごちた。そして、音を立てないように高堂に近づいた。

「どうした?」

「小林さんの奥さんが、トイレに行きたいと言い出しまして。ここで、携帯トイレですますように言ったんですが、どうしても嫌だと……」

「それで、ポンチョを着せて外に出したのか?」

「はい。警戒線の外には行かないように言いました」

連れ戻すことも考えた。しかし、今からそんなことをすれば、かえって騒ぎになりそうだった。

「仕方ない。警戒要員に姿を追わせておけ」

「わかりました」

＊＊＊

報告がすめば、満島は駆け戻ってくるだろう。琴音は一睡《いっすい》もしていないぼやけた頭で、これからどうすべきか思案した。クリーム色に塗られた会議室の壁が、やけに寒々しく見えた。

新聞社にとって、最大のネタ供給源は警察だ。事件報道は言うに及ばず、災害や事故においても重要な情報源だったし、政治面でも汚職がからめばネタ元になる。それだけに、警察の組織としての体質も、嫌と言うほどわかっていた。

体面を最重要視する体質は、間違いを認識しても、それを改めることはない。一度逮捕したり、拘束した対象は、その後の情報で無実だと認識したとしても、有罪まで追い込むのが常道だ。

「正論を言ってみたところで、無理か……」

琴音が不正な手段で情報を入手したのなら、それを漏洩したのは室賀であるはずだった。そうであれば、彼は自らの身を危険に曝す情報を流したことになる。合理的に考えればありえない構図だが、警察は証拠を出せとしか言わないだろう。組織としての思考が、えてして非論理的になることは、毎朝新聞の社内を見ても理解できる。

「ダメ元だよね」

琴音は取引を持ちかけてみることにした。飴と鞭《むち》を組み合わせて、うまく提示することが必要だった。満島が戻ってくるまで、琴音は頭の中でシミュレーションを繰り返した。

廊下を駆ける足音に続いて、ドアが乱暴に押し開かれた。

「よかった」

満島は肩で息をしていた。琴音が逃げ出しているのではと、気が気ではなかったのだろう。

「間に合いそうですか?」

「わかりません。でも、手は打ってくれるでしょう」

ということは、やはり難民を使う手法に対しては無策だったようだ。遠野や西木、その他の生粋《きっすい》の官僚ならば、これほど脇は甘くなかっただろう。

「そうですか。よかった」

琴音は、少し大げさに安堵の様子を見せた。満島の息が落ち着くのを待って、次の一言を繰り出す。

「満島さん、報道が生物兵器対処を行なっている部隊を危険に曝しているなら、それは私の本意じゃありません。社はどうかわかりませんが、疫病から人々を守りたいという思いは、あなた方医療関係者と同じです」

この言葉に嘘はなかった。

「私の父、それに祖父も医者でした。彼らが多くの人を助けるところを見て育ちました。私自身は一般の人に正しい医療知識を持ってほしいと考えて新聞記者になりましたが、疫病の恐ろしさは、国内だけで医療行為を行なっている医者よりもわかっているつもりです」

国境なき医師団でエボラウイルスと戦っていた満島は、琴音以上に疫病の恐ろしさを目にしている。

「それに、あの人に生きて帰ってきてほしいんです！」

これも本音だった。素人が芝居をしても通用しない。しかし、本音ならば、満島の心にも届くのではないか。

満島は口を開かなかった。それでも、その顔には苦悩が表われていた。

「メディアは、特ダネであるほど、一度に情報を報じません。週刊誌が複数回に分けて特集するのは、売り上げを稼ぐためだけじゃないんです。注目が大きくなるのを待って、次の情報を出します。今はネット時代ですから、話題性が大きなものほど、一度報じた内容が、ネットで拡散するまで、次の情報放出を待つんです」

琴音は待った。言葉の意味が、満島に理解されるまで。

「テレビで報じられた情報は、私が社に報告した全てではありません。いつ報道するつもりかは、わかりませんが、続報で追加情報が報道されるはずです」

「どんな情報が報じられるんですか？」

満島の唇は、わななていいた。

「それは、お話しできません。でも、私がここでお話しした内容は、テレビで報じられた情報よりも多いはずです。それだけでも、続報として流すネタがあることはわかっていただけるはずです」

「桐生さん。あなたにお話を伺っているのと同時に、テレビ毎朝と毎朝新聞には、警察庁から話が行っているそうです。続報を流せば、今以上に違法行為として罰せられることになります。会社としては、続報を差し控えるんじゃないですか？」

琴音は、ゆっくりと首を振った。

「うちは、そんな甘い会社じゃありません。私自身、考えが社の方針に合わない時もありますが、それでも取材源の秘匿は絶対です。警察が何を言ったとしても、報道を変えることはありませんし、取材源を明かすこともありません。それで訴追されたとしても、「冤罪だとして批判するだけです。逆に、警察が圧力をかけるようなことがあれば、反権力こそジャーナリズムの存在意義だと考えている人を強硬にさせるだけです」

満島は、ちらちらと廊下の方を窺っていた。遠野と西木に早く戻ってきてほしいのだろう。琴音は、その二人が戻ってくる前に、満島を説得したかった。

「この聴取は任意同行ですよね。いつまでも、私をここに置いてはおけないはずです。それに、社にも警察から話が行っているなら、今頃、社の顧問弁護士がこちらに向かっているかもしれません。任意同行にせよ、逮捕状をとって逮捕したにせよ、弁護士との面会を拒むことはできないはずです。難民を使ってウイルスをばらまくという方法に対して、政府が無策である事実を彼に告げれば、それを報じることは、違法でもなんでもないはずです」

琴音の言葉は脅迫だった。それまで青かった満島の顔が、みるみるうちに紅潮した。

「部隊を危険に曝すことは本意じゃないと言ったじゃないですか！」

「ええ本意じゃありません」

琴音は、言葉を区切るようにして、はっきりと告げた。

「じゃあ、どうしてそんなことを言うんですか？」

「取引してほしいんです」

「取引？」

満島は怪訝そうな顔を見せた。

「ええ、取引です。もし、この件で独占的な取材をさせていただけるなら、部隊が危険な状態を脱

220

し、生物兵器の危険性を排除できるまで、社に報道を一時的に控えさせます」

琴音個人としては、独占取材を取り付けたいと思っていたわけではない。しかし、満島にこの話を信用させるためには、琴音が利益を得たがっていると思わせたほうがよかった。それに、社にこの取引を呑ませるためにも、利益を与える必要がある。

「できるんですか、そんなことが?」

明らかに疑っている様子だった。

「わかりません。社が提案を呑んでくれるかどうかはわかりません。でも、私は部隊を、それにあの人を守りたいんです。提案を呑んでくれるように説得します」

「桐生さんはまだお若い。言ってはなんだが、一記者にすぎないでしょう。そんな方が言ったところで、会社が方針を変えますか?」

一歩前進。琴音のことは信じる気になってくれたようだ。社の対応は、琴音自身もわからない。嘘をついたら、琴音自身に対しても疑念を持たれてしまうだろう。

「私の立場は、関係ないはずです。取引は、社と政府が交わすものですから。私はそれを伝えるだけ。社がどう判断するかは、正直に言ってわかりません」

満島はまだ迷っていた。親指の爪を噛んでいる。

「北朝鮮が難民を使って生物兵器の散布をする可能性があること、そして、政府にその備えができていなかったことは、私も先ほど気がつきました。当然、社にも報告していません。弁護士が到着すれば、私はこの情報を弁護士を通じて、社に報告することもできます。でも、そのことが報じられれば、北朝鮮はこの動きにも対策をとってしまうかもしれません。私は、市民だけでなく、生物兵器に対処している自衛隊も助けたいんです。この情報を報じることが遅れてもかまいません。社と話をさ

221

せてください」

まさに飴と鞭だった。政府にとって都合の悪い特ダネを保留するという利益をちらつかせながら、さもなくばこの特ダネを流すと脅しているのだ。

「この情報を報じるだけでなく、このことについて、政府関係者から直接にインタビューができるなら、報道を遅らせるだけの価値は充分にあります。社だって、乗ってくる可能性があるはずです」

満島は、爪を噛むことをやめた。大きく息を吐き出す。

「どうやって、社と話すつもりですか。電話させたとたんに、難民の話をされては困りますよ」

琴音は飛び上がりたい思いをこらえ、努めて冷静に答えた。それでも、自分の声が弾《はず》んでいることは、嫌でもわかった。

「メールならどうでしょう。送信する前に、文面はわかります」

「確かに、そうですね……」

満島は半信半疑の様子だ。琴音は待った。もう言うべきことは伝えた。

「報告してみます。ここにいてくださいよ」

「逃げるつもりなら、先ほどの機会に逃げてます」

満島は、「なんで私が……」とぼやきながら、会議室を出て行った。

＊＊＊

「まだか？」

室賀は苛立ちを隠せなかった。高堂は、尚子に警戒線の外に出ないよう注意したという。しかし、どうしても隠れて用を足したいのか、尚子は散開する警戒要員のラインを越えて先に行ってしまったらしい。

すぐに後を追わせるべきだった。室賀は後悔していた。尚子が、警戒要員の視界から消えて、すでに二分が経過していた。

「まだです」

馬橋の声も緊迫したものになっている。彼も後悔しているのだろう。現在、警戒についているのは彼が指揮する一分隊員だ。

「箕田、二分隊で捜索してくれ。小林さんの奥さんが向かった方角を中心に実施、範囲は任す。追撃部隊に拉致された可能性もある。遭遇に注意してくれ」

「了解！」

箕田は休んでいる隊員を叩き起こすと、すぐさま捜索の命令を飛ばした。

「申し訳ありません。ご迷惑をおかけして」

小林は恐縮していた。

「小林さん、奥さんは自らの意思で戻った可能性はありませんか？」

「それはありません。妻は帰国事業で北朝鮮に渡った在日二世ですが、すでに親族は他界しています。頼れるのは私だけのはずです」

「そうですか」

それでも、どこか不安が残った。

「一応、奥さんの荷物を確認してください」

「わかりました」

小林は二人の荷物が置いてあった場所に戻ると、小さな布製のリュックサックを開いた。荷物は多くない。

脱出のため、体温調節に使う衣料以外は、持ってこさせなかったからだ。小林が、リュックサックをひっくり返すと、最後に小さな手帳が落ちてきた。小林はページをめくって中をチェックした。

小林の顔が、見る間に青ざめた。彼の指は、あるページで止まっていた。

「どうしましたか」

室賀が問いかけると、小林は震える手で手帳を差し出した。室賀も息を呑んだ。それは、小林に宛てた、別れの手紙だった。尚子の両親は、死亡してはおらず、政治犯として収容所に入れられていた。その両親を殺さないことを条件に、小林の監視を命じられていたようだ。

尚子は逃走した。部隊の位置が敵に露見すれば、きわめて危険な状態になる。室賀は、背中を流れる汗を感じた。即座に移動することを考える。しかし、はたして単に逃走しただけなのか。反射的に行動する前に、思考を巡らせる。北朝鮮側にとって、尚子の最も有効な使い道は何か？

「蓮見！」

室賀は声を潜めなかった。その声に、蓮見は驚きの表情を浮かべて振り返った。

「ウイルスをチェックしろ！」

意味を察した蓮見は、素早くキャリングケースを開けた。

「ない。一本足りない！」

ウイルスを入れたバイアルと呼ばれる小瓶が、一本なくなっているという。どうするべきか、即座に決定する必要がある。

研究所は破壊した。内部にあったウイルスは、室賀たちが持ち去ったものを除いて死滅したはず

224

だ。尚子が、事前に指示をされていたのかどうか不明だが、他にも北朝鮮内に、保管されているウイルスがあるなら、バイアルを奪う必要はない。室賀たちが持ち去ったものが、残された全量だった可能性が高い。そうだとすると、尚子の手にあるバイアルが、現在北朝鮮側の手にある全てなのだ。ウイルスは、極微量でも充分に兵器として使用可能だ。

「全員集合、小林氏の奥さんを追跡、確保する」

北朝鮮軍は尚子を確保しさえすれば、室賀たちを追う必要がないはずだ。室賀は急いで衛星通信装置を立ち上げた。

＊＊＊

サンドイッチのパンは、時間が経ってぱさついていた。朝食用として調理されたものだった。食欲が湧かず、危機管理センター脇に設けられた首相控室に、置かれたままになっていた。秘書官が、嫌でも食べてくださいと言うので、仕方なく口にしようとしていたところだった。御厨が、サンドイッチにかじりついた時、その秘書官が駆け込んできた。

「ウイルスが、北朝鮮側に奪われました！」

慌てて飲み込もうとして、喉が詰まった。なんとかコーヒーで流し込む。

「どういうことですか！」

「とにかくセンターへ」

開け放たれたドアを抜け、御厨は中央にある自分の席に着いた。すでに、画面には日高の強面（こわもて）が映っている。

225

「回収したウイルスを入れたバイアルのうちの一本が、同行していた拉致被害者家族の一人に奪われました。拉致被害者の監視を命じられていた模様です。V—07は、バイアルを奪還すべく、逃走した拉致被害者家族の追跡を開始しました」

御厨は頭が真っ白になった。なぜそんな事態になったのか、対処はそれでよいのか、誰の責任なのか、思考が定まらなかった。呆然としていると、苫米地が口を開いた。

「拉致被害者はどうするんだ?」

「部隊はわずか二個分隊しかなく、部隊を分けることは危険です。また、逃走した拉致被害者家族が女性であることにも鑑み、拉致被害者らを連れたまま追跡しております」

拉致被害者が危険に曝されるのではないか、そんな思いが浮かんだが、御厨が発言する前に苫米地の声が聞こえた。

「追跡の必要があるのかね?」

「北朝鮮がバイアルを奪う必要があったとすれば、研究所の破壊後、残されたウイルスは、奪ったもののみだったということになります。北朝鮮に、ウイルスを渡すことはできません」

「奪う必要があったのかね。単に、土産として持って逃げた可能性もあるんじゃないか?」

「その可能性は否定できません。研究所からの逃走後に、北朝鮮側から指示を受けられたとは思えません。とっさの判断だった可能性はあります。その場合は、奪われたウイルスを無視し、逃走すべきと考えられます」

拉致被害者家族が逃走する前に苫米地の判断は、そもそもウイルス奪取作戦の必要性に否定的だった。アメリカへの配慮から、作戦を実施させているにすぎない。

「では、なぜそのように命令しない」

苫米地は、そもそもウイルス奪取作戦の必要性に否定的だった。アメリカへの配慮から、作戦を実施させているにすぎない。

「残されたウイルスが、V—07が回収したもののみであった場合、追跡する必要性はきわめて大です。奪われたバイアルを処理できれば、ウイルス兵器の脅威を排除可能です。加えて、逃走者と部隊の行動能力を鑑みれば、捕捉できる可能性も大です。現場指揮官もそのように判断して、行動しております」

「逃走に専念するよう、今からでも命令できるのではないか？」

「すでに部隊は行動中です。通信は衛星を使っております。現時点では連絡がとれません」

「そうか」

御厨としても、拉致被害者の生命を最優先させたかった。しかし、あえて口は挟まなかった。苫米地にしても、あくまで質問しかしていない。もし命令していれば、後で糾弾される原因にもなる。政治家としてのリスクヘッジだった。

このウイルス奪取作戦に対しては、当初から統幕と政府の間で温度差があった。拉致被害者の救出を任務に加えることに続き、その温度差が表面化した事態だ。御厨は、もし問題が起きた場合は、統幕に責任を負わせることを考えていた。

　　　＊＊＊

尚子は必死に走った。研究所を出る時に、なるべく動きやすい靴を履くように指示され、ゴム底の運動靴を選んだ。それでも、何度も転びそうになった。下草が少ないことが、何よりの幸いだった。

息が上がり、めまいがした。それでも、振り返ることなく必死に走った。

227

——「どこに落としたか、見当は付いていますか?」

蓮見と名告った自衛官がついてきていた。二人は、ここまで乗ってきたボンネットトラックに向かっていた。

「はい。多分座席の下にだと思います」

トラックは目の前に迫っていた。

「急いでください。私は、周囲を監視しています。拘束している朝鮮人研究者には近づかないように」

「わかりました」

尚子はリアバンパーに足をかけると、幌のフレームを摑み、なんとか体を引き上げた。荷台の奥に、縛られたまま転がされた朝鮮人研究者がいた。蓮見が荷台を覗き込んでいないことを確認し、駆け寄った。

「追撃部隊を発見したので、徒歩で逃げるようです。どうしたらいいですか」

口に貼られたガムテープを、音を出さないように注意して剝がした。

「ウイルスを奪え。一つでいい。あれしかないのだ。奪って部隊に渡せ」

「わかりました」

尚子は縄をほどこうとしたが、固く縛られていたため、緩む気配はなかった。

「私はいい。怪しまれないうちに戻れ」

尚子は荷台から注意して降りた。蓮見は、律儀に周辺を警戒していたようだ。こちらに背を向けていた。

「ありました」

228

尚子は、最初からポケットに入れていた薬を見せた。

「すぐ戻りましょう」

尚子は、蓮見に続いて走った——。


今は一人で走っている。道路が北にあると言っていた。原生林の中、太陽の方角が正確にわからない。それでも、太陽に背を向けるようにして走った。

小林とは二十三年間も一緒にいた。隠れてピルを飲み続けたため、子供はいない。それでも、二十三年という歳月は、情をかけずに過ごすには、長すぎる期間だった。小林と別れること、そして日本に行けば幸せに暮らせるであろうことを考えると、気持ちが萎《な》えそうになった。

しかし、もし小林と逃げてしまえば、両親は殺される。それも、凄惨《せいさん》な拷問にかけられて殺されることは確実だった。それだけはできなかった。

谷筋を挟んで道路が見えてきた。あそこまで行けば、道路を走れば、女の足でも逃げきって部隊と接触できるはずだ。

谷を下ろうとして、足を踏み外した。幸い、滑落《かつらく》は逃れたものの、必死に摑んだ笹の葉で手を切った。傷口を舐めると、血の味は苦かった。

＊＊＊

V—07は二人一組のバディを組み、散開して尚子を追った。原生林の木立ちに遮られ、視界が利かない。隣のバディを視認可能な距離を保つ。足跡を追うことも考えたが、地面に深く積もった腐葉土《ふようど》が足跡を消してしまっていた。室賀と蓮見は拉致被害者を連れ、散開した部隊を追う。

「もう追いついてもいいはずだな」

ペースを拉致被害者の足に合わせている。室賀と蓮見はかなり余裕があった。

「そうですね。女性の足ですから」

室賀は無線機のトークスイッチを押した。

「ヒダおよびチクマ、こちらフカシ一、集合、現在位置」

了解を告げる応答に続き、息を切らした隊員が集まってきた。

「歩いてきた経路を戻るだろうと推測したが、当てが外れたようだ。迷いそうな地形はあったか？」

口々に『なし』という小気味《こきみ》のよい答えが返ってくる。研究所跡に戻るつもりだったとしても、地図もコンパスも持たずに、目的地を目指せるとは思えなかった。

「案のある者は？」

「道路を目指した可能性はどうでしょうか。我々の報告を聞いていたとしたら、北側に車両が通行できる道路があることは認識していたはずです」

高堂だった。無線交信には、骨伝導マイク、イヤフォンを使用しているものの、話す際には囁き程度の声は漏れる。

「他には？」

妙案はないようだった。

「よし、S－15に戻って、北に向けて捜索を再開する」

「フカシ一、ヒダ五、T《タンゴ》発見、前方の沢を越えた先、道路まで約二〇メートルの位置」

ターゲットである尚子を、やっと発見した。しかし、道路に出られてしまうと厄介だった。

「ヒダ五、フカシ一、足止めできないか？」

「小銃で足を狙い撃つことは可能。実施するか？」

「射撃は行なうな。追跡を継続せよ。繰り返す、射撃は行なうな」

部隊は、拳銃用のサイレンサーしか、携行していなかった。銃口からの音を消したとしても、音速をはるかに超える速度の小銃弾は、衝撃波がかなりの音として響いてしまう。

「了解。追跡を継続する」

室賀は、道路上に出て尚子を追いかけるべきか考えた。女性の足でも道路上を逃げられたのでは、森の中を走って追いつくには時間がかかる。その一方で、道路上を追った場合、敵の車列が現われれば、発見されてしまう可能性も高い。

難しい選択だったが、次の報告で別の決断を迫られることになった。

「フカシ一、チクマ七、東方向より車列が接近」

尚子と敵部隊の接触は避けられなかった。拉致被害者を連れ、後方から追いかけている室賀の位置からは、まだ道路も車列も見えない。室賀は、拉致被害者を蓮見に任せ、走った。

「チクマ七、フカシ一、敵情詳細を報告せよ」

「フカシ一、チクマ七、車列は七両。前後二両ずつ四両はジープタイプ。中央三両は、装甲車両」

装甲車両は、小銃では止められない。戦闘が避けられない場合を想定して携行したカールグスタフも一門のみだ。

「チクマ七、フカシ一、ジープタイプを攻撃して、車列を足止めできそうか？」

「フカシ一、チクマ七、道路幅が狭い。車両が谷に転落しなければ、足止めは可能と思われる。道路までの距離は、約二〇〇」

室賀は決断した。足を止め、衛星通信装置を準備する。

「ヒダ五、フカシ一、Tの状況を報告せよ」

「道路上を、車列に向かって走っている。まもなく車列と接触する」

「全ヴィクター、車列を攻撃可能な位置まで前進。ヒダ一、攻撃の指揮を執れ。目的は、車列の移動阻止。こちらはサーモバリック弾の投弾を要請し、ウイルスごと焼き払う」

「フカシ一、ヒダ一、了解」

攻撃指揮を任された馬橋は、無線で部隊展開と各人の目標指示を命じていた。室賀はその声を聞きながら、中央指揮所を呼び出した。

「ハイマツ、V—07、逃走した小林尚子を発見したが、敵部隊との接触を阻止できない。敵部隊を攻撃して足止めする。サーモバリック弾の投弾を要請する」

「V—07、ハイマツ、要請は了解。そちらの意図を確認したい。目的は、ウイルスの焼却と理解する。小林尚子の殺害は、やむなしの判断か?」

「そのとおり。車列は止められそうだが、距離がある。我々の攻撃だけでは、徒歩での逃走を阻止できない」

「了解。航空攻撃統制官との通信周波数は、BQR。投弾許可は、こちらで判断する。細部は、航空攻撃統制官と調整せよ」

「ハイマツ、V—07、了解」

骨伝導イヤフォンを通して、射撃の命令を下す馬橋の声が聞こえた。続いて、銃声が響く。室賀が、中央指揮所との通信を終えたところに、蓮見と小林たち、拉致被害者が追いついてきた。

232

「待ってください。サーモバリック弾というのは、研究所に落とした爆弾と同じですよね。あんなのを落としたら、妻も巻き添えになるんじゃないですか？」

室賀は、言葉に詰まった。それでも、対空無線機を準備する手は動かした。非情な決断だった。指揮官としては、その決断を下さなければならない。

「助けたいという思いは理解しますし、可能であれば実行します。しかし、どのような事情があるにせよ、奥さんの行なっている行為は敵性行為です。この状況で、そのような方の救出に、リスクは冒せません」

「そんな……」

小林は絶句していた。無理もない。大きな声を上げないようにはしていたものの、小林はなおも懇願を止めなかった。蓮見が、彼の両肩に手を置いた。

「億にも届きかねない被害を防ぐためなら、一人の犠牲は許容すべきリスクとするのが戦場での考え方なんです」

『許容すべきリスク』、室賀には、その言葉がわざと使った皮肉に思えた。

「あんたらは、独裁者親子と同じだ！」

「そうかもしれません」

蓮見がそう言うと、小林は拳を握りしめて耐えていた。

「ヒダ一、フカシ一、目標位置送れ」

室賀は二人を無視して、戦闘に集中した。ＡＷＡＣＳに搭乗している航空攻撃統制官との通信を行なうと、敵の電子戦活動で位置が曝露してしまう可能性がある。通信は最小限にすべきだった。

「フカシ一、ヒダ一、Ｔとの接触のため、停止した前後車両のドライバーを狙撃、装甲車両の一両を含む一部車両を破壊。目標位置40.23856433、127.9364976。なお、Tは敵部隊に射殺された。ウイルスは、敵部隊の手に渡った模様」

室賀は、即座に対空無線で目標位置を指示した。蓮見が妻が殺害されたことを告げると、小林は泣き崩れた。

＊＊＊

情報が不足しているものの、北朝鮮の状況は、中国をバックにした反体制派が掌握しつつあるようだった。しかし、それだけに、独裁者に忠誠を誓う弾道ミサイル部隊や親衛隊などは、過激な行動に出ていた。弾道ミサイルも、発見される危険を承知で強引な動きをとっているため、発射される弾数も増えていたが、地上で撃破される数も増えていた。

御厨にとって、日本の領域まで飛来したミサイルがないことが、何よりの幸いだった。一発でも到達し、被害が出れば、世論の反応は予想ができない。つい先ほど、二分ほど前に発射された弾道ミサイルが、アメリカのイージス艦によって迎撃されたとの報告が入った。御厨は、ほっと胸をなで下ろし、コーヒーに手を伸ばした。

メインスクリーンには、弾道ミサイル防衛の現況が表示されている。右側のスクリーンには、時系列でトピックスが表示されている。御厨や苫米地の判断を仰ぐほどではない事項は、ここに表示され、流れてゆく。御厨はコーヒーを口にしながら、トピックスを眺めていた。

『12：46　Ｖ―07、敵部隊の撃破と、奪われたウイルスを焼却するため、サーモバリック弾の投下を要請』

234

そして、二行の関係のない情報に続き、次の一文があった。

『12：47　V—07要請のサーモバリック弾投下を許可』

「日高統幕長！」

画面は表示されていなくとも、官邸の危機管理センターと防衛省の中央指揮所の音声は繋がれたままだ。すぐさま、中央のスクリーンが切り替わり、日高の顔が映された。さすがに、疲れが見える。

「はい。聞こえております」

「V—07のサーモバリック弾投下要請を許可したのですか？」

「はい、先ほど、四七分に許可しております」

御厨は、彼女の懸念を日高が全く意に介していないことに腹を立てた。

「逃亡した拉致被害者は、保護したのですか？」

すでに保護ずみなら、気にする必要はない。しかし、そんな報告は受けていなかった。

「逃亡したのは拉致被害者ではなく、帰国事業で渡った在日朝鮮人です。北朝鮮官憲の命令を受け、拉致被害者を監視していたことが判明しております。ウイルスを奪ったことを含め、非合法戦闘員とみなしております」

「その報告は受けていません。自らの意思で、北朝鮮官憲に協力していたのですか？」

日高は、釈然としない表情を見せていた。そんな些事《さじ》までいちいち報告していられるか、と思っている様子だった。

「こちらで得ている情報は、今報告した、北朝鮮官憲の命令で拉致被害者を監視していたという事実、及びウイルスを奪ったという事実のみです。以上の情報で、非合法戦闘員と判断することは、問題ないと考えております」

「国際法上の問題ではありません。世論に非難される可能性が問題なのです。強制されていたのか、それとも自らの意思なのかを確認するように。それができるまで、爆弾の投下は許可してはなりません」

御厨としても、作戦の細部に介入しすぎることが軍事行動に支障を来《きた》すことは認識していた。ベトナム戦争では、政府の介入によって、死ななくてもすむ多くの米兵が死亡している。

それでも、政権が吹き飛び、野党が再び政権をとるようなことになれば、状況はもっと悪くなると考えていた。

日高は苦虫を噛み潰したような顔で、『了解しました』とだけ答えた。

＊＊＊

「マンタ、V―07、投弾はまだか？」

室賀は焦っていた。携行してきた武器だけでは火力が不足している。馬橋の報告では、破壊された装甲車を谷側に落とし、動ける装甲車が離脱しようとしていた。

「V―07、マンタ、一度出された投弾許可がキャンセルされた。現在、投弾が許可されるよう調整中。サーモバリック弾搭載機は、上空に到達。許可が下り次第、投弾する」

「マンタ、V―07、了解。くそっ」

思わず毒突きながら、室賀は、対空無線機の交話機を左肩で耳に押しつけると、衛星通信装置に取り付いた。

「ハイマツ、V―07、サーモバリック弾の投弾が間に合わないと、敵部隊を取り逃がす。ウイルスはすでに敵部隊の手にあるぞ！」

「V—07、ハイマツ、状況は理解している。投弾をキャンセルさせたのは官邸だ。小林尚子の状況を送れ」

「小林尚子は敵部隊に射殺された」

「了解。そのままスタンバイ」

　毒突く言葉も出てこなかった。何が起こったのかは室賀にも想像できた。指揮系統の上位に軍事の常識が通用しない政治家がいることを考えれば、尚子が射殺された段階で報告すべきだった。

「現場でそんなことまで配慮できるか！」

　V—07内の無線、航空攻撃統制官《マンタ》との対空無線、中央指揮所との衛星通信装置、三つの通信機に耳を傾けながら、室賀は部下と敵部隊の銃撃音にも気を配っていた。

　傍らでは、怯える拉致被害者を蓮見が落ち着かせようとしていた。

「V—07、ハイマツ、投弾は許可された」

「フカシ一、ヒダ一、装甲車二両の阻止に失敗」

　中央指揮所からの通報と馬橋からの報告は、同時だった。室賀は、どちらにも答えることなく、航空攻撃統制官との対空無線に吠えた。

「マンタ、V—07、投弾要請はキャンセル。投弾要請はキャンセル！」

「V—07、マンタ、了解。爆撃機はしばらく上空でスタンバイさせる」

「マンタ、V—07、了解。感謝する。再度要請する可能性あり」

「V—07、マンタ、了解」

　室賀は、馬橋を呼び出した。銃撃音はすでに聞こえなくなっていた。装甲車は視界から消えているのだろう。

「ヒダ一、フカシ一、状況送れ」

「フカシ一、ヒダ一、装甲車二両が破壊された装甲車を谷川に押し落とし、東側に逃走した。ウィルスは、逃走した装甲車に回収されたように見えた。その他の車両に乗っていた敵は、ほぼ制圧。現在抵抗は見られない」

「了解。使えそうな車両はあるか」

「ジープは、搭乗者を撃ったため、走行できる可能性がある」

「了解。確認しろ。装甲車を追うぞ！」

馬橋は即座に了解すると、命令を下していた。室賀は中央指揮所に状況を報告し、車両が使えれば、取り逃がした装甲車を追うことを報告した。同時に、中央指揮所からは、救出用のヘリを護衛艦から発艦させたと連絡を受けた。日は高く、ヘリが目視で狙われる可能性があるものの、強行せざるをえないと判断したようだ。

投弾がキャンセルされた状況など、気になっていることは山ほどあった。しかし、そんなことを話している余裕もなかった。

「蓮見、移動するぞ」

室賀は、衛星通信装置を片付けると、拉致被害者らをつれ、銃声が聞こえた方角に走り出した。気がかりは、使える車両の数だった。報告では、車両はジープタイプの勝利四一五だろう。部隊だけでなく、拉致被害者まで連れている。箱乗りどころか、新興国で見られるような、車外にはみ出すような乗り方をしたところで、三両なければ乗り切れない。

室賀が道路に到着すると、ガラスが割れ、あちこちに弾痕が見られるものの、三両の勝利四一五が並べられていた。拉致被害者たちを最後尾の車両に詰め込み、室賀たちはすぐさま出発した。敵と遭遇する可能性があるため、三両目は若干距離をおいてついてこさせた。

車体の各部が悲鳴を上げながら走り出すと、室賀は地図を確認して、対空無線で航空攻撃統制官を呼び出した。

「マンタ、V―〇七、サーモバリック弾の投弾要請。投下地点は、先ほどの要請場所と同じ。続いて、通常爆弾での爆撃要請。投下地点はサーモバリック弾を投下要請した道路上、東二〇キロほどにある橋。こちらを優先されたい」

航空攻撃統制官は、直ちに上空に待機していたF―2からサーモバリック弾を投下させるとともに、通常のJDAMを搭載したF―2を進出させ、橋を爆撃させると言っていた。投弾完了の連絡を受け、一分程経過した後、背後から爆音が響いた。

ウイルスを奪った敵部隊が、ウイルスの扱い方を理解しているとは限らない。戦闘の最中に、ウイルスが漏れ出した可能性があった。少なくとも、戦闘のあった場所は、焼き払うことでウイルスを死滅させられたはずだ。そして、装甲車が町に出るための経路も潰した。

「全ヴィクター、フカシ一、装甲車二両は引き返してくる可能性がある。遭遇した場合は、直ちに下車散開して戦闘。敵が突破を図る場合は、乗車している先頭車両を燃やして突破を阻止せよ。なお、フカシ二は、拉致被害者を乗車させたまま、距離をとって待機、状況によっては自己判断で退避。了解か。送れ」

全員の了解報告を確認し、室賀は、前方を睨んだ。

239

＊＊＊

　いついかなる時でも余裕を感じさせる原外相も、今日ばかりはそうは見えなかった。御厨の右側、
官房長官の隣から、張り詰めた声を上げた。

「今入ってきた情報を報告します」

「北朝鮮は、ウイルスの拡散手段として、難民を使用する可能性が考えられるとの情報です。ソース
は、在韓国日本大使館に勤務する医務官とのこと。例の新聞記者を尋問する中で得た情報のようで
す」

「同様の情報は、防衛省でも摑んでいますか？」

　御厨は、左側の席にかける苫米地に問いかけた。

「いえ、私は聞いておりません……。日高統幕長！」

「こちらにも、そのような情報はありません」

　画面に映った日高が答えた。では、考慮する必要のない情報だろうか。

「よろしいでしょうか」

　おずおずと声を上げたのは、何度か発言している男だった。

「防医大校長の笹島です。難民をウイルスの運搬手段として使用する方法は、非常に効果的かもしれ
ません」

　不気味な発言に、危機管理センターは凍りついた。

「ウイルスは、宿主の体内でのみ複製を作ることができます。難民一人を感染させれば、感染力の強

い天然痘などの場合、きわめて多くの感染者を作り出します。それに、ウイルスの感染後、潜伏期間中は自覚症状がなく、それまでと変わらずに行動できます。天然痘の潜伏期間は七日から十六日です。この間に、日本に到達すれば、日本国内で感染が広がる恐れがあります」

「難民の発生状況は、どうなっていますか?」

御厨は、再び原を見た。

「現在のところ、関係各国の協力を得て調べております。事前に作成した予測ほどには至っておりませんが、かなりの難民が確認されております。防衛出動の発令後に中朝国境を越えた難民は七千人ほど、三十八度線を越えて韓国に渡った者も二千人ほどと報告されております。船舶での難民については数が把握できておりませんが、少数が韓国に到達しているようです」

御厨は、次に苫米地を見た。

「自衛隊では、難民の乗った船舶を発見した場合、海保に情報伝達を行なっております。現在までのところ五艘の漁船を発見したのみです。ただし、漁船を発見した場合に、難民が乗船しているかどうかのチェックをしてはおりません。五艘というのは、明らかに難民とわかる乗船者がいた場合の報告数です。総数は、もっと多いはずです」

警戒すべきであるように思えた。それでも疑問が残っていた。

「船舶で難民になる者も、行く先は韓国、中国が多いのではないですか?」

距離も近く、韓国なら同民族で言葉も通じる。わざわざ苦労して日本に行く必要はない。

「恐らく、ご想像のとおりです。日本にまで来るのは、以前からあったように、機関の故障で漂流する者くらいでしょう」

苫米地の言葉を聞いて、御厨は人心地《ひとごこち》がついた。それを再びかき乱したのは、スクリーンに映る日高だった。

「軍事的な観点から言わせていただけば、北朝鮮は意図的に日本に向かわせる可能性があります」

「どういうことですか？」

「韓国も中国も、北朝鮮とは陸続きです。中国とは交流も多い。韓国、中国で感染が広がった場合、北朝鮮にも感染が広がってしまう可能性があります。それに中国に向かった難民は、送還される可能性もあります」

「よろしいでしょうか」

日高に続いて発言しようとしたのは、笹島だった。

「感染が広まるかどうかは、医療体制、衛生環境が強く影響します。韓国、中国で感染が広まっても、多くの死者は出るものの、両国とも対応はできるでしょう。しかし、感染が北朝鮮に及べば、北朝鮮では、手の施しようがない状態になるかもしれません」

「敵を倒す以上に、自国の被害のほうが大きいということですか」

「そうです。V―07の報告では、回収したウイルスは人種選択性を持っていない可能性が大だとのことです。それを考慮すれば、彼らが意図的に難民をウイルスの運搬手段とする場合、送り出す先を日本にする可能性が高いと思われます」

御厨は肝を冷やした。自らの認識が甘かったのだろうか。

「難民が船で日本に来る場合、洋上で押さえられますか？」

海保の所管は国交省だ。丸山国交相はハンカチで顔を拭いながら答えた。

「難民が使用するのは、ほとんどが小型の漁船です。こうした小型漁船を全てチェックすることは、非常に大変です。目視でもレーダーでも、すぐに波間に消えてしまうと聞いています。多数の漁船が押し寄せた場合は、全てを洋上で押さえることは難しいでしょう」

「そのとおりだと思われます」

丸山に同意したのは、日高だ。

「自衛隊の艦船のほうが大型で、マストの位置が高いため、広い範囲を確認できますが、それでも、小型漁船の確認は困難です。常日頃から哨戒機によって海上の監視を行なっているのもそのためです」

「では、監視網を敷いたとしても、日本に上陸してしまう難民がいるかもしれないと？」

日高は、首肯しながら『はい』とだけ答えた。

「では、警察庁と消防庁、それに厚労省にも協力して対処準備をさせましょう」

御厨は、日本の医療体制を考えれば、ここまで行なえば大丈夫だろうと考えた。

「待ってください」

そう言ったのは、またもや日高だった。

「難民を使用する場合、偽装難民が混じる可能性があります。特殊部隊などが偽装難民として上陸した場合、彼らは上陸成功後、発病し、自らがウイルス散布装置となるまで、どこかに潜伏するかもしれません。そして発病後には、自ら公共交通機関を使用するなどして、ウイルスをばらまく可能性が考えられます」

日高の言葉は、悪魔のシナリオだった。自らの体を、ウイルスの運搬・散布装置として使う。まさに悪魔のキャリアだった。

「防衛省も加わり、対策を検討してください。それと、現地部隊にも、難民が使用される可能性を通知して、対処するよう命じてください」

243

御厨は、危機が始まってから最も激しい疲れを感じていた。

＊＊＊

橋が近づいても、敵の装甲車と鉢合わせすることはなかった。橋の手前のコーナーで車を止めた。

「全ヴィクター、フカシ一、フカシ二を除き下車。装甲車は無人とは限らない、注意せよ。ヒダ七、左手の山に登って偵察せよ。残りのヒダは、ヒダ七の支援、チクマは、前方展開して突撃準備」

敵が折り返してこなかったことを鑑みると、敵部隊の目的は、室賀たちを攻撃、殲滅することではなく、ウイルスの入手にあった可能性が高い。先だっての戦闘で、こちらに装甲車を相手にできるほどの火力はもはや残っていない、と理解しているはずだったからだ。

そうであれば、破壊された橋の手前で装甲車を放棄し、徒歩で進んだ可能性が高い。しかし、若干名が残っていることも考えられた。

「フカシ一、ヒダ七、橋の手前に装甲車は見当たらない。敵兵の姿もなし。橋は破壊されており、渡れる可能性はない」

想定外の報告だった。

「チクマ、フカシ一、前進してチクマ七の報告を確認」

箕田は、分隊をハンドサインで指揮し、コーナーの先に消えていった。

「フカシ一、チクマ一、装甲車なし。橋の手前を確保」

室賀は地図を取り出すと、ボンネットの上に広げた。装甲車が逃走した時刻、爆弾の投下時刻を考えれば、通過されたはずはなかった。何かを見落としたはずだ。橋の手前五キロほどに、左にそれるわき道があった。その先は行き止まりだ。だから、単なる林道だと思っていた。携行していた地図は防衛省内で作成したもので、等高線は描かれているものの、国土地理院の地図に書かれているような地図記号はない。だから気づかなかったとは言える。だが見落としていたことは確かだ。行き止まりになっている場所は平坦な丘陵だった。牧草地かもしれなかった。

「全員、車に戻れ。引き返すぞ！」

＊＊＊

満島が出て行った後しばらくして、女性が食事を持ってきた。現地雇用の勤務者らしい。

その後は一時間以上、焦りを抱えたまま、ただ待つことしかできなかった。やっと開いたドアから現われたのは、遠野と西木だった。西木の手には、預けさせられたままとなっていた琴音のバッグが握られている。

「お待たせして申し訳ない。かなりセンシティブなお話なのでね。理解してもらいたい」

遠野の態度は、先ほどまでとはうって変わっていた。それだけでも、琴音の提案を前向きに考えてくれていることは推察できた。

「あなたの提案は、政府にとっても悪くはない話です。ですが、実行上の問題もある。我々の条件としては、メールを私たちに打たせてもらえるなら、メールを送っていただいてかまわない。この条件でどうですか？」

自分で打ったところで、送信前にチェックされるに決まっている。誰が打とうと変わりはなかった。それに、メーラーを見ることで、琴音が違法な取材をしていたか探ることができると考えているのだろう。琴音がパソコンを渡すかどうかも、確かめるつもりに違いなかった。

琴音が同意すると、西木は琴音のバッグを差し出してきた。パソコンを取り出し、ログインしてメーラーを立ち上げる。新規メールの送信先に磯部と鶴岡を入れ、遠野に渡した。

「磯部は私の上司、社会部のデスクです。鶴岡はこの件でのリーダーで、政治部のデスクです」

「わかりました。いいでしょう。では、タイトルと文面を教えてください」

琴音が口述を始めると、遠野は慣れた手つきでタイプを始めた。

＊＊＊

行き止まりに近づくと、視界が開けてきた。林の中を切り開いたのか、牧草地が広がっている。台地の一帯を牧場としていたのだ。

「やはりか」

装甲車も目に入った。運転していた迫田は、慌ててブレーキを踏んだ。室賀は、予測が的中しそうな様子に臍《ほぞ》をかんだ。

「全員下車」

乱暴に命令を下すと、室賀は先頭に立って装甲車に近づいた。

「隊長、危険です」

馬橋が、慌てて追いすがってきた。

「態勢を整えるなら、装甲車をあんな無造作に置くものか」

二両の装甲車は道路を進んできたそのままの状態で、後方をこちらに向け、縦隊のまま停車していた。兵士がいる気配もなかった。

「馬橋、あそこにある小屋を確認してくれ。箕田は、一応周辺の警戒を」

二人の分隊長に命令を下すと、室賀は牧草地の中に入って行った。やせた牛が何頭かいる他は、動くものは見当たらない。室賀が目指していたのは、牧草が刈り取られた一角だった。

「やはりか」

室賀の視線の先には、二組の轍《わだち》が残っていた。一見して車のものでないことはわかった。轍の状況からして、十四人乗りのレシプロ機Y―5だと思われた。Y―5は、中国が旧ソ連のAn―2をコピーして生産した複葉機で、北朝鮮でもライセンス生産された。きわめて旧式ながら不整地でも運用できる頑丈《がんじよう》さと短距離離着陸性能を備え、山間をまるでヘリのように隠密飛行することができることから、特殊部隊が韓国への侵入用に運用している機体だった。

「フカシ一、ヒダ一、小屋の内部に民間人一人を発見、中年男性です」

「了解。すぐ行く」

室賀は、急いで小屋まで走ると、馬橋が示した先にみすぼらしい格好の男を見つけた。V―07では、韓国語を使える者は室賀しかいなかった。外国語を話す兵士に囲まれ、男は恐怖に震えていた。

室賀が韓国語で、飛行機が飛び立ったのはいつ頃だと聞くと、二十分くらい前だと言う。機体は二機、北東方面の山間に向かったらしい。

この場所に出たのは、ある意味でラッキーだった。接近しているはずの救助のヘリを下ろすことができ、拉致被害者を渡すことができる。それに何より、ヘリでY―5を追うことができる。Y―5は固定翼機でありながら、きわめて低速の機体だった。巡航速度は自衛隊が使用するヘリ、UH―60の三分の二ほどでしかない。しかも山間なら、もっと低速で飛んでいる可能性が高かった。何せ、時速五〇キロでも失速することなく飛行できる機体だった。AWACSのレーダーで捕捉されることを避けるため、低空を低速飛行しているはずだ。

室賀は、対空無線でAWACSの航空攻撃統制官を呼び出し、ヘリを牧草地に誘導するよう要請した。

「捨てる神あれば拾う神ありだな」

室賀は独りごちると、命令を下した。

「五分でヘリが到着する。三機だ。乗機区分は、俺と一分隊、蓮見は二分隊と、残る一機に拉致被害者と、そこの民間人を乗せろ」

「その親父もですか？」

目を丸くしているのは、馬橋だけではなかった。室賀が口を開く前に蓮見が解説した。

「連中が適切にウイルスを扱っているとは限りません。汚染されている可能性もあるってことですよ」

室賀は準備を始めた隊員たちを横目に、再び対空無線機にとりついた。

「マンタ、V―07、ヘリ誘導を要請したポイントから二十五分ほど前に、二機の低速機が離陸している。捕捉したか？」

「スタンバイ、プレイバックして確認する」

AWACSは上空からレーダーで航空機を見つける早期警戒機能だけでなく、指揮所としての管制機能を持っている。二十五分前の航空状況も、データを遡って確認することが可能だ。三十秒ほどで回答が返ってきた。

「V―07、マンタ、捕捉していたが、二十秒程度トラックしたのみでロストした。ヘディングは北東。その後、それらしき航跡は捕捉していない」

248

高度を下げて、谷間を飛んだのだろう。向かった先は推測するしかなかった。航続距離は八五〇キロほど。日本までは届かない。特殊作戦群にいた頃、北朝鮮特殊部隊の能力評価をしたことで、よく覚えていた。それに洋上に出れば、艦艇や航空機に捕捉されて撃ち落とされるに決まっている。

「南下して、韓国に向かったな」

独裁者は軍内の反体制派を扇動した中国を恨《うら》んでいるかもしれないが、今まで一族が生きながらえてきたのは紛《まぎ》れもなく中国のおかげだ。恨みの大きさで比べれば、韓国ほどではないだろう。

室賀が航空攻撃統制官と通話している間に、馬橋たちは三機のヘリを誘導し、牧草地に着陸させていた。すでに拉致被害者らをヘリに押し込んでいる。

室賀は急いでヘリに駆け込み、パイロットの肩を叩いた。

「拉致被害者を乗せた右の機は、艦に向かわせてくれ。我々を乗せた二機は、ここから上がったY―5を追ってほしい」

「そんな話は聞いてません。私たちは、あなた方の回収を命じられただけです」

軍事組織では当然の反応だった。今は一刻も早くY―5を追いたかった。一瞬湧き上がった怒りを抑えて、ドスを利かせた声で言った。

「ヘッドセットを貸してくれ。この機と僚機、それと艦のコールサイン！」

副操縦士《コパイロット》が予備のヘッドセットをおずおずと差し出した。そこに、馬橋も乗り込んでくる。

「この機はロータス02、右のはロータス01、左のはロータス03です。艦にある指揮所は、ロータス・ホテルとなってます」

「隊長、向こうのヘリパイが、先ほどの民間人を乗せられないと言っています」

忙しい時に限って面倒なことが重なる。室賀は一瞬で思考を巡らせた。問題解決のためには、一つ一つ対応していたのでは時間がかかりすぎる。

「今のコールサインは聞いていたか？」

馬橋は、目を丸くしたまま『はい』と答えた。

「状況を説明しておけ！」

室賀は、ヘッドセットを馬橋に渡し、ヘリから飛び降りると乗ってきた車まで走った。ボンネットの上で衛星通信装置を展開する。

「ハイマツ、V—07、ヘリ部隊に出した我々の回収命令を支援命令に変えてくれ。今すぐにだ。それからヘリとの回線をそちらに中継させてくれ。乗り込んでから状況を報告する」

「V—07、ハイマツ、状況報告もなしに、そのような命令はできない。状況を報告せよ」

室賀は、ボンネットを叩いて、送話器にどなった。この通話は、涸沢も聞いているはずだった。

「連隊長！　すぐに命令を変えさせてください！」

一瞬雑音が入り、聞き慣れた声が響いた。

「了解した。離陸後、状況を報告せよ」

室賀は、衛星通信機を引っ摑み、ヘリに走った。

「上げてくれ」

馬橋が手渡してきたヘッドセットを装着する。

「オール・ロータス、こちらV—07指揮官、そちらに出されている命令は、我々に対する支援命令に変更される。直ちに確認し、こちらの要請のとおり行動されたい。ロータス01は、拉致被害者等及び現地民一名を艦に輸送。ロータス02、03は、敵部隊追跡を行なうよう要請する」

「V—07、ロータス・ホテル、こちらは正規の命令に基づいて……」

回線が繋がったまま、混乱する艦内指揮所の様子を伝えていた。

「了解した。ロータス02、03は、V—07指揮官の指示に従え。ロータス01は、現地民一名を含む拉致被害者等を『いずも』に輸送せよ」

「支援、感謝する」

室賀はパイロットの肩を叩いて、指で方角をしめした。

「V—07、ロータス・ホテル、この回線はハイマツにも中継している」

さっそく回線を繋いでくれたようだ。ヘリ搭載護衛艦『いずも』の通信担当は、優秀だった。

「V—07、ハイマツ、聞こえるか」

「ハイマツ、V—07、貴所の感明、数字の五」

通信状況も良好だった。室賀は、これで動きやすくなると胸をなで下ろした。

「V—07、ハイマツ、そちらからの状況報告を受ける前に、情報を伝達する。敵はウイルスの運搬手段として、民間人の人体を使用し、難民として送り出す可能性、及び自らの体を偽装難民として使用する可能性がある。この点に留意して行動せよ」

急速錬成訓練の際に、蓮見は『宿主である人間の細胞内以外では、長期間生存できない』と言っていた。逆に言えば、ウイルスは人体の中でなら生きていられる。それだけではない。爆発的に、数を増やすことができるのだ。

「なんてことだ……」

室賀は急いで頭を巡らせた。そして地図を取り出す。牧草地にいた男が、Y—5が飛び去ったと言っていた北東方向には港があった。規模からして漁港だろう。

「北東へ！」

251

パイロットにそれだけ告げると、無線機でもう一機のヘリに告げた。

「ロータス03は、このまま南に向かってY—5を捜してくれ。ロータス02は、北東の港方向を捜索する。発見した場合は、撃墜せよ」

＊＊＊

一時退席していた西木は、笑みを浮かべながら戻ってきた。

「今、毎朝新聞社の鶴岡を名告《なの》る人から電話がありました。メールの内容が本当なのかと問い合わせの電話です」

「それで？」

琴音は、大使館としてどう答えたのか、早く聞きたかった。西木が笑顔でいることから、悪い展開にはならなかったのだろう。

「もちろん、こちらでも内容を承知している、本当のことだと告げました。社として対応を検討してくれるそうです」

「そうですか。とりあえずよかった」

琴音はほっとして、出されていたお茶に手を伸ばした。今までは、お茶を口にする余裕もなかった。

「でも、門前払いされなかったというだけですね。まだ、社がどんな結論を出すか……」

「あなたにもわかりませんか？」

遠野も表情が柔和《にゆうわ》になっている。

「もちろんです。これだけの話となると、社長まで報告が行くことになると思いますが、それまでに多くの人が介在します」

「でしょうね。どこの組織も同じだ」

そう言うと、遠野は手にしていたお茶を置いた。

「メールが返ってきましたね」

目を通し、問題がないと判断したのか、ノートパソコンの向きを変え、琴音に文面を見せてくれた。磯部から琴音に宛てたメールで、対応を検討中だという内容だった。磯部らしく最後に琴音の身を気遣う一文が入っている。

「いい上司ですね」

「ええ」

琴音は、安堵とともに嬉しさを感じていた。

＊＊＊

「目標発見！」

副操縦士《コパイロット》が叫んだ。機長は対空火器に注意しながら操縦に専念し、Y－5の捜索は副操縦士《コパイロット》が実施していた。室賀も後部から身を乗り出し、前方を見つめていたが、さすがに空での捜索は慣れた者のほうが優秀だった。

二機のY－5が眼下に見えた。

「右後方の奴を狙え。まだ撃つなよ」

機長は左ドアガンのガンナーに指示すると、ヘリを降下させながら加速して、機体を接近させる。

室賀は無線でもう一機のヘリを呼んだ。

パイロットは、右後方のY−5を撃墜すれば、そのままもう一機も攻撃できる態勢に持ち込もうとしていた。Y−5は北朝鮮では軍用機として使われているものの、もともとは農業用に開発された機体だ。後方の視界はよくない。機長はそれを認識した上で、接近して一気に機関銃弾を浴びせて撃墜するつもりのようだった。

固定翼機もヘリも、車と違ってブレーキはない。加速よりも減速するほうが難しい。それでも、機長は、目標の右後方にぴたりと付けた。

「よし、撃て」

ミニミ軽機関銃が火を噴き、機内に硝煙《しょうえん》の臭いが立ち込めた。銃撃された機体は射線をかわすため、右旋回してヘリの正面に出ようとした。ドアガンは正面方向が撃ちにくいことを熟知した機動だった。異変を察知したもう一機は、逆に、機体を左によじって離脱しようとしている。

地上を掃射するのと異なり、ともに三次元機動する目標を撃つことは難しい。機動力はUH−60のほうがはるかに上のため、機長は射撃しやすい位置に機体を遷移《せんい》させていたものの、逆にその激しい機動によって、ガンナーは苦労していた。それでも秒間十二発も発射するミニミ軽機関銃は、かなりの銃弾をY−5に撃ち込んでいた。

「コックピットを狙え。五・五六じゃ、あのエンジンは壊せないぞ」

機長が命じていた。確か、Y−5のエンジンは空冷だ。ドアガンに一二・七ミリ機関銃を搭載していれば、エンジンの破壊も可能だったろう。五・五六ミリの軽機関銃では威力が低すぎた。

ガンナーが狙いを変えると、Y−5の機動がゆるやかになった。正副どちらか、あるいは両方のパイロットが被弾したのだろう。それでも、まだ回避機動を取ろうとしていた。ガンナーは、再度コックピットに狙いをつけミニミを連射した。

Y―5は、低空にも拘わらず激しいロールを打ち、背面飛行のような状態になると、山肌に突っ込んでいった。

「もう一機はどこだ！」

二人のパイロットは撃墜したY―5との戦闘にかかりきりで、左に離脱していったY―5を目で追えなかったようだ。

「左側の二つ手前の谷筋に入って行った」

室賀は見たままを伝えた。その情報を踏まえてどう動くかは、パイロットの判断だ。室賀はAWACSの航空攻撃統制官を呼び出した。

「マンタ、V―07、現在、ロータス02に乗り込んでいる。現在位置で敵機を撃墜した。墜落地点に、サーモバリック弾の投弾を要請する」

「V―07、マンタ、ロータス02をトラックしていない。トランスポンダを入れるか高度を上げられたい」

「機長！」

機長も通信を聞いている。どちらが適切なのか、室賀にはわからなかった。

「マンタ、ロータス02、SIFオン」

機長はトランスポンダを作動させたようだ。

「ロータス02、マンタ、位置を確認した」

これで、ウイルスが撃墜した機体で運ばれていたとしても、処理はできる。

「AAA《トリプルエー》、十時方向、稜線上！」

室賀が、頭を切り換える間もなく、副操縦士《コパイロット》が叫んだ。同時に機体が激しく機動する。前方を過ぎる曳光弾が見えた。対空射撃を受けたものの、パイロットはすんでのところで躱していた。機体は、さらに高度を下げ、木立をかすめるようにして銃撃から逃れた。

小林たちを乗せた艦に先行させたヘリが気になったが、それは一瞬のことだった。今は、もう一機のY─5を追うことが重要だった。

AWACSと通信していたこともあって、激しく機動したヘリが現在どのあたりにいるのか、もはや室賀にはわからなかった。

「捕捉できそうなのか？」

「わかりません。もうすぐ漁港に到着します。目的地がこのあたりなら、そろそろ見えてくるはずです」

ヘリは、すでに山間を抜け、眼下は田んぼや畑だった。右前方には海も見えていた。

「いました！」

またしても、目標を見つけたのは副操縦士だった。

「どこだ？」

「十時方向、道路上。着陸滑走中」

室賀にも、機体が見えた。舗装さえされていない道路上に、Y─5が着陸していた。まだ動いてはいるものの、今にも停止しそうだった。

「間に合いません。どうしますか？」

「掃射してくれ。全員射殺してかまわない」

彼らがウイルスを持っているなら、攻撃することでウイルスが漏れ出してしまう可能性がある。住民がどれだけいるかは不明だが、汚染範囲をサーモバリック弾で焼き尽くすしかなかった。

しかし、地上掃射も間に合いそうになかった。機長は進路を山側にとり、右側のドアガンで地上掃射しはじめたものの、十人ほどの敵兵がY－5から走り出て、漁港の建物内に駆け込んでしまった。

「我々を降ろしてくれ。降ろしたら上空から支援を！」

「了解しました」

「弾薬をもらって行くぞ」

車列との戦闘で、室賀たちの携行弾薬は残り少なくなっていた。こうした状況では、ドアガンと同じ弾薬を使っていることがメリットになる。同じミニミは、当然ベルトのまま使用することができるし、八九式小銃もベルトのリンクを外せば装弾できる。

「もう一機はどのくらいで到着する？」

「五分ほどです」

室賀は、ロータス03と交信していた副操縦士《コパイロット》に、ヘッドセットを返した。

「二分隊を待っていると状況が錯綜《さくそう》しかねない。戦力的には足りないが、突入して制圧するぞ！」

敵も待ち構えるための時間は充分に取れないはずだった。それでも、敵が待ち構える建物に突入することはきわめて危険だった。こちらは、一分隊に室賀を加えた八人しかいないのだ。

＊＊＊

当然のことながら、大使館員は忙しいのだろう。毎朝新聞が条件を検討すると回答してきた後は、琴音に監視はついていなかった。もっとも、パソコンも携帯も返してもらっていない。

自由に飲むようにと、茶道具とポットが渡されていた。琴音が、これじゃ水腹だなと独りごちた時、ドアが開いた。入ってきたのは満島だった。

「毎朝新聞が、条件を受け入れるそうです。ただし、秘密保護法違反容疑での家宅捜索の中止、及びあなたの拘束を解くことも条件として付け加えてもらえるならば、と言ってきたそうです」

「そうですか」

社に拒絶されなかったことで、多少はホッとすることができた。社内には、ジャーナリズム原理主義者とでも呼びたくなるような人がいることも知っている。政府と取引するなど言語道断だと言って、反対した人もいたはずだ。

「何だか、自分のことは、どうでもいいという顔ですね」

満島は、何か不思議なものでも見たかのような目をしていた。

「どうでもいいことはありませんが……社が受け入れてくれるかどうかのほうが心配でした」

「そうですか」

報道という立場ではあるものの、琴音は医療に関わっている身だ。だから琴音がこうした行動をしているのだと、満島は考えているのだろう。

「でも、それだけじゃないんです」

「え？」

「報道のせいで、部隊が危険な状態になっていると聞いて、室賀さんが心配で……。彼は、無事なんでしょうか？」

満島は頭を振った。

「私にはわかりません。室賀さんというのが誰なのかも。でも、みんな必死になって働いてます。無事を祈りましょう」

「はい」

後は、政府も条件を呑んでくれるかどうかだった。

＊＊＊

難民が押し寄せた際の防疫態勢について、厚労相、警察庁長官などの関係閣僚が集まって会議を行なっている最中だった。会議の場には加わっていなかった原外相は、危機管理センターに入って来ると、御厨に告げた。

「総理、至急ご報告したい事項がございます」

「この場で話せる内容ですか？」

「問題ありません。むしろ好都合です」

御厨は首肯した。

「わかりました。いいでしょう」

原は空いていた席に着くと、マイクのスイッチを入れた。

「在ソウルの日本大使館からの報告です。毎朝新聞社及びテレビ毎朝が、ウイルス兵器に対する作戦についての追加の報道を、作戦に支障がなくなるまで控えるとの連絡が入りました。ただし、その際の条件として、作戦終了後に独占取材をさせること、及び現在実施されている秘密保護法違反容疑での捜査を打ち切ることが提示されております」

「ふざけるな。秘密保護法が空文化するぞ」

即座に声を上げたのは苫米地だった。防衛大臣として一番実害を被《こうむ》っているだけに、怒り心頭に発するという様子だった。

「私も納得できませんな」

同意したのは相沢だ。総務大臣として放送局を主管しながら、この話が外務省からもたらされたのも気に入らないのだろう。

「毎朝新聞は、難民を使ってウイルスをばらまかれる可能性についても認識しているんでしょうか」

原に問いかけたのは厚労相の式場《しきば》だ。

「この情報は、恐らく、まだ毎朝新聞も摑んでおりません。ですが、この可能性は大使館に任意同行させている毎朝新聞の記者を、医務官が聴取する中で出てきたもののようです。毎朝新聞の顧問弁護士が大使館に向かっているとの情報もあります。弁護士が到着すれば、接見させないわけにもいきません」

「逮捕してしまえばいいだろう」

苫米地は、警察庁長官に向かってだみ声を上げた。

「逮捕しても、接見を拒むことはできません。それに、容疑は固まっていないと報告を受けています。裁判所が逮捕状を出さないでしょう」

「そんなもの、最高裁の裁判官から圧力をかけさせればいいだろう」

「苫米地さん！」

御厨は、本題からそれて行く苫米地をたしなめた。

「滅多なことを言わないでください。そんな発言が漏れたら、あなたの政治生命も終わりますよ」

これには苫米地も口を閉ざした。

「難民を利用したウイルス兵器の使用について、政府の準備が足りないことは事実です。この件も含めて報道された場合、世論はよくない方向に傾くでしょう。それに、実施中の作戦に実害が及んでいることも間違いありません。独占取材くらい、大した話ではありません。メディア側がそのように言っているなら、話に乗りましょう」

御厨が決定を下したことで、この件は片がついた。それでも、苫米地は露骨に不満そうな表情を見せ、相沢にも腹に据えかねる様子がありありとみえた。

御厨には、それがかえって腹立たしかった。「一番腹に据えかねているのはこの私だ！」と叫びたかった。機会があれば、毎朝に代償は払わせてやる。それが御厨の決意だった。

＊＊＊

「あそこの空き地に降ろしてくれ」

敵部隊が逃げ込んだ漁港の建物から近く、林で遮蔽されてヘリが銃撃されない場所を選んだ。

「続け！」

室賀はヘリを飛び出すと、後続にかまわず走った。問題の建物は、上空から見たところ、漁港の作業所のように見えた。働いていた漁民もいたかもしれない。その建物だけに潜んでいるなら、対処もしやすい。遮蔽されている間に移動されたくなかった。

林を抜ける間際《まぎわ》、案《あん》の定《じょう》、室賀たちを迎撃するため、建物から移動しようと走っている敵兵二人を発見した。室賀は二回のバースト射撃で二人を倒すと、すかさず右に移動した。

室賀が射撃した場所に、建物の二階から銃弾が降り注いだ。身を伏せながら様子を窺う。馬橋たちが追いついてきた気配に、ハンドサインで待機を命じた。

建物は、やはり漁港の作業所のようだった。海側は見えないものの、車がつけられるようになっている。荷揚《あ》げした水産物を作業所で処理し、そのまま出荷するのだろう。声は聞こえないが、水が流れ出す音がしている。恐らく、作業していた民間人がいたはずだ。

重火器は、装甲車との戦闘で使い果たしてしまった。ヘリもミニミを積んでいただけだった。民間人がいなければ、手榴弾を投げ込めたが、できそうにない。

こちらは室賀を含めて八人、相手は二人を倒したものの、十人前後の人数がいるはずだった。敵がどの程度の戦闘技能を持っているかは不明だ。待ち構えていることが明らかな状態で突入すれば、こちらの被害が大きくなることは間違いなかった。研究所を襲撃した時のように、不意を急襲するのとはわけが違う。

「フラッシュバンは何個ある？」

幸いなのは、研究所を襲撃した際に、閃光音響手榴弾《フラッシュバン》を使わずにすんだことだ。うまく使えば、有利に戦闘を進められる。室賀たちが使える武器は、この閃光音響手榴弾に手榴弾、催涙弾《さいるいだん》と八九式小銃、軽機関銃のミニミだけだった。

「二個です。二分隊がもう二個持っています。催涙弾も同じです」

馬橋が潜めた声で答えた。作業所の建物は、内部がどの程度区切られているかはっきりしないものの、二階もあるため、二部屋以下とは考えにくかった。

「足りないな」

武器も、そして人員も足りなかった。室賀は、隊内の無線に加入させたヘリに呼びかけた。

「ロータス02、フカシ一、目標は、先ほどの建物、漁港の作業所に立てこもっている。他に移動した者はいないと思われるが、発見した場合は通報されたい。また、作業所から逃走する敵兵を発見した場合は制圧されたい。ただし、内部には民間人もいる模様」

「フカシ一、ロータス02、了解。ロータス01が、あと三分でこちらに到着する。なお、その建物以外には敵部隊がいると思われる様子はない。周辺の民家からは、民間人が逃げ出している」

室賀は作戦を決定した。内部には民間人がいる可能性も高く、敵は天然痘ウイルスを携行している。火器の使用は最小限に抑えたかった。

幸いなのは、こちらにはヘリがあることと、二分隊がまもなく到着すること、そしてY－5から逃げ出した際に、敵兵が小銃の他に装備らしき装備を持っているようには見えなかったことだ。先ほど撃ち倒した二名も、小銃のほかは何も持っていなかった。

室賀は、馬橋たちに命じて、海側を除き、建物を半包囲させた。ヘリには周囲を旋回させ、彼らが孤立していることを認識させる。

室賀は、到着した二分隊に、作業所の屋上にファストロープで降下させた。山岳連隊にとって、上下の移動はお手の物だ。あっという間に降り立ったが、なぜか降下したのは八名だった。室賀は命じなかったが、蓮見まで降下したようだ。

作戦は、二分隊が降下する前に全員に下命してある。準備完了の報告を受けると、室賀はカウントダウンを開始した。

「……五、四、三、二、一、今！」

地上と屋上から、四カ所のガラス窓に向かって投擲《とうてき》が行なわれた。直後に激しい閃光が瞬《またた》き、大きな音が響く。フラッシュバンの爆発だ。通常なら、この爆発に続いて突入して近接戦闘を行なう。しかし、それが通用するのは、犯罪者相手の場合と、相手がこちらの突入を予想していない場合だ。

短時間とはいえ、待ち構える時間があれば、外部との扉にブービートラップを仕掛けることだってできる。手榴弾と紐があれば、その程度のトラップを作ることは容易い。それがなくとも、突入にフラッシュバンが使われることは常道だ。目をふさぎ、耳を押さえておけば、大きな混乱は防ぐことができる。突入されたところに反撃することは難しくない。

しかし、それはフラッシュバンに対してだ。恐らく敵もフラッシュバンが使われることを予想している。フラッシュバンには耐え、突入してくる我々を迎撃するつもりでいるはずだった。フラッシュバンが使われれば、その場に留まり迎撃態勢を整える。

室賀の狙いは、そこにあった。フラッシュバンの爆発に紛れ、催涙弾が爆発したことに気づかない。彼らはガスマスクを持っているようには見えなかった。最初から催涙弾が使われたのなら、息を止め、奥の部屋に退避するだろう。ガスは一気に拡散するわけではないから、それで被害を極限できる。

迎撃態勢を取ろうとしていた彼らは、気づかずに催涙ガスを吸い込む。催涙ガスは、目を傷《いた》めるだけではない。皮膚、粘膜に激しい刺激を与え、吸い込んだ場合は、喉、気管に激痛を与え、呼吸できなくする。

「ヒダ三、敵一」

「チクマ五、敵一」

「ヒダ四、民間二」

「チクマ三、敵二」

そして、もうひとつ室賀が懸念していたことは、敵が民間人を盾にしている可能性だった。それによって突入と手榴弾の使用をためらわせるためだ。

催涙弾に耐えかね、民間人も飛び出してくるところを見ると、やはり盾にされていた人がいたらしい。すでに四人の敵兵が飛び出し、射殺されていた。

「チクマ六、敵一」

頃合いだった。ほぼ半数が飛び出し、敵戦力は半減しているはずだ。そして、催涙ガスは充分に建物内に広がっている。マスクを持たない彼らは、視界も不充分で、呼吸も苦しいはずだった。

「突入準備！」

室賀は、十秒ほど待った。ガスマスクを装着させるためだ。長距離の山岳作戦で重荷にはなった。

それでも、北朝鮮領内の作戦であるため、ガスマスクは携行していた。北朝鮮が化学兵器を使用する可能性があったからだ。

「五、四、三、二、一、今！」

一分隊は、地上から一階に、二分隊はロープで二階の窓に突入した。室賀と蓮見は、外部に飛び出してくる者がいないか監視を続けた。上空のヘリも外周を監視している。

散発的な銃声が響き、無線には次々に『クリア』という安全確認報告が入ってくる。いったん突入してしまえば、中での動きは、内部に入った者たちだけで瞬時に判断しなければならない。

「二階クリア」

二分隊が二階の安全を確保したことに続き、馬橋からも『一階クリア』の報告が入った。

「蓮見、衛生、民間人を診てやってくれ。その他は、バイアルだ。室賀もマスクを着けて、制圧した北朝鮮軍兵士の遺体を確認する。捜すのはウイルスを入れた容器、バイアルだ。ここにある遺体が持っていなければ、先に撃墜したＹ─5に積まれていたはずだ。

窓は開け放ったが、内部にはまだ催涙ガスが充満している。室賀もマスクを着けて、制圧した北朝鮮軍兵士の遺体を確認する。催涙ガスを吸い込んだ民間人は、目やのどを押さえて苦しんでいた。室賀は立ち上がって漁港の建物に向かった。

「フカシ一、チクマ一、バイアル発見。二階です」

265

室賀は、一本しかないコンクリート製の階段を駆け上がった。手すりには、赤さびが浮いている。

二階は事務所のようだった。日本の漁協のような組織なのだろう。粗末なベンチの脇に軍服姿で倒れている遺体があった。額と胸に銃弾を受けていた。

バイアルは、机の上に置かれていた。蓮見はバイアルの蓋を閉めた後、誰かが少しでも開けようとすればわかるように、蓋に被せるようにシールを貼っていた。そのシールが切られている。蓋を開けたのだ。中には北朝鮮が散布を目的としてマイクロカプセル化したウイルスが入っていた。見かけは白い粉だ。見た目では、減っているかどうかはわからなかった。

「フカシ一、フカシ二、複数の民間人が、腕に傷を負っている。刃物で切ったような傷だ」

「今行く」

蓮見の言葉の意味するところは、すぐさま理解できた。室賀はバイアルをベルトキットに入れると、階段を下りた。建物の外、魚が入った木箱の脇で、蓮見が中年女性の目を洗浄していた。室賀は、ガスマスクを外すと問いかけた。

「腕の傷は?」

蓮見が、その女性の左腕を指し示した。明らかに刃物で傷つけたような浅い傷が二本、走ってい

「この傷は、兵士に付けられたのか?」

室賀は、屈むと韓国語で問いかけた。

恐怖を浮かべた顔で肯いた。

「切られた後で、何かかされなかったか?」

「指で触られました」

その女性は、ジェスチャーで示した。二本の傷をなぞるように、指で触ったという。

266

「バイアルは開けられていた。感染させられたと理解すべきか？」

「充分すぎます。間違いなく感染している」

「何人やられているか、調べる必要があるな」

「その必要はない。あのバイアルに入っていたウイルスは、微小粉末状にマイクロカプセル化されている。ここで開けたのなら、腕を切って感染させた者だけでなく、この場にいた全員が感染している可能性がある」

「わかった」

室賀は、立ち上がると無線で呼び掛けた。

「全ヴィクター、フカシ一、ここの作業所にいた民間人を全て集めろ。ガスを吸って飛び出した者も全員だ」

「ロータス02及びロータス03、こちらフカシ一、作業所から飛び出した民間人で、この作業所から離れてしまった者はいないか？」

「フカシ一、ロータス02、飛び出した民間人は三名。二名はそちらが確保している。一名は西側に陸揚げされている舟の中に隠れた」

「フカシ一、ロータス02、迫田三曹が舟に向かっていた。内部に入った際、一階の一室に押し込まれていた民間人を見た。あれだけでも十人以上いたはずだ。二機のブラックホークでは、乗り切れない可能性が高い。」

「ロータス02、フカシ一、収容すべき民間人の数が多い。応援のヘリを要請してほしい」

「フカシ一、ロータス02、命令が支援に切り替わった時点で、予備として三機のヘリが追加でこちらに向かっています。あと三十分で到着の予定」

267

「了解。そちらは問題ないか?」

「三十分待機すると、燃料はぎりぎりです。交代で警戒します」

室賀は交代での上空警戒支援を了承すると、民間人を集めている馬橋の下に向かった。

「何人だ?」

「十八人です」

「やはり、応援のヘリが到着しない限り、離脱はできないな」

感染者を残せば、医療態勢が遅れ、政治状況も混乱する北朝鮮では、容易にパンデミックを引き起こす可能性がある。韓国経由で日本に影響が及ぶ可能性が考えられたし、パンデミックから逃れるために難民となる人々が日本海を渡らないとも限らない。

「フカシ一、ロータス02、北から敵部隊が接近。八両の車両を確認」

「くそっ」

毒突くと、室賀は作業所の二階に駆け上がった。平屋ばかりの小さな漁港だ。作業所の二階からはかなり遠くまで見通せた。

「あれか?」

まだ先頭車両と未舗装の道路から巻き上がる砂煙しか見えなかった。逃げるとしても、感染者を置いてゆくわけにはいかない。彼らが、感染者の存在を認識していなかったとしても、パンデミックの恐れがある。

敵車両は、かなりの速度で近づいていた。上空から即座に爆弾を投下しても、着弾まで一分以上かかる。その間に、近距離まで寄られると思われた。爆撃で破壊することは困難だった。

一瞬、恐ろしい可能性が頭を過《よ》ぎった。感染した民間人を殺害してしまえば。自分たちだけで離脱し、敵部隊ごと、サーモバリック弾で焼き払うという方法も使える。

無抵抗の民間人を虐殺することができるか、パンデミックを防止するという大義名分のために、それが可能なのか……

室賀は考えることを止めた。考え始めたら、結論が出るまでに何年もかかる命題だ。そんなことを考えている余裕はなかった。

「全ヴィクター、フカシ一、敵部隊が接近している。応援のヘリが到着するまで、防御戦闘を実施する。この作業所を拠点として立てこもる。周辺の民家に火を放て」

火力も数も優勢な敵に対して、一カ所だけにこもることは危険だった。こちらの少ない火力を集中させられるよう、複数の火点を設けて、効果的に運用したいところだが、陣地にできる建物が少なすぎた。この作業所以外は粗末な木造だ。軽機関銃で掃射されただけで制圧されてしまう。拠点にできるのは、この作業所だけだった。

そうなれば、敵が身を潜めて接近する際の遮蔽物となる周辺の民家は邪魔だった。

「ロータス、フカシ一、聞いたとおりだ。上空から支援をしてくれ」

「フカシ一、ロータス02、了解。03とともに上空から支援する。なお、接近している車両はジープタイプ四、小型トラック四」

室賀はヘリに了解したことを返すと、階下に向かって怒鳴った。

「蓮見、民間人をかくまっておけ」

室賀は二階の窓から周辺を観察し、二丁の機関銃をどこに据えるか検討した。四両のジープタイプに四人ずつの計十六人、四両の小型トラックに十人ずつの計四十人とすると、敵は五十六人もいる計算になる。室賀たち十六人の三倍以上だった。

火力でも、敵が優勢だろう。ヘリがミニミを射撃する音に混じって、重機関銃の射撃音が響いている。一二・七ミリ、あるいは一四・五ミリの機関銃だ。あんなものを持っているとなると、ヘリの支援も期待薄だった。

防御の利はあるにせよ、策を弄《ろう》さなければ圧倒されてしまうだろう。

「ヒダ二、フカシ一、動かせる船がないか調べてくれ。なるべく速い船がいい」

「フカシ一、ヒダ二、了解。見たところ、足がありそうなのは一隻のみです。動かせるか調べます」

ベテランで経験豊富ということは、技量のレベルが高いというだけではない。高堂は、船にも詳しかった。

続いて、室賀は機関銃を北と南の一角に設置するよう指示した。作業所からは、北北西と西南西方向に道路が延びている。二つの道路を制圧できるようにするためだ。ただし、南側の機関銃は、射界が狭《せば》まることを承知で、外から見つかりにくい位置に設置した。

高堂から船が動かせるとの報告が入り、多数が乗っていると見えるように偽装せよと指示を出した。

これで、大まかな準備は完了した。敵部隊は二〇〇メートル程の距離に迫っていた。応援のヘリが到着するまで、後二十分は持ちこたえなければならない。大まかな作戦は、無線で全員に命じてある。全員が、射撃の技量だけでなく、状況に応じて自分がやるべきことを判断できる優秀な陸曹だ。想定外の事象が発生し、作戦を修正する必要が生じない限り、タイミングを指示するだけで、一体の生命体のように動けるだろう。

多くの自衛官にとって、訓練は豊富でも実戦の経験がなく、精神的にパニックにならないかどうかが懸念事項だ。幸い、V—07は研究所襲撃と車列への攻撃で経験も得ている。三倍の敵という状況にあっても、うまく動けるだろう。過去の戦争でも、未熟ながらも頑強に戦えたのは、日本人はいざとなると覚悟を決められる質《たち》だからなのかもしれない。その上、山男というのは、普段から覚悟を持って山に登るものだった。

そろそろだなと思った瞬間、銃声が響いた。

「撃ってきました。北東方向。距離二〇〇」

散発的な射撃だ。こちらの出方を窺うための威力偵察だろう。小銃弾なら、コンクリートの壁が、障壁となってくれる。まだ、反撃には早い。残弾が不足している。効果的に射撃する必要があった。

続いて銃声が響く。

「西。距離一八〇」

「南西。距離一九〇」

室賀は北に設置した機関銃の近くから、北北西側の道路を見渡していた。両側にぽつぽつと立つ民家が炎と煙をあげ、視界が悪い中を接近しようとしている敵兵が見えた。

＊＊＊

「残弾に不安があるようだな」

玄の下で軽歩教導指導局の特務隊長を務める宋《ソン》は、独りごちた。

「圧力を与えながら前進しろ。研究所を襲った上、先行した柳《ユ》を倒した連中だ。注意して進め」

「了解しました」

周辺の家屋が燃えているため、道路と炎が回っていない林を突っ切って接近するしかなかった。宋は、逐次《ちくじ》前進で部隊を慎重に進出させた。激しい銃撃音が響いていた。

「撃ってきました。距離約一五〇メートル。北側の一角には機関銃が設置されています。南は小銃のみ。火力が弱いようです」

「西からの攻撃はどうだ？」

「林を抜けて接近することになります。その上、民家の炎に巻かれるため、戦力を集中させることは困難です」

「よし。北は陽動で圧力をかけろ。その間に南から突撃して制圧だ！」

「了解しました。向こうは銃も弾薬も不足している上、少数です。機関銃を使用して、一気に制圧します」

＊＊＊

それまでの銃声とは異なり、まるで大砲を連続して撃ち込まれたような音が響いた。ヘリに射撃していた重機関銃だ。小銃弾ではコンクリートの壁は撃ち抜けないが、重機関銃弾はコンクリートを発泡スチロールのように粉々にしてしまう。ヘリの支援がなく、敵が重機関銃を装備していることを認識していなかったら大変な事態を招いたはずだ。

「フカシ一、ヒダ一、被害軽微」

敵は、機関銃を配置している北側への圧力を強めていた。いかに戦力で上回るとはいえ、南からの攻撃が可能な状態で、この動きは別の意図があると見るべきだった。

「乗ってきたぞ。見えているか」

「煙に姿を隠して接近中。距離八〇メートル。十五人以上います。後方には、重機関銃を載せたトラックも控えています」

室賀たちは、二種類の暗視装置を携行していた。緑色に見える微光増幅型のタイプと赤外線タイプだ。赤外線タイプは日中でも使用することができる。威力を発揮するのは、火災の煙を通して見ることができる点だ。そのため、消防が救助の際にも使用している。

北に陽動の圧力をかけながら、南から制圧する意図だ。室賀の狙いどおりといえた。南の機関銃を隠し、火力が不足していると思わせる罠にはまってくれた。室賀は、西南西の道路から建物の南側に接近するルートを、キルゾーンにする作戦を立てていた。

「チクマ一、フカシ一、射撃タイミングは任せる。重機関銃には注意しろ」

＊＊＊

「抵抗が激しいな」

宋が、南に回った主力に突撃の指示を与えると、立てこもる自衛隊も激しく応戦してきたようだ。激しい銃撃の音が響いていた。北朝鮮軍の小銃はＡＫ—47をライセンス生産したもので、口径は七・六二ミリだ。機関銃も同じ銃弾を使用している。聞こえてくるのは、耳慣れた七・六二ミリ弾の音だけでなく、重機関銃の重い音に、軽い五・五六ミリ弾の音が混じっている。

先ほどまで散発的だった五・五六ミリ弾の音が、集中して響いていた。

「敵の射撃が正確で、突撃した者の多くが死傷しているもようです」

「突破できるのか、できないのか⁉」

死傷者数など問題ではなかった。それはただのプロセスだ。軍事行動においては、結果が全てだ。

「突破できます。重機関銃を前進させます」

「北からの圧力も強めろ！」

宋は命令を飛ばした。音というより、衝撃波と呼ぶべき内臓を揺さぶる重機関銃の発射音が連続して響いていた。DShK38重機関銃は、トラックの荷台に設置された銃架にマウントされている。中東地域で、ピックアップトラックの荷台に機関銃を載せたテクニカルと呼ばれる運用だった。

重機関銃弾をばらまきながら前進させると、五・五六ミリ弾の音は、次第に散発的になっていった。

「よし。これで、取り戻せるな」

宋は、戦闘の趨勢が見えたことで安堵した。しかし、無線の報告に再び不安の淵に叩き落とされた。

「船が動いています！」

宋はあらん限りの声で叫んだ。

「逃がすな！　沈めてもかまわん！　機関銃で止めろ！」

「安全の確認ができておりません」

「バカ者！　ウイルスを取り戻せなければ意味はない。機関銃を前進させなければ、その機関銃で貴様を撃ってやるぞ！」

「了解しました！」

トラックが、唸りを上げて突撃していった。

274

＊＊＊

室賀は迫田に目配《めくば》せした。室賀と体力に自信がある若手三曹勢三人は、吹き抜けになった作業所の天井に張りついていた。指先を梁《はり》にかけ、足で巻き上げたロープを保持している。なだれ込んだ北朝鮮兵士は、内部を見回しただけで、急ブレーキをかけて海岸に乗り付けたトラックの方に走っていった。

室賀が、ロープを下ろし、そのロープを伝って一気に床に降りると、他の三人も室賀に倣《なら》った。トラックに載せられた機関銃は、漁港の出口に向かっている船に向け、炎を吐き出していた。船からも、小銃の応射が響いている。

作業所の柱の陰で、室賀と西住が南側、迫田と和辻が北側のトラックに近づいた。室賀が、指でカウントダウンを示す。

三、二、一、今！

四人は、ピンを引き抜いた手榴弾をトラックの荷台に放った。そして、再び柱の陰に身を隠す。激しい爆音が響き、砂埃で視界が遮られた。

予備も含め、一台あたり二個も放り込まれた手榴弾は、機関銃を構えていた兵士を吹き飛ばし、周辺で小銃を撃っていた兵士のほとんども、破片で切り裂いていた。

柱の陰から飛び出した四人は、まだ動いている兵士に向かって小銃弾を浴びせかけた。

「北、クリア」

迫田の声に、室賀も『南、クリア』と返す。そして、上空のヘリに呼び掛けた。

「ロータス、フカシ一、重機関銃は排除。作業所周辺の敵勢力を排除中。周辺の残敵を掃討されたい」

「フカシ一、ロータス02、了解。ロータス03とともに残敵を掃討する」

対空火力を失った敵など、ヘリからなら簡単に掃討できる。重機関銃を無力化したため、作業所の二階からは隊員も射撃を再開していた。

南側のトラックは、燃料タンクから漏れた軽油に引火して燃え上がっていた。北側のトラックも炎こそ上がっていないものの、やはり漏れた油が燻《くすぶ》っている。室賀は海を向いて無線で呼び掛けた。

「ヒダ二、フカシ一、作戦は成功した。そちらの状況はどうか？」

「フカシ一、ヒダ二、健康状況異状なし。船体は穴だらけなので、戻るまでに沈没しなければ問題ありません」

「了解。その際は泳いで戻れ」

室賀はそう告げて、無線のスイッチを切った。その瞬間、背後から乾いた音が響いた。聞き慣れた音、拳銃の射撃音だった。振り返ると、息絶えたと思った北朝鮮兵が倒れたまま拳銃を構えていた。小銃の音が響き、その北朝鮮兵の体から血しぶきが噴き出した。

「隊長！」

西住の声は恐怖に震えていた。『慌てるな』という言葉の代わりに、口から噴き出したのは、真っ赤な血だった。見下ろすと、胸のあたりが真っ赤に染まっていた。

「蓮見一尉！　衛生！　隊長が撃たれた！」

＊＊＊

琴音は食べ終わった弁当の容器に割り箸《ばし》を入れ、蓋を閉めた。韓国にも仕出し弁当があるらしい。運んできてくれた女性が言うには、弁当を贈り物にすることさえあるという。味も、悪くなかった。味わう余裕も出てきたんだなと、妙な感慨に浸っていると、満島が戻ってきた。

「政府が条件を受け入れるそうです。それを御社に伝えました。準備していた号外の発行と、テレビ毎朝での緊急ニュースをストップさせるそうです」

「そうですか。よかった」

思わず涙が浮かんできた。

「部隊は大丈夫なんでしょうか?」

満島は口を結んだまま、首を振った。知らないのか、言えないのか、それさえもわからなかった。しかし、できる限りのことはやった。それだけは、確かだった。

＊＊＊

視界に入っているのは、作業所の天井と覗き込んでいる何人かの隊員の顔だった。胸が焼けるように痛み、呼吸も苦しかった。咳き込むと、血が噴出し、そのせいでかえって苦しさが増していた。

「拳銃で撃たれました。貫通はしていません。出血が激しい上に、肺も損傷しているようです。私には手に負えません。お願いします」

誰の声かはわからなかった。続いて視界に入ってきたのは蓮見の顔だった。青白い顔をしていた。まるで彼が撃たれたかのような顔だった。

「暗赤色《あんせき》の出血、脈動してます。肺動脈でしょうか?」

蓮見は無言のままうなずいていた。誰かの手が、胸に何かを押し当てていた。

「でしたら止血しないと、艦までもたないのではないですか?」

視界が揺らいでいるのか、蓮見が震えているのか、わからなかった。

「無理だ。私にはできない」

「何を言っているんですか。私にはなおさら無理です。隊長を助けられるのは、蓮見一尉だけです。私にできるのは圧迫止血だけです」

「無理なんだ。私は、手術なんかできない」

「どうしてですか。隊長を見殺しにするつもりですか!」

蓮見は頭を振った。

「見ろ、この手を!」

手袋を外し、差し出された蓮見の青白い手は小刻みに震えていた。

「私は、好きで研究をしてたんじゃない。臨床はできないんだ。私がミスをすれば、人の命を奪ってしまう。私はそれが怖いんだ!」

蓮見は涙を浮かべていた。

「へたれ野郎が……いや、嘘つき野郎か……」

室賀は呟き込みながら言った。

「なん……だって?」

「嘘つき野郎だって……言ったのさ」

室賀は、動かしやすい右腕を渾身《こんしん》の力で伸ばした。蓮見の胸元を摑む。

「ワクチンの副反応は、ただの確率だと言ったよな。手術の成功・失敗も、それと同じだろう。許容しなければならないリスクなんだろうが！」

室賀は呻《うめ》きながら、言い放った。

「ワクチンを怖がって病死するなんて、バカげていると言ったよな。手術を怖がって患者を死なせるのも、同じじゃないのか？」

「こんな腕で手術したら、間違いなく助からない……」

「間違いなくか？　ゼロパーセントだって言うのか？　違うだろ。やらなきゃ、ゼロなんだろうがな」

「こんな腕でも、やれって言うのか？」

「他に、もっとましな奴がいれば、そいつに頼むさ」

蓮見は、唇を嚙んでいた。

「どうなっても知らないぞ」

「俺だって知らん。だが、死ぬつもりはない。俺は、息子のところに帰るんだ」

蓮見は覚悟を決めたようだった。鋏《はさみ》を持って、戦闘服を切り裂いていた。その手はまだ震えていたが、青白くはなかった。覚悟を決めた戦士の手だった。

「ありったけのモルヒネを使う。だが、効果が出るまで待つ余裕はない。泣き言を言うなよ」

「お前みたいに泣きはしないさ」

＊＊＊

日高の報告が終わると、秘書官が近づいてきた。

「毎朝新聞の記者が到着しました。インタビューは控室で実施する準備をしております。準備ができましたらお呼びいたします」

「わかりました。作戦は継続中です、今回のインタビューは五分のみという点を、徹底しておくように。それと、このインタビューは、政府としても撮影して記録を残しておきなさい。こちらとしても、有効に使わせてもらいましょう」

「了解しました。こちらでの記録も準備をしております」

秘書官は、含み笑いを押し殺していた。

＊＊＊

蓮見は、額に流れる汗を汚れて黒ずんだ袖で拭った。ヘリの中は強めの暖房がかけられ、気温は三〇度を超えている。大量に出血した室賀の体を温めるためだった。

「これより着艦します」

蓮見がバブルキャノピーから覗くと、甲板上にエアテントが建てられていた。

「臨時の除染場です。着艦したら、全員あのテントを通過してもらいます。要救護者から優先的に通過させるとのことです」

重傷は室賀だけだったが、腕や足を撃たれた隊員は三名もいた。重機関銃がはね飛ばしたコンクリート片が当たり、打撲や裂傷を負っていない者は、蓮見を含めて皆無だった。

「担架《たんか》は我々が持ちます。蓮見一尉は隊長と一緒に最優先で抜けてください」

高堂と迫田が一緒に乗り込んでいた。室賀は、止血処置が終わった直後に気を失った。出血が多すぎた。

「了解しました」


着艦すると、二人が持つ担架と一緒に、蓮見は点滴のバッグを掲げながら除染場に入った。

「衣服を全て脱いでください。下着もです。武器も預かります」

ゴム製の防護服を着た隊員が、待ち構えていた。

「この人を最優先で」

蓮見は、室賀に掛けていた毛布をはぎ取った。

「聞いています」

彼らは、室賀を乗せた担架を持つと、次の区画に入っていった。急いで蓮見も続く。服を脱いでみると、怪我だらけだった。全身に青あざがあり、右肘《ひじ》と左太ももには、裂傷があった。

除染は、裂傷に猛烈にしみた。豪勢なことに、アルコールを噴霧しているようだった。意識を失っている室賀は、ラッキーだったかもしれない。意識があったら、またしても激痛にさいなまれたはずだ。

区画を移動してタオルで拭くと、気化熱で異様に寒かった。

「これを着てください」

除染終了後の区画は、普通の白衣とマスク姿の隊員だけだった。渡されたのは、手術衣のような衣服だった。当面、治療と検査が続くのだろう。

「早く彼をＩＣＵに！」

室賀は、担架から、ストレッチャーに乗せ替えられていた。

「わかっている」

聞き覚えのある声だった。

「秦か？」

防衛医大の同期、副反応で防衛医大に担ぎ込まれた友部三曹を治療した医師だった。

「お前が止血したと聞いたぞ。できるようになったのか？」

同期だから蓮見の震えのことも知っている。

「ああ、ついさっきな。手伝うよ」

「ありがたい。だがＩＣＵのほうは、もうスタッフが待ち構えて準備している。他の軽傷者を診てやってくれ。手が回らない」

「わかった。なんとかその人を助けてくれ」

＊＊＊

危機管理センターの雰囲気は普段と違っていた。いつもは、報告を行なう誰かが株を上げるか下げるか緊張し、その他の者は高みの見物をしながら、機会があれば足を引っ張ろうと画策している。

今日は、吊るし上げられる者がいなかった。全員がそうであるとも言えたし、御厨がそうであるとも言えた。

「まもなく、テレビ毎朝の特別番組が始まります。メインスクリーンに出します」

自衛隊や米軍基地を映した映像、衛星画像などを被せた派手なオープニングが終わると、スタジオにはアナウンサー一人と、二人の人物がいた。一人は毎朝新聞の岸田論説委員、もう一人は鶴岡だった。

先日放映された特ダネの続報という形で鶴岡がスクープを摑んだ。そしてその事実を独占記者会見において、首相が認めたと言っていた。

「自衛隊が北朝鮮の領内において、日本には無関係のはずの作戦を行なっていたことは事実でした。自衛隊は天然痘ウイルスを使用した生物兵器を奪い、研究・保管していた施設を破壊したのです」

「本当ですか？　そんな恐ろしい作戦を行ないながら、国民には、いっさい秘密にしていたということですよね」

「そうなんです。政府・自衛隊は、この作戦を極秘に進め、国内で訓練まで行なって実行に移しています。説明する時間は充分あったにも拘わらず、極秘にしていたのです」

「なぜ、極秘にしていたのでしょう？」

「その理由は、今もって正確には摑めておりません。御厨首相は、作戦の実施上、秘密にする必要があったとしか言っていません」

アナウンサーが聞き役になり、鶴岡が喋っていたが、そこに岸田が割り込んだ。

「民主主義を否定し、独裁政治を目指す御厨内閣の姿勢が、はっきりとわかる事件ですね」

「そのとおりです」

鶴岡も、追従（ついじゅう）していた。

283

「人種選択性のある生物兵器という情報については、どうなんでしょうか?」

「そのような情報があり、政府・自衛隊がその情報に基づいて行動したことは事実です。ですが、実際にそうだったのかは、政府は明確な情報を発表してはおりません」

「もし、欧米人しか発病しないウイルスだったのであれば、存立危機事態を認定し、自衛隊を行動させた政府の判断には、問題があったことになりますよね」

「そのとおりなのですが、残念ながら、ウイルスについての正確な情報は得られていません。また、政府としては、その他の作戦と切り離して考えることはできないというスタンスのようです」

「そうですか。これは、政府を追及する必要がありそうですね」

「民主主義を守るため、この問題での追及は徹底的に行なわなければいけません」

またしても、したり顔の岸田がまとめていた。

「また、新たな情報があるとのことですが」

「そうなんです」

鶴岡が、身を乗り出して叫んでいた。

「新たなスクープなんです」

「どのようなスクープなんでしょうか?」

「政府・自衛隊は、総力を挙げてこの作戦を準備していました。ですが、生物兵器という特殊な兵器に対処するにも拘わらず、極秘扱いとして情報を出さなかったために、とんでもないミスをしていたのです」

「具体的には、どのようなミスだったのでしょう」

「生物兵器を使う場合、運搬手段が問題になります。弾道ミサイルや韓国に持ち込まれることについては想定していたようです。難民を利用して、我が国に持ち込む可能性が浮上したのですが、政府はなんの対策もできていなかったのです。我が社の記者が、政府関係者に取材する中で、そのことを問いただし、政府が慌てて対処を行なったのです」

「とんでもないですね」

「そうなんです。これは秘密主義の弊害《へいがい》ですよ」

その後は、鶴岡の自慢話と岸田の上から目線の演説に終始した。

御厨は、この内容であれば、政府にとって大きな痛手にはならないだろうと見た。彼らは全く語らなかったが、何よりも、天然痘ウイルス兵器による災禍を防いだという事実があるのだ。

「これなら大丈夫ですな」

相沢は、主管する放送局の行動が想定内であったことにほっとしたようだ。お茶で喉を潤すと、大きく息を吐き出していた。

「政府のダメージが少なかったとはいえ、局に対してもっと圧力をかけるべきじゃないのかね」

苫米地には不満があるようだった。

「そんなことをしなくても、圧力はかかりますよ。首相がちゃんと考えています」

苫米地がこちらを見た。御厨は、悪戯《いたずら》っぽく微笑《ほほえ》み返した。

＊＊＊

琴音は防衛医大病院を訪れていた。自分一人だったので、新所沢駅から歩いてきた。取材道具も、ＩＣレコーダーとメモだけだ。撮影は許可しないと言われていたので、カメラも持ってきてはいない。

取材は会議室ではなく、病室で行なわれた。それも、ガラス窓越しだ。ガラス窓の向こうには、蓮見とベッドに横たわった室賀がいた。この取材も、鶴岡の首相インタビューとは別に、取引の一環として設定されたものだ。

室賀も蓮見も、ウイルスの潜伏期間を経過して、天然痘の心配はなくなっている。それでもガラス越しなのは、衛生環境が悪い中で蓮見が応急手術を行なったため、室賀は敗血症を併発し、今も、外部からの病原菌に曝されないように治療が行なわれていたためだ。

とはいえ、取材という雰囲気ではなかった。琴音は室賀が生きているとは聞いていたものの、その姿を見るまでは、安心できなかった。横たわった姿を見て、泣き続けていた。

「よかった、本当に。私のせいで、室賀さんが亡くなってしまうんじゃないかと思って……」

「生きてますよ。足だってちゃんとある」

「そんなことになったら、私、了太君に何て言えばいいか……」

蓮見は、居心地の悪そうな顔をしていた。

「すみません。せっかく取材の機会をいただいたのに泣いてばかりで。お二人の名前は伏せますので、よろしくお願いします」

室賀と蓮見は、北朝鮮のウイルス兵器に対して自衛隊の準備は不充分だったと話していた。今回、被害を防ぐことができたのは、関係者の努力と奇跡の賜物《たまもの》だったという。

「最も不足していたのは、何だったんでしょう」

「知識ですね。生物兵器とはどんな兵器であり、なぜ警戒すべきなのか。そうしたことを一部の関係者に理解してもらうことが難しかった。それが一番不足していたものだと思います」

室賀はマイクに小声で話していた。まだ肺の機能が充分ではないという。蓮見も、同じ意見だった。

「関係者が生物兵器の脅威を正確に認識していれば、作戦は、もっと容易だったはずです」

二人は具体的なことはいっさい語らなかった。それでも、事件の最前線にいた者の言葉は重みが違った。

インタビューを終え、琴音は改めて彼らを危機に陥れてしまったことを謝罪した。

「あなたのせいじゃありませんよ。社内で立場が悪くなることも承知で、報道に反対してくれたと聞きました。それに何よりも、難民の件を指摘してくれなかったら、恐ろしい事態になっていたかもしれません」

蓮見の言葉に、声を出すことが辛《つら》くなったのか、室賀は無言で肯いていた。

「私たちは、感謝しているんです。このインタビューが、そのお礼でもあります」

そう言ってもらえると、琴音も嬉しかった。

「それに、たぶんもうしばらくすると、あなたの立場もよくなりますよ」

蓮見は意味不明なことを言っていた。どういう意味か聞きたいと思ったが、室賀がもう限界だからという理由で追い返されてしまった。室賀は微笑みながら手を振っていた。琴音も、いったん頭を下げ、手を振り返した。

エピローグ

「準備はよろしいですか？」

　メイクを直し、服も姿見の前で一回転してチェックした。

「ええ」

　そう答えると、御厨は、舞台袖まで進んだ。会見場から、「それでは、総理の記者会見を始めます」という声が響いた。御厨は、姿勢を正して、歩みを進めた。いっせいにフラッシュが光った。

「今般の北朝鮮危機に際しての、我が国の対応について、発表させていただきます」

　再び、フラッシュが瞬く。それが収まるのを待って、御厨は、言葉を続けた。

「北朝鮮の内戦状態は、クーデター派が、独裁政権を打倒し、実権を握った状態です。新政権からは、正式な外交関係を求める動きは、まだなされておりませんが、連絡があれば、政府として、新政権と外交関係を樹立する方向を模索したいと考えております。現在発令している防衛出動については、引き続き警戒を要するため、命令自体は当面解かずに維持するものとしますが、内戦状態が終息したことに鑑み、今後特異な事態が起こらない限り、防衛行動は行なわないものと致します」

「防衛出動の総括は、どのように行なう予定ですか？」

　すかさず質問が飛んだ。

「総括については、現在、防衛省を中心として取りまとめております。旧政権派による弾道ミサイル攻撃がありましたが、我が国の領域内においては、一人の死傷者も出なかったことは何よりの成果だと考えております。また、弾道ミサイルに対する策源地攻撃と並行して実施した、拉致被害者らの救出作戦においては、多数の人々を助け出すことに成功いたしました。これは、従来の政権が、交渉だけでは成し遂げることができなかった大きな成果だと考えております」

「毎朝新聞が報道した、天然痘ウイルス兵器に対する作戦については、どうなんでしょうか？」

「作戦を実施したことは事実です。現在、持ち帰ったウイルスについて、米国とも協力して解析を続けておりますが、旧政権派が、これを使用しようとしたことは間違いありません。WHOが撲滅に成功し、世界から駆逐したウイルスを再び世界に放とうとしたことは許しがたい暴挙でした。これを防いだことも、今回の作戦の大きな成果の一つです」

「総理は成果を強調しておりますが、反省すべき点もあったと思います。反省点はいかがですか？」

御厨はこの質問を待っていた。内心でほくそ笑んだが、顔には出さない。むしろ、アカデミー賞女優ばりに申し訳なさそうな表情を作った。

「残念なことですが、反省すべき点はございます。もちろん、細かい反省は多くありますが、最も重大な反省事項は、民間の邦人被害が発生してしまったことです」

御厨が頭を下げると、一斉にフラッシュが焚かれた。

「被害があったという情報は、今まで発表されていません。事実なんですか？」

質問してきたのは、テレビ毎朝のレポーターだった。

「事実です。しかし、本邦内ではありません。先ほど申しました拉致被害者救出作戦の最中、飛行中のヘリが、北朝鮮軍から対空砲火を受けたことで、一名の拉致被害者が死亡し、二名が重傷を負って

289

「詳細を発表してください。邦人被害があったにも拘わらず、詳細を隠すことは許されないことで
す」

「メディアの方々が気にされることは、充分理解しております。ですが、遺族感情もございますし、
何よりも、今後の自衛隊の活動にも支障を来す可能性があるため、詳細は今後も公表する予定はあり
ません」

「しかし、責任の所在を明らかにする必要があるのではないですか？　原因は自衛隊ですか？」

これこそが核心だった。

「この死傷者は、ウイルス兵器に対する作戦と併せて実施していた、拉致被害者救出の際に発生した
ものです。残念ながら、政府として作戦を秘匿しておりましたが、一部報道機関が報道したため、旧
政権派がウイルス奪取と拉致被害者の奪還を阻止する作戦を実施してきました。そのために発生した
死傷であり、自衛隊の行動には問題がなかったと考えております」

会見場は騒然となった。御厨は、毎朝新聞とテレビ毎朝のせいだとは言わなかったが、そう言った
も同然だった。各社のカメラが、御厨を問い詰めていたテレビ毎朝のレポーターに向いた。レポータ
ーは言葉を発することもできず、おろおろしていた。

御厨は再び内心でほくそ笑んだ。これで軍事行動に対する報道の姿勢にも変化が起きるだろう。今
頃、ネットでは〝マスゴミ〟の単語が、乱舞しているに違いなかった。

290

本書は書下ろし作品です。なお、この作品はフィクションであり、登場する人物および団体はすべて実在するものといっさい関係ありません。

装幀　岡　孝治

cover photo：©アフロ
©dreamnikon - Fotolia.com　©toeytoey - Fotolia.com

切りとり線

あなたにお願い

この本をお読みになって、どんな感想をお持ちでしょうか。次ページの「100字書評」を編集部までいただけたらありがたく存じます。個人名を識別できない形で処理したうえで、今後の企画の参考にさせていただくほか、作者に提供することがあります。

あなたの「100字書評」は新聞・雑誌などを通じて紹介させていただくことがあります。採用の場合は、特製図書カードを差し上げます。

次ページの原稿用紙（コピーしたものでもかまいません）に書評をお書きのうえ、このページを切り取り、左記へお送りください。祥伝社ホームページからも、書き込めます。

〒一〇一―八七〇一　東京都千代田区神田神保町三―三
祥伝社　文芸出版部　文芸編集　編集長　日浦晶仁
電話〇三（三二六五）二〇八〇　http://www.shodensha.co.jp/bookreview/

◎本書の購買動機（新聞、雑誌名を記入するか、○をつけてください）

＿＿新聞・誌の広告を見て	＿＿新聞・誌の書評を見て	好きな作家だから	カバーに惹かれて	タイトルに惹かれて	知人のすすめで

◎最近、印象に残った作品や作家をお書きください

◎その他この本についてご意見がありましたらお書きください

100字書評

半島へ

住所
なまえ
年齢
職業

数多久遠（あまた・くおん）
航空自衛隊在職中から小説を書き始める。退官後、ネットで第一作「日本海クライシス2012」を発表。2014年、アマゾンから個人出版した電子書籍『黎明の笛』（現在は祥伝社文庫）を大幅改稿して単行本デビュー、ミリタリー・サスペンスの新旗手として注目を集める。既刊に、尖閣《せんかく》諸島近海で日中の潜水艦が最先端技術と知謀を駆使して戦う『深淵の覇者』（祥伝社四六判）がある。

半島《はんとう》へ　陸自山岳連隊《りくじさんがくれんたい》

平成29年４月20日　　初版第１刷発行
平成29年４月30日　　　　第２刷発行

著者――――数多久遠《あまたくおん》

発行者――――辻　浩明

発行所――――祥伝社《しょうでんしゃ》
〒101-8701　東京都千代田区神田神保町3-3
電話　03-3265-2081（販売）　03-3265-2080（編集）
03-3265-3622（業務）

印刷――――堀内印刷

製本――――ナショナル製本

ISBN978-4-396-63516-9　C0093
祥伝社のホームページ・http://www.shodensha.co.jp/